黑眼珠與我。

七等生

【出版前言】

削廋卻獨特的靈魂

生命裡不免會有令人感到格格不入的時候，彷彿趔趄著從一眾和自己不同方向的人羣中穿行而過。然而如果那與己相逆的竟是一個時代、甚至是一整個世界，這時又該如何自處？一生以叛逆而前衛的文學藝術屹立於世間浪潮的七等生，就是這樣一位與時代潮流相悖的逆行者。他的創作曾為他所身處的世代帶來巨大的震撼、驚詫、迷惑與躁動，而那也正是世界帶給他孤獨、隔絕和疏離的劇烈迴響。如今這抹削廋卻獨特的靈魂已離我們遠去，但他的小說仍兀自鳴放著它獨有的聲部與旋律。

該怎麼具體描繪七等生的與眾不同？或許可以從其投身創作的時空窺知一二。在他首度發表作品的一九六二年，正是總體社會一意呼應來自威權的集體意識，甚且連文藝創作都被指導必須帶有「戰鬪意味」的滯悶年代。而七等生初登文壇即以刻意違拗的語法，和一個個讓人眩惑、迷離的故事，展現出強烈的個人色彩與自我內在精神。成為當時一片同調的呼聲中，唯一與眾聲迴異的孤鳴者。

也或許因為這樣，讓七等生的作品一直背負著兩極化的評價；好之者稱其拆穿了當時社會表象的虛偽和黑暗面，凸顯出人們在現代文明中的生存困境。惡之者則謂其作品充斥著虛無頹廢的個人主義，乃至於「墮落」、「悖德」云云。然而無論是他故事裡那些孤獨、離羣的邊緣人物，甚或小說語言上對傳統中文書寫的乖違與變造，其實都是意欲脫出既有的社會規範和框架，並且有意識地主動選擇對世界疏離。在那個時代發出這樣的鳴聲，毋寧是一種挑釁，也無怪乎有的人視之為某種異端。另一方面，七等生和他的小說所具備的特殊音色，也不斷在更多後來的讀者之間傳遞、蔓延；那些當時不被接受和瞭解的，後來都成為他超越時代的證明。

儘管小說家此刻已然遠行，但是透過他的文字，我們或許終於能夠再更接近他一點。印刻文學極其有幸承往者意志，進行「七等生全集」的編輯工作，為七等生的小說、詩、散文等畢生創作做最完整的彙集與整理；作品按其寫作年代加以排列，以凸顯其思維與創作軌跡。同時輯錄作者生平重要事件年表，期望藉由作品與生平的並置，讓未來的讀者能瞭解台灣曾經有像七等生如此前衛的小說家，並藉此銘記台灣文學史上最秀異特出的一道風景。

1990年，退休的七等生在樹林作畫

1979年《耶穌的藝術》，洪範（初版）

目錄

輯一

黑眼珠

黑眼珠與我（一）

黑眼珠

我的妹妹，我的學生，我的朋友，也是我的知己。

小妮子黑眼珠是我在發源地公園作畫時的忠誠伴侶。當我聚精會神地對著彷彿住著快樂長鬍鬚老矮人的宮堡的山城風景作著油彩的素描時，她站在我的身後激動地對畫面投下驚異和感動欣悅的眼光。我稍為休息回頭徵求她的意見，那麼她會將兩隻細弱光滑的手臂放在我的肩膀上，潔白細嫩無論在那一個角度觀看都是俏皮可愛的臉容顯著高興滿意的微笑。假如她有異議，她就學著電影中女主人對男主人翁親愛鼓勵的表示；在我的寬闊而有絲絲皺紋的前額輕輕地把她的小嘴唇靠一下，然後害羞地說：

「加深我書房的圓窗戶——」

海浴的日子，黑眼珠毫無隱藏她那幼稚年紀的輕佻動作，毫無顧忌地在沙灘或岩石上奔跳，在淺水處瘋狂地打水，叫我作馬她騎在背上高聲地唱著我教給她的意大利民謠。有時她自動地為我穿上蛙人綠色鴨腳，她躺在黑橡皮圈上催促我帶她到海中去，直到她認為離沙灘很遠才肯停下來。游回岸時，她就舞動水油油的雙腿，手臂依然照我的指示做有序的划動，但黑眼珠帶著虛榮故意朝人擠的地方划去而把我當做一條獵獲的大鯊魚在後面跟著。有時她灌我黑麥酒，親手餵我牛肉乾。她的皮膚越被溫暖的陽光曬紅，她的黑玉鑲的眼珠越加迷人可愛。她從不自賞她自己美麗，卻從我之中懂得她自己的美麗……

我像她家族中的長兄從星期一到星期六，像挽著我家族中最年幼的妹妹，在朦朧的清早經過灰色的九份街道靜默地數著石階到山腰的國校去上學；晌午時分我站在三年級的教室門口看著她整理書包向老師敬禮雀躍地跑出來。

黑眼珠，小精靈，我的小精靈。她永遠不停地發問，她永不疲倦地跳著卻卻舞*。她常掏出手帕為我擦去懷鄉的眼淚；我也拭去她扭曲的臉孔上因過度調皮被母親責罵的受屈的淚水。

黑眼珠是我的快樂。黑眼珠她說她的小臉孔完全像我。黑眼珠在安寧靜穆而和平的夜晚，躺在小床上只願意讓我曲身在她純潔乾淨的額上輕吻晚安。

---

*拉丁舞蹈cha cha的英譯，即恰恰舞步。

出征日

黑眼珠穿著春節時剪裁適可的黑絨上衣和一條青色長裙，儼然像個小少婦，在那個二月中周圍一切事物都呈現新鮮的早晨，去歡送我們的朋友，那個鼻梁左邊有一顆黑痣膚色黝黑英俊常為不幸的祖國搥胸懷著抱負的敏雄到軍中去。我們站在車站擁擠的亭下，在一羣激昂吵鬧著微微傷感的男女前面，她的雪亮眼珠對著被親友包圍在路中央的五位上身結著紅緞帶的興奮青年投著羨慕的眼光，然後轉身抬高她的頭朝著我，我知道她要向我說些幼小心中的希望——為這情景所感動的突然的願望。我用雙手去捧她那小女孩清晨特有的清秀面孔回答她：

「是的，黑眼珠——我會因妳而對祖國獻出雙倍的力量。」

黑眼珠抱著我的雙腿細聲啜泣，我也湧起被這小心靈所感染觸動的心酸。

一部吉甫車終於要把這五位熱血的青年帶走了。由一隻小喇叭一隻黑管一隻伸縮喇叭和一個舊小鼓組成的樂隊吹起我們的軍歌，這支連黑眼珠都會唱的曲子震盪在每一個人的內心，喚起一陣熱忱。我們的朋友煤礦工人敏雄走到我和黑眼珠的面前和我們握手，他帶著光輝的笑容握著黑眼珠的小手，摸著她的結著一朵白花的黑頭髮。於是我暗示她時機已經到了！黑眼珠從懷裡拿出我們合買的帶鞘的刺刀贈送給他，他感動地唸著刻在刀柄上由我們合想出的一句話，那幾個銀白色的字使我們的朋友的眼睛發著銳利的光芒，他對他的同伴和所有的男女高聲叫著：

刺進敵人的胸膛

為了不幸的祖國

當睡醒的太陽從紫色的水壺山升起，為樹，房屋，人們和道路塗上一層金色的時候，我和黑眼珠還有那些帶淚也帶興趣的人們一起對著漸漸遠去的士兵搖手。黑眼珠中午拒絕吃午飯，晚上她卻要我打扮成士兵的模樣和她不休地跳卻卻舞……

神廟

三月的氣候是如此地適暢，我們的步履多麼地輕鬆。繞過公園的背道，從七番坑的小山丘翻過，綠茵般的山坡蘇家灰色石屋後面，在陽光中帶綠的二隻大白羊仰著俊嚴的頭顱注視著我們，靜默中那矮石牆後面突然拋出帶著招呼含著親善的小石子，它落在黑眼珠的面前又跳進草叢裡靜止了。它使她微微感到驚嚇也觸動她報復的興趣。

「我看見了——小猴子，我完全看見了！」

當我們轉入兩旁有著高大榕樹的下坡石級路時，透過黃褐的樹幹，經過午後燦陽的渲染，金波閃耀的金殿屋頂在我們的眼前顯現。多麼美麗，彷彿黑眼珠睡夢中王子的屋宇。不知是她的心中喜悅或是我的，黑眼珠突然奔逐起來，彷彿剛能跳躍的稚鹿，左右顛簸踰踉。

「哈——畫家和黑眼珠來了，」

「師父，平安。」

我讓黑眼珠獨自去騎她喜愛的石獅和白象，去看那端坐在金殿中央的釋迦還有羅列在兩旁臉孔粗糙顏色褐黑的羅漢，去對著供桌上的水果和木魚投著好玩的眼光，去尋覓籤紙上她能認識的字，或者向那坐在西房寫字的師父要求一杯淡清的茶水。我則和那臉容平靜灰眼睛中帶著冷漠悲悽的溫師父走進圖書室討論著佛學。

我知道容易厭倦的黑眼珠不久就轉回來，要求去看去年夏末我們贈給廟堂栽植在後花園的石榴果樹。那細嫩的枝幹長高了，越過黑眼珠的黑髮。當大人坐在石凳上繼續討論著那願意有一個結論而終於又放棄它的題目時，她竟沉默地站在石榴樹邊細察它橙中帶綠的枝幹和鮮青滑嫩的小葉……

日色漸晦，誦經的銅鐘震盪整個周圍莊嚴靜穆的黃昏之色。我們離開時黑眼珠並沒有忘記，在方形木箱塞錢。習慣地我們在半山的彎角停步休息，這時黑眼珠緊偎著我，捉住我的雙手。因為她知道我的眼簾裡又流溢著濕水——那金色屋宇在暮色中又一次觸動我私自對人間的愁煩……

送葬

明亮的棺材停在帳篷最裡的中央，我們的朋友，二十五歲的曾博昭——九份的乒乓冠軍，敏感多病的大學生，就睡在那長方形的槽裡。蠟一般慘白的臉容顯示出被肺癆和撞傷的痛苦所折磨之後無鼻息的平靜。母親和姐妹兄弟的哭聲喚不醒他了；而那位男子漢，正直公道的父親，哀愁堅定的眼睛不曾移離地注視他的兒子，彷彿在要求著以他的生命來交換他的生命……

黑眼珠收斂平時的歡笑，和我一同參加撒香灰的禮節。當鄉間的古樂，由硬皮鼓領頭起奏，接著震撼的銅鑼聲和黑簫的鳴聲緊湊地鬪動人們的耳膜時，一個舉旗的瘦乾中年人首先開頭走出帳篷。出殯了，早逝的生命必須遠離人間的親族朋友；蓋著大紅毛氈的棺材被抬動了，隨著樂隊。午後漸晦的昏陽從一片藍雲裡出來，把紅氈照得更紅，把隊伍灑些光彩，有如對無罪的死者行憐憫的葬禮，預示著天堂光耀的道路迎接人間善良的人們。

沉重緩慢的行列從基山街經過，路旁和門前都站滿了觀看的人們。他們紛紛討論著死者活潑健康的童年；熱烈爭奪的乒乓賽還在他們的心中，現在被湧起了記憶；對於他文雅的好外表發著惋惜的哀嘆。甚至有人在眼角鼻頂間表現出對生命神祕的迷茫和悵惘。走完崙頂，一條平坦的道路通往東方的平靜綠色墳山，這時還在遠處的無數墓碑和抬頭的野草閃著亮光，彷彿在招呼死者。送行的朋友就在這半途停足了，披麻衣的親族嗚咽地跟著棺材漸漸變小遠去，我用手牽著沉默的黑眼珠轉身回家……無力的太陽重又躲進另一片藍雲裡……

春夜

緩慢、溫柔、發著音樂的瑞州流水，映著三月雪白的月亮，銀波閃耀，有如我家鄉沙河三角洲一帶的景色，令我想望。

黑眼珠獨自在朦朧灰色的草坡上舞著小夜曲——一個在下星期五母姐會時表演的節目。細瘦的手臂假作著挽紗上下搖擺，彷彿一隻拍翅歡躍的天鵝。她沉默仰首對著我，對著大地的母親——那感傷憂鬱的流水，對著寧靜的天空和微笑的月亮，與她自己小身軀的灰色影子追逐、踉蹌、奔跑、跳躍……

我坐在一塊圓石上，望望河水又望望那舞蹈，我細思我的生命——與黑眼珠動作的哀述相彷彿。一定那月光把我頰上的淚痕照得閃亮，軟絨上的小天使突然神化般不可名狀地舞著……舞著……

嫉妒

我的右眼睛紅腫得像市場賤賣的紅目魚。黑眼珠陪伴著我到外科彭醫生處，和藹可親頰下蓄著一把羊鬍鬚的彭醫生，從庭院的靠背椅站起向我們走來，他微笑著彷彿一位教堂的牧師，他撫摸黑眼珠的黑髮再望望我的眼睛。

「沙眼發炎——不必擔心，它會消去的。」

彭醫生吩咐他的助手——那位蠟一般蒼白的女護士替我洗眼、塗藥、打針。她一切都做得特別緩慢；為了和我說話，她手中的藥針一直沒有插入我的左臂。

「當然，我會娶一位善照顧的護士做妻子。」

黑眼珠，這小精靈依靠在門口突著高嘴巴生氣地看我讓護士最後用濕棉紗布貼在眼睛上之後站起來。我笑著喚叫她，她不回答我，我伸手去牽她，她打我的手。

晚飯時，她把自己鎖在書房裡像一位失戀的女人般痛哭著……

摘花

我知道在這初夏中在那裡可以採摘到薔薇花和紫色喇叭花。薔薇花我們只要白色的帶回家，紫色喇叭花莖短脆弱容易枯萎，我們會將它插在衣袋隨意丟棄。而它們在九份只有一個地方有，就是傳說中曾嚼過路人的駱駝石下一座孤墳的側旁。

身邊有黑眼珠這路程就變成暢快有趣；她左右環顧，在雙綠中粉白的小徑跳躍前進，和柔的星期天早晨那帶金的陽光照著她的頸背、赤裸的手臂、短裙下走動的腿。紅色的尖頭平底鞋彷彿二隻競賽的跳鼠，交替地躍高俯下。她不停地轉頭回看我，深怕我距離她太遠……

穿過矮相思樹林，灰色石面帶有黑綠霉跡的墓碑在我們面前顯現，它在繁茂粗長的綠野草中像一個縮頭鬼蹤的漢子。但我們馬上為遍綠中散亂的紫色和紅色所吸引，黑眼珠拉著我，我拒絕——有她我不要花，她用困惑的眼光問我，我說我僅僅只是為了帶妳來。

不久，當我坐在石泥短牆上仰首對神祕的駱駝石審視時，黑眼珠靜默地來到我的面前，她的衣袋沒有插花，小手失望地垂伸，她那突然間縮小慘白的面容把想要說的都完全呈露。我知道因為沒有白薔薇，紫喇叭花她也不要。我抱著她走出相思樹林，像從駱駝精手中搶救出來一樣。

「黑眼珠，我們回去。我在妳的畫像裡加上白薔薇花。」

獸藝團

學校的禮堂坐滿了學生，黑眼珠在她的班隊裡，而我坐在一羣老師的中間離她有著一段看得見而聽不到說話的距離。音樂聲和吵鬧聲混成一片，直到那位黑皮膚英俊的魔術師吹響著怪異的魔笛揮著銀色的魔杖出現，才吹除掉吵鬧而把音樂單獨留在空氣中，動人地配合著他那閃電似的巧妙的動作。一位男學生被請上台，於是這近乎神奇的魔術師從他身軀的每一部份——這往往就是引人發笑的泉源，拿出、掘出、摘下許許多多的紅色乒乓，點著的香煙、銅錢……而他從自己的小嘴巴裡拖出幾丈的紙條，各色的手巾，一隻我們的國旗和銀白色旗杆隨著各色手巾之後被拖出來……

當一隻小猴子騎著一隻小狐狗從黑幕後走出，全場處在一種快感的鼓掌和爆笑的聲中。

然後小猴子跳在三輪車上顯著得意的驕傲；橘色的狐狗卻站在滾筒上戰戰兢兢。可是每當——這是難免的——表演中有些不慎時，剛才那位魔術師就會用一枝細白的柳條打在牠們的身上，迫著繼續表演。可憐的猴子在挑水中、拖車中、舞蹈中不知遭受多少次責打，那種因痛而鳴的聲音打動了我的心。黑眼珠常常就在猴子被打的時候轉頭沉重的望我，我心中抱極大的憤怒回看她；黑眼珠她是很瞭解我的脾氣的。

最後兩場，由另一隻較大的猴子騎單車穿火環，比牠身長還低的火環，當牠急速地彎身穿過時，都令我們驚叫起來。黑毛大雄狗低頭從容的走出，從牠的傲慢腳步，和故意的繞圈以及朝著架在半空的火環鳴叫，迅速地引起凡是動物被駕馭的苦悶和憤怒。那魔術師揮著柳條暴跳如雷……

小劇場

黑眼珠和我到昇平小劇場去看影片亞森羅蘋的那個晚上，山巔、街道、海洋都奇異的平靜。生意如常。當我們打從吹牛水龍的水果攤經過時，他不在乎踢翻一籠番茄，僅為了捉住我的肩頭告訴我一項在整個台灣都極為平常的消息——颱風晚上在花蓮登陸。他扭曲著大花臉使我相信這次是最猛烈的一次。

外表漆黑怪樣而又派頭十足，座落在山腰廣大垃圾堆旁孤單得像個髒臉襤褸的小孩的小劇場，在窒息的夜色中彷彿黑眼珠幼稚園畢業時我贈給她現在堆在牆角不受理睬的單座斜頂樓房玩具。

我們坐在架設古怪漆著白石灰的樓上第一排。從頭到尾她都興高采烈，時時從銀幕上把視線移到我的側面，再彎轉她的小身軀帶譏諷玩笑的臉容注視著我的端正面，我假如故意不去理會她，那麼她就死盯著我常眨個不停的眼睛。但我感到興奮和滿足——她的快樂就是我的泉源；原來那個瘦削聰明古怪花樣百出的巴黎大盜酷似穿著那時巴黎時裝貼著鬍鬚的我。

「多麼一樣，眼睛、鼻子、輕捷的腳步——」

散戲，整個黑夜包圍中的街市有著可怕的騷動。

夜半強風和大雨有如破壞脾氣的狂亂的酒鬼，它使整個九份震動，它令我不能成眠的心顫抖。

第二天早晨有許多人冒雨來告訴我們，那黑色可憐的小劇場是如何地支離破碎。午後雨停，我和黑眼珠去看散亂在垃圾堆上的小劇場的木片、梁木、斜屋頂、銀幕……帶著微微的愁情……

媽祖生

我接黑眼珠從學校回來，在基山街遇到剛從宜蘭駕歸的天上聖母媽祖金身。今天是祂的生日，善男信女請祂回到嶺背的金殿那五月陽光中閃耀的黃色大屋宇。

吹樂舉旗的樂隊在前面領路，黑色喇叭的叫嘯音樂撲向夾道觀看的人們面孔，緊湊的鼓聲和那大銅鑼的金屬聲音震撼整個谷中的城市，它在熱烈沖天的鞭炮聲中有序地響著在雞籠山和七番嶺的回響之後。端莊聖潔的媽祖戴著金冠著黃色的錦衣坐在方形的轎裡，由八個男人抬著隨在樂隊之後。開店的商人妻子全身一派乾淨雙手揚著線香枝眼望著祂鞠躬默拜。當背著網袋手中拿著線香枝不斷地與路人交換的虔誠的信徒隨著媽祖金身向公園路走去時，我和黑眼珠參雜在前往金殿供拜的婦女羣中，彷彿也是這熱鬧的隊伍緩緩走去……

廟前那坦平的黃土地面燒著一爐青火，四周已圍擠廣大的羣眾。那座轎現在有如浮在海上突然地搖擺震盪起來，那八個人彷彿踏著舞步在廟門前前進退後，反覆地走著。這時鼓聲連天，音樂聲和銅鑼和鞭炮聲和香火也和人們的精神一同混合昇華，直到那頂轎，直到媽祖金身走進祂的屋宇。

晚上沐浴後我和黑眼珠還有她的家人吃著豐盛的晚餐，飯後我們沒有讀書，因為黑眼珠喜愛我也喜愛，我們被布袋戲的開鑼聲所招喚……

展覽會之畫

黑眼珠，把高木椅抱前來，接穩它，可別使我跌下來。我怕我僅憑著默索爾斯基*的音樂所作的假哈特曼的水彩畫要使妳因它的拙劣而發笑，但妳似乎懷著歡悅的心情等待著我對

---

*默索爾斯基（Mussorgsky, 1839-1881），即穆索斯基，俄羅斯作曲家，鋼琴組曲《展覽會之畫》是他著名作品。

這戲劇似的遊戲的指引。當那張像大黑油餅的唱片安放在唱機裡之後，我們退到書房門口，彷彿準備進入觀賞一個久已期待的展覽會。

廣闊的俄羅斯旋律。讓妳猜吧，為什麼我在笨拙舞蹈著的侏儒雙頰塗著厚厚的藍色？當然堡前遊浪抒情歌人完全像我的自畫像。我們立在都里瑞斯風光畫前，跟隨著音樂，我哼保母的呵止聲，黑眼珠學作歡悅叫聲，轆轆的牛車，奇異而怪想的未孵出小雞的芭蕾舞。

「從我的屋子滾出去，別再碰我的女兒，假如你是個猶太人！」我學作粗暴而傲慢自負的肥胖的猶太商人對她呵責。

「太陽可以變黑……啊，你也是個猶太人……」黑眼珠說。

里芒吉斯市場爭辯還價的婦女和九份市場腰部臃腫高突厚嘴唇的婦人無異。燈影幢幢的墓窟。不必皺眉頭只要把現實稍微變形，那麼不難瞭解這張全染成陰森暗黑色的畫——棲築在鳥禽腿上的小屋，和在空中飛行覓尋人骨的女巫。基輔城門到了，我們又回到書房門口。音樂終止。

黑眼珠那慈祥高尚的母親在廚房等著我們，我完全知道她在把粉條送進口裡之前默默不樂的原因；她那敏捷的心靈在對我們曾看過的台北市的畫展感到困惑和懷疑——一種無旋律的塗色遊戲給視覺的厭惡和內心的失望。

暫別

乖巧的黑眼珠最後替我結上那條黑綢布做成的領帶，退後幾步斜著小頭顱賞視著我，那種微笑注視的眼睛和讚美的口吻，使我的記憶拉到姑母在世我還是孩提的時候，她在我身上從不曾疏忽過什麼，也不曾忘記為我的滿足所作的讚美。黑眼珠長大一定像我的姑母；我的臉孔是像姑母；我的臉孔是像我的姑母的，黑眼珠她曾說她完全像我。

最快三天最慢一星期，只要去看看姑母給我的田產，通霄村莊那些誠實高大的佃農，是否在春耕時節因酗酒而誤了播種種子，或是插秧時找不到挑秧苗的工人而延誤播種所操的吉日。其實這都不必擔心，他們都非常敬重我，原因是姑母過去對待他們好，往往減少田租，為了他們小孩一年一年的誕生。可是我必須去，那是他們的好意，他們不願令像我這樣單純的主人錯過春耕敬神所做的封燉嫩白雞和糰糍……

黑眼珠的母親已經把我在村莊要換的衣服和用品都裝在褐色小皮箱裡，還有午餐，用一個精美的鐵盒子裝著。當我們向路尾舊道的汽車站走去，路過白色的天主教堂時，剛好星期天的彌撒，少數的教友們在唱最後一首讚美歌，和平安詳的歌聲使我周身感到溫暖，黑眼珠和她的母親好像送著親生的孩子和血親的哥哥去旅行，在我的身邊一路上不斷地吩咐和叮嚀……

這樣的分別是沒有痛苦的；黑眼珠的眼裡沒有淚。

「再見母親，再見黑眼珠——我會帶回來早熟的葡萄。」

信

黑眼珠：

中部的太陽非常熱烈，正如他們招待我的。他們的確缺乏挑秧苗的工人，我穿著佃農的黑短褲和他的美麗女兒比賽挑秧苗；第一天次數的比較是她四十我二十八，第二天她四十我二十，第三天她三十八我只有七。妳要知道最後一天竹做的擔條一靠上肩膀就使那紅腫發痛的部份特別敏感起來，吃點心時，他們就當笑料一般談論著。

為了在這三天農忙之後，老佃農才有空做竹皮籠子和砍溪邊的青竹筍以及摘葡萄，星期六黃昏我方能到家。老佃農的女兒陪我去看姑母的墳墓，我痛哭流涕。還有趕快叫母親向木匠阿伯定做一個狗棚，我為妳帶回一隻一個月前才生的白皮毛的獵狗，牠有一對聰明的眼睛和直立的耳朵，這三天牠已和我很熟了。

祝

妳和母親快樂

武雄

一九六二，夏

黑眼珠與我（二）

畫像

假如妳要和女房東口角，我便把妳畫成像她一樣有一張冰硬寬闊的面孔，鈎出潑辣的後母常有的下彎的嘴角和凶狠的眼神；假如妳常無端對我生氣，這會使我憶起學生時代專讓我吃苦頭的那位傲慢的戀人；假如妳藉故夜不歸來，黑眼珠啊，妳是個夜女郎嗎？黑眼珠，我們相守的日子，妳最好是流著眼淚，或者永遠像妳現在一樣，低垂著眼睛靜靜地坐在屋角那張木椅上，讓我把妳這個早年失怙的可憐的女人繪在畫布上。

黑眼珠的頭自然地傾垂在瘦肩膀上，彷彿哭過後瞌睡了一般。長長的手臂像兩根中間有節的洗淨了的乳白色蓮藕，綠裙就像一小片草地。她習慣把那件不知穿了多少年的鑲著咖啡色邊的灰色無領外衣披在肩上，隨時給隆起的乳房投下半面的陰影，這一胸脯的部份就彷彿日暮的山頭。

在這張專為黑眼珠油彩的畫像的背景，玫瑰色彩繽紛著，替代真實的那面染污的白壁。黑色的短髮倒垂一邊。被眼簾半遮的黑眼睛像日蝕的太陽——我們生活在黯淡無光的世界啊——唯有那雙紅鞋，象徵我們生活的勇氣。

吵嘴

有一天晌午，我從印刷廠拿校稿回來，推開了大門，突然一片喧嚷的聲音撲向著我；在那間白天顯得灰暗無彩的客廳，一個站在廚房門口，一個站在樓梯階級上對罵起來。從那種相類似的形態中，我一時認不出那一個是我親愛的黑眼珠，那一個是租房間給我們歇息的女房東。兩個女人都醜惡地張大著嘴，瞳仁要從眼眶裡跳出來，手插在腰間，不肯相讓……

「住嘴，黑眼珠，上樓去；對不起，潘太太——」

搬來的第一天我就警告妳，黑眼珠。那天，我在佈置臥室貼上照片的時候，女房東在隔房剪裁衣服，一直縱容那兩個面孔酷似她的小孩在我們的睡床上踩踏跳躍。我們察覺那位大學讀書、潘教授的前妻女兒的表情是多麼沉鬱不快樂，從來未曾聽她喚女房東做媽媽。可憐的老人要做著一切的家務事，甚至要把他灰色的頭髮染黑。而她的聲音每天晚上在電視機前叫得真像個男人。這個我從印刷廠轉回來的早晨，黑眼珠，妳變得真像她，使我嚇一跳。

我把妳推進房裡，拉著妳站在鏡前，妳看妳的臉都發青了，就像一張令人譏誚的老鼠臉啊，黑眼珠。我的手貼在妳的左胸下方，感覺心臟撞撞地急跳著，這是吵嘴換來的代價：喪失了尊嚴，損壞了身體。妳不要辯白，或告訴我妳受的冤屈，我的心中早就明瞭。像妳這種的弱女人要仿傚那種醜惡模樣，真是太不自愛啊。妳坐在床上哭罷，好好地反省一場，黑眼珠。

學徒

黑眼珠，看看他們的模樣罷；蒼白的小臉孔和襤褸的衣褲塗染了一撇一撇黑色的油畫，那是他們工作的時候，手臂掠過額上擦汗，手掌在臀部和胸前的地方擦摸，細細的尋找連指紋都可以辨得出來。那些剪不齊的頭髮又是多麼零亂和骯髒啊，那雙鞋子就像腳板踩在泥巴裡一樣。多麼可憐，眼睛的角膜都變紅了。

這羣未長成的男孩們為什麼在這峭冷的灰色黃昏不回家去？走出這一條巷，就是林蔭大道兩旁高聳的樓房；那些燈紅酒綠的大飯店才在這幾年內建立起來，這一帶或全個城市的住宅的窗戶門已經關閉了。走過街道，從玻璃窗可以看見涮羊肉上市，後車站的圓環壽司燒出現在餐桌中央。這是冬天啊，為什麼他們還逗留在鐵道旁邊，在低矮的印刷廠的帳架下投球和說著骯髒話？他們之中的幾個靜靜地站在門檻上，帶著哀愁懷思的眼神望著灰藍和細雨飄飛的空際。黑眼珠啊，妳知道聲音為什麼那麼吵嚷翻騰嗎？還有東西打在堅硬的機器上跳躍的聲音。在疊高的紙張之間的狹道，以及樓梯的下面，為什麼謾罵的聲音那麼高昂，帶著無比的憤怒和哀號，也有嘲笑挑撥和哭泣刺進人的心坎……原來他們在那裡打架啊，黑眼珠。

那個上星期才由鄉下進城來印刷廠當學徒的小男孩的胯部被他的對手重踢了一腳受傷了，屈蹲在眾人的腳邊，雙手捧著，抬著痛苦的淚眼哭號起來。那個擺著姿勢的對手的驚惶面孔雖縮成像一張老鼠臉，眼睛卻還瞟著那痛苦的人，口中還不歇止地罵著……為什麼那麼年幼就表現出那麼殘酷？誰來告訴他們這些行為既愚蠢又野蠻？誰來教化他們腦中的無知？誰來開導他們要互相友愛啊，黑眼珠？他們的主人現在一定在溫暖的大屋子裡，可是他們一會兒就要開始上夜工。黑眼珠，妳還記得昔日妳在織布廠罷？我在那樣的年紀也曾在廣告社當學徒，情形那麼一樣，為什麼到現在都一無改善？

週日午後

黑眼珠，穿上妳的灰色鑲褐邊的外套，離開這市聲吵雜和多塵的城市，我們到新店我們的親密的朋友簡君的碧亭去偷這週日午後的半日閒罷。

路上，那條新築的北新高速公路中央插枝的千里香，被汽車輾過後飛揚的塵埃蒙上了一層灰白的沙霧，看起來像插著竹竿結些細碎紙片。它們種植在這樣的環境實在太不幸了；不能呼吸新鮮自由的空氣，直照到陽光，水份都不夠。這些千里香應該是屬於綠色自然的一部份，或花園的住客之一。

我們抵達那條藍色大溪的邊緣，已經遊倦的男女們都陸續從小船裡上來，男人拖著想瞌睡的女人要回家去，吊橋上迎衝著的都是臉頰和前額染有紅紅的陽光色痕的人們。有一條鐵柵石泥的小道方便地通達那座巨石上的涼亭。黃色的石柵和紅色的竹材頂，裡面寬敞幽靜，俯覽著碧潭的三面景色。

「是誰來了？」

「你們猜猜看。」

「是通霄的。」

「啊，通霄的來了，出來看看他。」

簡君的弟妹，和他溫和的母親發出溫暖的笑臉，隨著牽手啊，拍肩啊，詢問啊，把陌生的羞怯的黑眼珠逼得發窘，躲避那些睜得大大注視她的眼睛，就像第一次赤裸著身體躲開著我。

在太陽還未減弱它的熱力之前，黑眼珠，別太急躁吵著要去划船，讓我們躲在舒適的沙發椅裡，嚼花生喝綠茶，我是阻不住要從石柵的間縫欣賞那些來往於吊橋上多姿多彩的女人們，妳也有權力去注目英俊而年輕的男人；這樣的觀察是多麼能改善起我們自己缺憾的姿容啊。

終於，黑眼珠像睡美人躺在小舟裡；在家常的晚餐之後，我是傾慕她的王子，雙手搖著輕槳，口中唱歌。啊，讓星夜像棉被覆蓋我們罷，這時，有我伴著她，這在城市中膽怯軟弱的女人變得驕傲，不怕處在黑暗中，不怕撞擊岸石，不怕急流……

現況

星期六晚上，我便牽著妳走進旅店，叫妳暫時離開那個整整剝奪妳一星期的時間的商店。我們心中都誠然明瞭來旅店的目的；因為，黑眼珠啊；我們許久都不能再返回草原……沒有時間做些奔逐的遊戲，沒有時間游泳，我們便委屈在一張床上草率而缺乏詩意地做著性愛。

黑眼珠，妳像這個城市中的幾十萬女人一樣，從早到晚站在櫃台或櫥窗後面，不止八小時站在那裡，整個酷寒的冬天都如此，只為了換取維持溫飽的米飯。妳一度曾操勞過度，面黃肌瘦，像一隻凍僵不再活潑的小驢萎縮在一張黑色毛皮裡；我發現妳以胭脂和口紅塗在臉上，除了那雙露出煩惱的大大的黑眼珠外，均糊上一層脂粉，像一張假面具，以偽飾妳的蒼白。

而妳不會那麼幸運在幾十萬女人中恰被主人選中，把妳藏在海邊的別墅，或這城市的高樓頂上，妳只能在類似妳般可憐的男人中選擇一個伴侶，排遣心中的寂寞；妳終於選中了我。

所以有一天，黑眼珠啊，當我們已不再忍耐得住那種剝奪和侮辱，我們明瞭我們的死期已經不遠時，我會毅然攜帶妳離開這樣的大城市，我們不再在星期六住進旅店，或付出昂貴的價錢租貸一間蟹居的小房；妳要相信才好啊，愛人，有一天，我們會回到草原，我們赤裸著與偉大的自然類似，在雨中在夜中奔逐，在明媚的夏天游泳，在冰雪的冬天相擁死亡，在春天甦醒……

迷失的小男孩

我和黑眼珠散步去國立歷史博物館看畫展的那個午後，走出了巷口，在臨沂街遇到了一輛載金魚缸的三輪板車。那位踏車的年輕男人是個武俠小說迷，雙肘平均地架在把手鐵條上，傾著瘦長而骯髒的上身，目不旁斜地看著那本翻開的書。他留著一頭鬈髮在黑面孔的低低的額頭上面，像故意裝飾了一團草球。三輪板車只有我們散步的速度。可是，三輪板車後面，一位不到車高的獨眼的小男孩，一隻手臂高舉在頭頂上，骯髒的小手指捉牢著鐵條，跟著車輪奔跑著，像龍眼核般黑色的眼珠瞪著因搖盪而在玻璃缸裡急游的橘色金魚；他的另一隻掩蓋起來的眼簾則像在睡眠時一樣，一排象徵調皮的長睫毛整齊地貼著臉頰。

「妳看，黑眼珠，那些缸裡的漂亮金魚顯得多麼慌張啊。」

我們一隊人——我，黑眼珠，獨眼小男孩和三輪板車走出了臨沂街，加入了東門一帶那日夜不停的人潮隊伍，朝著城門方向而去。小男孩赤裸的小腳板嘮拍嘮拍地在冬天冷硬的柏油路面上節奏地響著。黑眼珠有我做她的依持，相同那小男孩的心情因看金魚而進入幻境了。經過了金甌女中的校門，那個踏車的男人才稍稍抬起頭顱，加速衝入十字街口，我和黑眼珠看著那位小男孩的雙足交錯得更快追隨在後面，突然那張黑而猙獰的面孔轉回來大聲斥罵著：

「小鬼，放開手——」

獨眼小男孩嚇鬆了手，回身縱跳了幾下，滿足地歡叫了起來。但等到駐足後，他在左右前後擺動著頭，突然被這熙攘和陌生的環境所威嚇而號啕大哭起來。我對黑眼珠說：妳走進那間路旁的冰菓室等著我罷，我只要把這迷失的小男孩帶到臨沂街口，他便知道回家了。

暈旋

早晨還很冷，吃午飯的時候太陽掛得低低的，放射出金色的火龍；這是冬天啊，好像夏天突然降臨了……

小姨阿花把鞋店門口的帳篷放下來，用著兩根鐵條撐住伸出街道。我疲乏得不得不躺在沙發裡，手臂用來遮住眼睛，一顆鹹李子甜甜的，靜靜地痲痺著口腔……突然一串潑水般的聲音連帶一陣雞毛帚的拍打彷彿從天上落在我的頭上、手臂和胸部，把我莫名其妙地嚇跳起來——

「顧客來了，起來啊，到外面去，你這個懶惰的寄居蟹——」

我踉蹌地奔出去，陽光刺射我的眼睛，我開始感覺頭暈和口渴，街道的房屋、汽車以及這個時候才出現追過來的黑眼珠全都旋轉起來……

冬來花園

一九六五年聖誕節前日

蒙友人鍾肇政先生之介紹。在楊逵先生墾植的東海花園為一名園丁，但為期僅數星期。

一

可憐，黑眼珠，那些既嫩又脆弱的、在菊花莖上、綠葉之間的幼心蕾，為了讓較它們早生的花蕾有足夠的養份，它們必須犧牲在莖梗上的生長，散臥在葉下的土地上，垂眠而腐化……

早晨，我自坡頂的臥室步出，欲把孤軀沐浴於東海這一帶冬季溫暖的太陽下，企望在花圃的竹籬後面的荒野填補空茫而憂鬱的思想以一些自然景物的新奇。我在花圃的小徑走著，雪白色的圓而大的菊花在陽光下多麼亮麗而姣美，綠色的枝葉襯托著那些圓球，我因欣悅和刺目垂下了頭顱。這時，微小而堅毅的、有如命令的聲音夾在風中從側背呼叫我——花園的主人蹲在花蕾莖葉叢後，老皺而削小的臉上的銳利的眼光勾惑著我。

「我來教你怎樣折棄過多的花蕾。」他說。

我轉回來蹲在花圃的對面，他雙手快速而熟稔地從葉間莖上把剛結的圓幼蕾，在大蕾旁的小蕾折擰下來。

「像這樣，」他抬頭對我說，手指頭像夾鉗。「一枝僅留下一個，其餘的折棄。」

我樂意去模仿花園的主人。但是，黑眼珠，妳不明白，我的心中將如何抉擇它們呢？誰該折棄，誰該留在莖上，當它們未在日後長成美麗的花朵的時候？誰能斷言被卑視遺棄的將來不會長成最光耀的花朵？黑眼珠，我恨我是卑下的園丁，平生拙於處世，我只配服從眼睛所見的，不是腦中所想的……

我面臨著絕對的艱難，黑眼珠，假如妳在我的身邊，妳將告訴我怎樣依情理選擇。左手指夾住一個，右手指夾住另一個；這兩顆花蕾自相同的根莖未分開，一模一樣，大小相同，彷彿一對孿生兄弟緊緊的相依併連。我停頓下來，偷偷地瞥視那一頭勤於工作，無暇監視我的主人，我的手竊暗地藏它們兄弟於茂密的樹蔭下。黑眼珠，這是否妳的意志？

二

一連幾天，我把幹高葉大，掌般碩大的雪白花朵辨為種類繁多的菊花的一種。從修花屋的水瓶裡抽出一枝真正的菊花，和板台堆積的大花比較，它們的瓣葉、莖、花朵的形態，的確十分相似。可是在細辨之下，瓣柔姿美的無疑是屬於菊花，大理花花瓣粗俗而闊散，這種情況是毋庸自辯的。

可是大理花有它在生存上的優點，它不經過怎樣細瑣的照顧都能坦磊的生長和開花，彷彿地球表面那數目眾多而低賤的民族。

今晨我起床來到修花屋的時候，板台上已經堆滿約有千朵的大理花，聽花園主人說這是最後的一次採擷了；今天是今年的最後一天，天氣十分酷冷。

在我們未相識的那些日子，黑眼珠，我憑自身想像妳在妳的生活中是多麼沉悶，妳的意志堪稱十分的勇敢。但願我沒有聽到妳說出的那些滄桑的經歷──由一個男子到一個男子（由一個女人到一個女人），這個多麼令人妒憤和憐惜。現在妳必然明白，我對妳狂虐般的愛情是由此發源。

事實上能夠被選上的花朵，並不多數；因為缺水，受到寒流掃颳而畸形的，或未及時採擷已經凋謝的，都棄置在地面，任著來往的腳步的踐踏；這是花園裡這些大理花末期的殘相。

三

門戶朝東的屋子，越近黃昏格外幽暗。這些峭寒的冬日，我不曾感覺有黃昏的光澤降臨。三朵幽寂靜默的玫瑰花，以其薄薄而深遠的色澤吸引著室內的寂寞。

禁不住被這三嬌所注：黑眼珠，我的眼睛唯一能視的，是投向躲在黑漆隅角，感覺遙遠的桌上，插在小瓶水裡互相偎依著的三朵呈露三色的玫瑰。

黑眼珠啊，毋庸我為妳提起，妳記憶中恆久銘刻的不外是在一個夏日晚上，冰菓室內的帷簾裡，我朝妳傾露的愛慾的眼神罷？妳曾羞悵地告訴我，妳在夢中更加無力拂拭那雙刺灼的火燄。我曾屢次悔恨；為什麼我能扮裝出我的真態，我的虛假和冷酷在那時藏躲到何處？為什麼除了愛，在那時不能再做些什麼呢？彷彿我害怕明天會在這個恐怖無常的世界，因一件偶發的政治事變死亡。

真的，我們在茫茫中被迫去做這種無可挽回的愛情，我們付出所有，想在一夜之中終結，但是，黑眼珠，我最親愛的，這不是我僅有的一次；我們這可憐的人類，隨時都在一堆灰燼之旁重燃熾烈的火燄，扮演死亡的愛慾。

我的鼻子靠近它們，一一嗅覺它們的香味；紅色的、白色的、赤橙色的。最賤的愈能發出刺鼻暈迷神經的濃郁味道。那朵酷似妳的女陰的赤橙色玫瑰，是一點兒氣味都沒有，它是昂貴的新種類、尖瓣，靠近心蕊的嫩瓣翻捲得有若我唯一的幻想。

四

冬季的晌午
似感覺中
夏季的初晨

廳堂的泥面
放映兩片菱形的
廳前葡萄架上
枝葉影子的光幕
如蜘蛛網般
薄薄的
廋廋的

東海的
花園主人
外出去寄信

爵士樂繚繞著
一朵孤寂的白色康乃馨
即興般地
魔惑著的

五

一隻雄兔，三隻雌兔，分籠餵食，食量驚嚇了阿旗。每天在這個無草的冬季花園，牠們要喫掉菊花莖葉兩大籮筐。花園的花莖也喫盡了，阿旗徒步到一哩外的山丘尋找可吃的草料；這樣，除了為牠們覓糧，阿旗無法為自己謀生活了；他必須荒廢所有應做的工作，只為了這四隻寶貝的活命。

與其說阿旗有四隻種兔的資產，不如承認四隻白色的大種兔擁有了阿旗。他想在耕種的餘閒養兔會帶來源源不絕的錢財；但其結果卻如此的悲慘；他傾出了所有儲蓄，買來了為牠們充當奴隸的實銜。

整個客廳瀰漫著糞尿的刺酸氣味。阿旗握著刺首走近兔籠，打開門一隻手伸進裡面捉揪著兔耳——

「阿旗，你想幹什麼？」

「不要阻擾，與你不相干。」

「你殺牠等於殺你自己啊，阿旗。」

他的手鬆開了，那四隻碩大、雪白的種兔，用著牠們沒有善惡的紅色的眼睛很疑惑地盯著阿旗。我從這位可憐的懦弱的男人臉上看出他那受騙的屈辱的憤怒。

「回信來了嗎？」

我翻閱那封早晨寄來的信，推行種兔繁殖會社只肯以原來的八分之一價錢購回。

「把牠們當肉食不是太昂貴了嗎？」

連利益都計算清楚的說明書所明確記載的事，現在在他的心中產生了疑問：交配後四月能生一胎嗎？合乎標準嗎？會社的人願意買稚兔回去嗎？依照說明書規劃好的價錢嗎？

在這之前，黑眼珠，阿旗曾想養鳥當鳥的身價高昂的時候。至今那些養鳥的人因為不能吃那些太輕瘦的小身體，紛紛把鳥放回天空。阿旗曾未養鳥而感到慶幸，可是如今他的四隻種兔呢？

黑眼珠，世態是相互影響的，不能不以此為誡……

六

花園的主人和阿旗同我，為著承應一位顧主的吩咐，要我們在他的亡妻墓前栽植茶花。黑眼珠，我不設想為誰——偉人或卑徒，我為工作，為工作的時辰和機會感到神聖。

夕陽的光輝給這一帶亡者的佳城投下各種的動人陰影。但由墓石的構造雕刻，我卑蔑其奢侈榮名的子孫，在那些煩多而構詞優雅的祭文中，其意義多麼浮誇和虛假。在這不自由（或過份縱容）的世界，我渴慕正義與真實的楷模，而不愛疾病的適安。

黑眼珠，讓我們來設想我們將來歸處的荒僻。我們似乎將在殘酷的爭戰中暴屍於曠野，鳥獸前來啖去軀肉，命運使我們永不能站起來反抗，那疼痛過去，終於在風蝕中化為一無所有。

不會不為這想像顫慄，黑眼珠，我們多麼無依啊。我祈望我們不要死亡。死亡是我們類同的人的化身，這其中有人出賣了我們給死亡。

我察辨一個佝僂的意志是真正的出賣者，他常在我們遭到厄困時滲入軀內煽動我們，他把原是美麗的死亡裝扮成恐怖般醜惡，一定要我們與之連結。

那兩株茶花移植在墓前，一如在花園中一樣受晚風的招搖。它們像微笑的原體，像坦適的智者，它們那無損於其存在的侍僕之姿，震撼了我的思緒，使我失去了身心的平衡。黑眼珠我厭惡一種形體，一種皮肉與我一模一樣的人。

七

我步入花園附近一所宛似森林的大學，我想像青年們在此的快樂和恬靜。黑眼珠，你會驚訝一如我受到的衝擊；在楓樹和油加里樹柵圍的一大片草地中央，息棲著一匹碩大無比的獸，它的長頸伸向天際，插著鋼鐵的十字，彷彿跪下的駱駝。我屏息地走近它，它的形象逐步在變形，它如現代莊嚴而神祕的少女，投出輕蔑欲睡的睥姿，我站在階前，被它擋拒在門外。

晴朗而太平的日子，此紀念性教堂敞開著巨扉，但年輕的情侶已經乘機浪遊於草園和山顛，人們走出屋外；那為勞動或散步，風雨及疫癘的日子，此室一如街坊的屋宇，拴緊窗和門，它拒納著漂泊而瘦倦的人們；像如今灰冷之時，擋拒我於龐大的殼壳之外。

透過窗扉玻璃，裡面靜謐如藍，溫和如春天，寬敞如我想像的世界。我祈望在裡面臥睡和思禱，在殘酷的日子讓我暫時躲避身軀，在它建造的意義下受到保護。

但是黑眼珠，上帝與我們之間有中間人。那在此室內被擺佈、被釘、被囚的聖神和聖子的寂寞宛如我們的體心。遙遠的妳啊黑眼珠，我們不再爭論上帝的有無，同病相憐罷，痛苦又一次證明我們是如此地互相眷戀。

八又二分之一的觸探

那個代表評論家和導演佳度的電影編劇人杜米耶的乾枯而顯得堅硬的有些像哲學家的頭被蒙罩一隻漏斗形的黑巾，他被牽引到陡斜的劇場走道上，中世紀的絞刑吊索套在他的頸上，下一個鏡頭他垂屍在空際，從此不再聽到他像一隻鳥很聰明的、很冷靜的、又極度友情地發表他的忠懇而又酸楚刻薄的評論。但下一個鏡頭，我們依然看見他萎縮在佳度的左上方的戲院板椅上，帶著加深他學者模樣的眼鏡。如此在情節上不合邏輯，是空前陌見。但是這不是一齣善惡分明的英雄故事，或舒放我們的情緒和感情的悲劇。做為慾望強烈的觀眾，詰詢他為什麼不拍英雄故事使我們感到顫慄；第一次做為觀眾的我們被他帶上了銀幕，看見自己像暴民一般的貪饞面目。他在述說這樣的一件事實：在現實中，人們都同樣複雜地生活著；擁有一個男人為丈夫的家庭主婦，是最最堅持於一項狹窄的道德規範，這些幸運能順利地且合法地獨佔一個男人的女人，就從來沒有想到她們淪為妓女的情形，她們理直氣壯地大聲指責為什麼他每一部片子都有妓女，顯然地，這些到晚年都可能成為歐斯底里亞的女人，是不願看到有人揭露她們生活在一個被丈夫利用和蒙騙的狹窄囚籠中。這個證明真實的電影，由於暴露了太多的真情實事，一定引起當事人的不快。藝術家敘述事物的理念時，那些不合邏輯的情節，便被指為荒謬。好在被指罵為荒謬，否則必定使人們大感窘狀。事實是：願意淪為妓女大都可能是物質主義者，一羣快快樂樂的人。而一個男人的最大希望，莫不是每一天晚上擁抱著的是一個不同的美麗的女人。費里尼便是把電影蒙太奇當做他個人熟練的傳心術的工具。任何藝術形式都沒有要訣的，也不神祕，但人們總喜歡詢問，像看魔術師一樣的態度來疑問他。

「你是怎樣傳達了別人的思想的？」

「我不知道，我只經由我的手把別人想的事傳達給我的助手，這個一點也沒有要訣，也不神祕。」魔術師說。

就像不懂文學的人看德國人卡夫卡，不懂科學的人看猶太人愛因斯坦一樣懷著一層煙霧的神祕感覺。費里尼利用蒙太奇做為他傳播思想的工具，假如這其中有涉及娛樂我們的地方，那是電影的要素，一如小說或科學的要素。現在我們不在電影或其他的藝術形式中再祈望它們邏輯的部份，邏輯只是個偽善的架子，一把剪掉真實部份的剪刀。所以上項例舉的映畫，那是藝術家被評論家（或朋友）長期纏擾後的決策。

那一類像管家婆的漢子，是大公無私到任何立場都考慮到的精密家；這一類的人為無知的製片家的生意著想，為觀眾的趣味著想，為經濟政治社會教育著想，為宗教道德著想，就是單單不為藝術家本身的立場著想。顯明的，一點也不為任何人著想而僅被自己的理念所支配的藝術家，便與那類成為對尅，藝術家的自私，最後終於逼迫做出殘酷的想法：成為朋友的叛徒，離羣獨居者。

但是背叛世界現有的一切確是藝術思想家們唯一的一條道路。

導演和製片家的倫理關係，以及女演員和男導演的主奴關係，這是人間最為可悲的普遍的制度，但凡是有一個組織的存在，都不能免於形成這種向家庭的倫理模仿的制度。關於一個人的生命被創造出來，一個人得到一個被賜予的工作，到底要感恩或不感恩，在我們的社會中是毫無思索要肯定的。人類是一種具有複雜本能的動物，當藝術家思想企圖把人類從許多束縛中再度驅趕回到本能時，由人類建立起來的空洞的規範，要人類無條件遵守這些規範已經令人難以忍受。偉大的思想家是容許亂倫的特例以及背叛存在的，歸納起來唯一的兩個罪惡是不忠實自己和無辜侵犯別人，那些寫母子相愛或通姦的故事的作家的用意何在？因為故事的結局是悲劇（人生還不是在悲劇和喜劇中選擇其一）就告訴我們不能做這一件事嗎？還是想解放我們內心的苦悶，喚醒我們的本能呢？我們真的為犯罪而犯罪嗎？被費里尼所觸發的這些想像遠勝於去看一個英雄故事——但是英雄故事依然可以照樣存在。

做為藝術家的費里尼，他在本片中最偉大的創造之一，是把他的童年的境遇重現出來。我們無不回憶往事時是不帶著心碎般的傷感的。流淚之後獲得平靜和激勵。對於天主教的嚴酷教育，他很穩重地和這龐大的偽善團體引起不快是可能的。他用一種笑話的方式投注在映畫：那就是年幼的佳度在沙灘上撞倒了來捉拿他的兩個神父之中的一個。這不至於不是他對有恩惠於他的天主教的嘲笑。隨之而來的連續的訓示和懲罰都勾引我們回憶我們不快樂的童年。

每一映畫的塑造都引起我們著迷，產生豐富的想像。如今我們對費里尼的電影之著迷，像那一段時日初識詩人艾略特。我們可獲得這樣的一個結論：當真實的事物經過藝術家的手重現在眼前時必獲得無比的感觸，這個作用正如我們手中揚著一張死去的愛人的小照一樣。關於這些，我對此類精細的藝術家都產生賞識佩服的情愫。

但是我以為費里尼會在這裡同時提供一個令人滿意且寬闊的倫理見解的。我們已經見到他有能力把一個陳舊的社會倫理嘲笑得無比露骨；我們看到忙亂於他的導演事物的佳度，在一個教士出沒的場所當著包圍他的工作人員及演員面前，口唸「阿菲瑪利亞」向左邊有保鏢右邊有美女的製片家跪拜，這一節的涵義真令我們笑謔和哀傷。但是推演到夫婦的關係時，我們無不希望由此獲得一個模範，一條使我們自由的道路，但佳度卻變得是個偽善、懦弱以及無可奈何的樣子，甚至一個男人為了本能的慾望感覺有罪時，唯一想開釋自己的辦法，竟是希望自己的女人也不貞以此抵消，這等於在不安之上加上卑鄙。僅此而已，把一個卑鄙的心跡洩漏出來。男人和女人要獲得相等的公平是不可能的，要是可能，那麼人類最好是兩性同俱的動物。一個天性貞潔的女人不應該束縛自己的男人服從她的律法，唯一不至於怨恨的法則便是聰明而貞潔的女人要多設法瞭解自己的男人。寬諒才是唯一有效果的制敵術。費里尼本身躊躇不決以致沒有為這一件事發表一個哲學家的論點，他僅僅把爭吵和沉悶的真實描寫出來；把一張嚴肅無慾以及討伐的面孔和另一張裝模作樣，善於說謊，只會說「我愛你」

的帶肝病的蒼黃面孔排起來對比。這是他在現身說法中最令我們同情的一環。他是我們見到的最能譏諷世俗的藝術家，他能把教授描寫為一個性變態者（薄伽丘七〇第一段），在這裡他對自己和他的朋友都指為一羣房事過度而得肝病的男人。

代表純潔美麗的克勞諦亞，是個男人心中追求女性的一個象徵。男人在邂逅一個女人時都相信對方純潔美麗的本質，都以為找到了他的理想，可是每一次都失望，因此男人不休地追求這樣的偶像，直到膝蓋無力為止。在最後所有的人們攜手舞蹈時，克勞諦亞——男人的理想——是不存在的。從天使吹笛，拉開布幕，下凡的人羣中，就沒有這個人物；人的一生永不會遇到和捉牢他的理想。所以在這個戲台，人類唯一的要務，那就是攜手在一起歡笑，及時行樂，平等與自由。

最後這一場的設計最能代表他優美的思想和偉大藝術家的巧思；在一個循環的圓形石堤上，站著的有他敬重的主教，有他童年好奇心接近的魔鬼，有他的情婦，有他在他的片中祈求一角色與他有性關係的女演員，有他的妻子，有他的父母，有那些崇拜他的人，有製片家和工作人員，最後他也跳上去，攜著手，場中央有天使指揮的樂隊為他們奏樂，這一些活著的人（角色）一律平等。

被倫理制度和主奴關係以及宗教的嚴酷教育所束縛，等於像在夢中腳踝綁著一根繩索，被人從天上強拉下來一樣要驚呼起來。本能被禁錮著所以會顯得苦惱，不快樂，一種遍地皆是的垂死狀態。費里尼很能把握這些主題而發揮藝術上的象徵和比喻。簡單的字幕後，首先安排一景超現實（夢）的比喻。且在全片中隨處可以見到這類有著奇效的比喻和象徵：要小佳度跪下的童僕之刻毒怒罵的側面，攝影機沿著走廊牆上聖人像滑行，最後停在一位面暴凶線的真人教師，形容告誡的偽詐的圖案，主教的沐浴室，佳度舉槍自殺和吊死評論家，克勞蒂亞的數次的出現……

費里尼精巧地掌握蒙太奇的敘述能力之簡潔，其中以佳度擁抱母親，分開時卻是他的妻子為最令人感佩，且巧構最末一場遊戲，情節轉化為和諧優美和平靜為最成功。

最後談到他的配樂時，他是蓄意要達成諧謔好笑的效果，加強他嘲笑和諷世的電影風俗。

棕膚少女

我僅想到我是在繞著圈子。然後遠處打羽球中的一對男子歇息了，黑暗中由那裡衝出一輛腳踏車，當它從我的身旁道路駛過時，我看見一位少女興趣勃勃地坐在上面。就是她，許多時日以來勾惑我的內心產生愛慾的棕膚少女，看見她的各種步姿會引起我痛苦的小精靈。她約有十五歲，像路上的棕櫚或南方的椰王樹幼苗一樣充滿青春的氣息，像玫瑰花蕊；那張棕色的面孔，充滿著無須知的坦誠，以及健康在她的身軀發出來的喜悅。她絕非我們常見的纖白嬌弱，大眼睛的洋娃少女，令人憐惜；她幾乎和這美麗而芬香的土壤連在一起，與這永恆的大地息息相關，吸引著我，牽迫我向她傾倒。

我喜愛她仍是我正欠缺著，而她們正擁有的「坦誠」、「健康」與「色質」，這些構成一種魅惑的青春的和諧引誘我。如今，我充滿著這類的貧瘠，以致從她的身軀所呈露在空際的，在太陽光下，在月光中，都使我渴慕得瘋狂。從她之處，反映著我的蒼白和衰萎，我哀痛祈求的便是擁有她。

她不知再從那裡轉回來了，比第一次的速度更快，在薄明中我因存著濃厚的愛心而仍然熟視到她的一切。我開始像一個失戀者一樣墜入了垂頭沉思的憂鬱境地，我的腳步顯露著遲滯和軟弱。然後，我便聽到背後一串頑皮的男童慣作的，模仿歌唱家的吹哨聲，聲音顯得滑稽、零碎而自由，我回眸探尋，正是她又從黑漆中衝出來，依然自得地吹奏著，這時，我再不能控制自己了，這棕膚少女使我的心在瘋狂的悸動後隨著她的消失而窒息。

這是我的不幸遭遇，因為追求「愛人」而繼續存活。你一定不相信，以為這種現象十分普遍，即使那種棕膚少女也遍地皆是。可是，我必須說，那是不相同的，我不能違背心靈對妳作了欺騙；同在噴水池附近，那個長成大人但行動言語猶如他的姪女們的青年，也騎著一部腳踏車，可是他的模樣充滿了誇飾而不真實，碩大而不健康，像一位欺騎瘦驢的商賈，令人作嘔憤怒。不是我存著成見，對這個世界誹謗和嘲笑，不是我記仇說他的壞話，雖然這個人常領導著那羣無知的小童子們，指著我嘲罵為神經病者，且在道路上常要故意把他的腳踏車撞向我，妳知道我不是那樣；妳最多也同意他們說我神經過敏而已。

兩個月亮

我因親睹包圍我的周遭，呈現著相同的兩個月亮而心亂意惑；我坐在噴水池的周邊，一面等候——一面歇息沉思，我就是在眼前這偌大的黑水晶裡睹視到它——這是一個能為一顆細石的投擊而碎潰的，且片刻能夠像魔術一樣收集顫抖的破片完成靜止和完整的月球。這虛幻的金盤，被它的四周的幽黑襯得更加晶潔明亮，更為嬌美和誘惑。它的美甚至帶著罪惡勾引著迷亂的愛者為了探詰而舉足試探那地獄的入口；它剝奪了那天空本體的光彩，使人們都朝它讚嘆。

開始時，我為這收穫而欣喜，可是那並非真實。我因我的誤辨而悔悟，我為那皎潔的幻影而羞慚。我試著去注視真實；抬頭凝注那如生命一樣浮懸在淡藍的天空的月亮；首先，它產生著對眼的刺耀，它的光芒如純金，隨即像愛人的眸光，深入軀中的肺腑，然後，感覺它的輕微移動，猶如我心的躍動。這時，我的視界因幻想展佈於整個夜的天空，因它的浩瀚而震撼。它不是虛幻，且因它的確切真實而令我感到我此時的存在。

從此，我不容易隨便俯視而相信那個水晶之幻影，這是一種心理的產物，像在日常中迷失，被牽引，只因我們不曾認識真實而誤認它為真實。

自傳

現代的人大都不再懷想祖先的事蹟，尤其那些勞奔而貧賤的人似乎不明瞭他們來自何處；像我過去有一段時間根本不知道我生活於此地的意義，直到有一天我知道我的先祖是最初來開墾通霄的人之一，我頓然清晰地懂得我活下去且堅守我的老家的重大意義；我結束了逃避性的流浪生涯；攜著與我同命的眷屬，身無分文，毫無事業的成就，當我們行過街道時，鄉人以竊竊的私語和輕蔑的眼神對待我們可憐的模樣，面對這些我終於回到破落低矮的老家，它比高樓大廈更使我覺得安穩和滿足，當我死時，我不會是孤魂野鬼，我會加入親人的行列，這裡有我的祖父母、父親、叔叔和我最親愛的哥哥玉明。

當時先祖和他的同伴行舟於海上，沿海濱的一座山（唯一的），以及瀰漫於山際的雲霧，其形構的奇幻景象必定深深的迷惑著他們，吸引他們的帆船駛入沙河，先和番族的人交易以貨，隨之定居於山南之荒地，遂定名為「吞霄」。如今，除家宅數坪的土地之外，一無所有，自劉公以降，時代與人事的遷變，不禁令我感懷沉痛，但今日我的思想的連續是唯一的安慰。

回憶童年父親對我甚為寄望，他在光復那年受人排擠而失業，家庭陷於貧困，三餐不繼，以甘薯果腹，他死時已憂鬱沉默多年，無有任何遺言。母親最疼愛大哥玉明，但他身當流動劇團的樂手，受肺病的侵擾，英年早逝，使她悲痛搥胸，恆遠不輟。我赤足入學，復又穿短褲進入師範校門，受盡師生的欺視。後來我有頗長的時光徘徊於城市和山地，日以繼夜沉思生命的問題，遂將一切所見所思演成文章，形成今日的職志。有生之年，自認無功於社群，本不願撰言自身之事，但現在友好相詢，就以此對；聊為小傳，不勝臉紅耳赤。

劉武雄

一九七七、四、十九于通霄宅

輯二

真確的信念

維護

——回應葉石濤書評〈僵局〉

我閱讀葉石濤先生論七等生的《僵局》一書的批評，總感覺到他蓄意擾紛和曲解一個理念自明的作家的作品，這種目的不是純粹為探討的論述，我只有把它視為葉石濤本人的私人理由。在我的腦中我常記起他另外的幾篇論述七等生的文章，那是在數年之前，那時我記得是被他的文字弄得很糊塗。無疑我和他兩者之間對七等生的認識有根本出發點的不一樣是顯然的。但是我對葉石濤身為一個批評家的尊敬是不變的，其理由是在沒有辯證之前，我沒有權利認為個人所持的理由更正確，雖然我本人就是七等生。

在台灣一定有人和我一樣不喜歡在談論文學時把某些理論搬出來，甚至在寫作時是呆板地依循著某些理論。西方文學理論在這裡不是應用起來十足的方便，他們的文學與他們的生活是太接近了，但是東方的日常事物有時是不便正面地去描述它，而須維靠沉默的神交和感性的領悟。我想我不必要再往下說出我們的文學藝術與我們的生活之間有多大的空隙。生長在台灣有志於文學的創作者都與我相同有著無比痛苦的感覺，這種痛苦的感覺是複雜且多方面的不適的感情。我非常感佩同時和我在同一時空孜孜不倦於文學藝術創作的人，他們和我一同把作品發表於無酬勞的雜誌，或自創書刊以及印成書本；當我有時力感不足心灰意懶之時，我心中默默地禱念其他的人要勇往直前，以及祈求上蒼賦予他們更多的靈慧。是的，依循於既成的模式寫作是較容易的，像依循於既成的習俗總能獲得沒有麻煩和安適的生活一樣。可是做為寫作者的職責是不容「人性」在既成中腐蝕下去。創造是一個民族聚集存活的條件是不容忽視的。在藝術的諸原則中有一條是：拙笨的創造要勝於優秀的模仿。我總把這句話想成一種獨立精神的寓義。那些學作曲的學生也都在互相的警告：不要寫出以前的人已經有的樂句。要談創作，博學廣知是一種必備的條件，但是獨立的精神卻必須來自一種「自覺」。

我不是一個學者，也許沒有能力來論述藝術創作的諸原則問題，而我是個切身的寫作者，無論正錯，所有的故事均要先由我本身立場做為出發，寫出與我的性靈相接近的事物；不但是寫出我心中所知的事，而且要寫出我本人也許可能做到和參與的事，倘若我如臨其境的話。因此我在本文不是談論學問，而是在說明創作必須基於「良知」，並且在這時我要以良知來和葉石濤先生談談問題。

我實在不應馬上把「良知」這兩個字提出來，但我不知道有什麼字能代表我現在的心情和我要「維護」的真正目的？我為什麼在前頭說葉石濤的論述是基於他個人的理由？很明顯的一點是他用很大的篇幅來描述《僵局》一書的封面，雖然他是敏捷地從封面找到了用以解釋不容易從某種觀點來論述的正文，因此可以說他始終未能真正瞭解我的觀點在那裡，我認為他是借其方便，換句話說他採取了「物證」。尤其我不喜歡他來揭露我用來傳達給讀者的那種接近感性的神交手法；推而廣之，他違逆了東方人性嚮往「神祕」「獨立」「自主」「緘默神交」的精神。他的說明不但沒有使人更能瞭解七等生，而是一種擾混，破壞七等生與讀者間用來傳達的那種獨特氣氛。就像批評打太極拳是虛張聲勢，視瑜伽術為多餘的行為一樣。他的說明即使無誤卻因為是說明了而變得不真和遠離了正文中真正的精神。我並不計較他對我的出賣，無論他在蘋果的表皮再塗以他種顏色，吃起來依然是蘋果。我唯一有力的維護不是我的這篇文字，而是我的作品已經成為不滅的事實。當有人說七等生是社會棄兒型的，或是患了佝僂症的，以及強作愁時，七等生是一笑置之。這只能使七等生想到東方社會爭生存的另一惡毒的人性面，街頭巷尾婦人揭露底蘊的謾罵，自古流傳的文人相輕的事實。存在此多難的現世強不作愁是一種假勇敢的哲學，我想「憂患」才是真正一種自救之道。我的生活經歷以及我所獲得的真正知識，是「居安思危」的古訓。

葉石濤先生引述許多西洋文學史上的人名來說明七等生作品，他所做的比較看來似正確又似不正確，這種為了論述而方便取來的行為，我只得把它視為他個人的特殊理由，與我毫無干涉，我必須尊重他行文的習慣，以及思考方式的自由。但當他的文字進行到第四段，談到〈我愛黑眼珠〉的時候，他那種簡單重述正文故事的錯誤，馬上使我頓住和決定必須做必要的維護。

他說：

「到底為什麼李龍第忽然移情別戀一個妓女？」

我不知道有沒有第二位像他看了正文後相信李龍第是移情別戀一個妓女，他的語調好像在談一般社會言情小說的主題，使我疑問他的閱讀與愛好文學作品的種類。印刷上的錯字我已經找出來，可是也不至於會誤會有這樣的一種涵隱的題旨。我們必須回憶一下那個假設了的災難降臨的城市的現況，我必須說，《聖經》中記述神降災禍於罪惡的城市一節是得到我的「心證」的，在這樣嚴酷的背景，一位作者蓄意來描寫一則貪戀的故事，不但是荒謬無知，而且是冒瀆了上帝。那些在非洲叢林中默默地為痲瘋病患服務的醫生，他們接近病患而不去和自己的妻子過幸福生活的理由，難道是為要和那些病人自由做愛嗎？李龍第又被葉石濤以為是沒有謀生能力的人來當他的立論的註腳，也是他的武斷之處。一個人在某階段沒有在社會工作上明顯地佔一個位置，就斷定他沒有謀生能力，這種立論完全是居於強橫霸道的立場。而且這個故事他用「妒嫉」兩字來統括說明不是也太尖銳了嗎？李龍第的行為根植於善良的人性，他說他不能滿意。至此我知道他有意要曲解那行走在心中而不是在字間的正文的主題。他或許想用倫理的標準來衡論以博得一些人的贊同，但是我必須說倫理大致適用於那沒有大災難的時期，而且倫理並不充足來自代表善良的人性。我個人認為「抉擇」是那篇正文更為恰當的主題，但也不僅僅是如此，也許可以目為「存在」，但也非如此單純；我的故事的主題總不會是文中的某幾個字是十分明顯的。且說在世界末日，真正存在的不是倫理的昭彰，而更是善良人性光輝的顯現。在世界末日的人們不必耽於幻想和感情，而必須做一個有力的選擇，在那時，真正的價值不是私情，且真價會從日常的混淆中浮起而維繫在一個被選的人身上。

無疑地，我驚訝於像他這樣一個應用「物證」的文學批評家，他的文字的進行以及緊握表面事件的落伍論斷，已經遠離人類的心靈而去參與泯滅人性的一羣了。這一切真是令我觸目驚心，發顫不已。他對這篇故事的批評結語是：「如果我們並不斤斤計較於這些迷惑，這篇小說倒是結構完美，富於詩情，有著酷似畢藍德簍*一些戲劇一樣，超現實的風格。」這樣的批語即使有著什麼涵義，也是不負責任的胡扯。這使我心中湧起充滿在我四周環境的那種不負責任的普遍墮落的人性。

我深知這類的爭辯是沒有止境，因此我已先在前頭表明只為了「維護」。有人也許會說七等生是在維護「尊嚴」，對的，我在維護那篇文章的主題不容被他人重述時有所歪曲，因為那些作品是構成七等生存在的理由。任何人都可以朝七等生罵他為背反傳統的作家，以及指他是個多麼糟的寫作者，可是請不要把他寫的故事重述錯誤。不要理會七等生是可以的，讓他去自生自滅，可是千萬別去侵犯他本身賴以存在的主權。

葉石濤先生在獨特的批評個性上所做的妄斷的論文，曾發表在《現代文學》第四十三期，且為我搜集在我的第三本短作集《巨蟹》的附錄留為誌記，以提醒和加深我從事寫作的不二職責和使命。讓我們——仰望星辰，注視它們細小而銳利的光輝；我們不是最後的人類。

*畢藍德簍（Pirandello, 1867-1936），即皮蘭德婁，義大利小說家、戲劇家，一九三四年獲諾貝爾文學獎。

真確的信念

——答陳明福書評

拙作〈我愛黑眼珠〉以「人類愛」和「憐憫」非男女愛情為主題，其中李龍第的人格和信念為許多文評家所曲解，從葉石濤先生開始至周寧先生為止，已令我十分訝異和納悶，最近《中外文學》第四卷第十一期又出現陳明福先生的大作，對李龍第這個人物提出他另一套看法，其中有我不盡同意之處，不得不作一番剖白。

陳明福先生在他論文的第四節，關於李龍第的基本理念，有一個極淺顯和簡單的範圍做開始，使你頗為信服。他往後的陳述也是這樣的明白和易解，然後他在你完全沒有防備時說：

（A）曖昧的信念

在他的論文裡這是一句題意和前提。這個題意是用「我」文中的一段話做為代表，然後做為往後滿篇邏輯陳述和結論的前提，強硬地緊緊地咬住不放。這句話從何而來呢？並不是從「我」文的瞭解上來，而是方便地從「我」文中斷章取義，當作讓人無可辯駁的明確的證據。

在這個自然界，死亡一事是最不足道的；人類的痛楚於這冷酷的自然界何所傷害呢？面對這不能抗力的自然的破壞，人類自己堅信與依持的價值如何恆在呢？他慶幸自己在往日所建立的「曖昧的信念」現在卻能夠具體地幫助他面對可怕的侵掠而不畏懼，要是他在那時力爭著霸佔一些權力和私慾，現在如何能忍受得住它們被自然的威力掃蕩而去呢？那些想搶回財物或看見平日忠仰呼喚的人現在為了逃命不再回來而悲喪的人們，現在不是都絕望跌落在水中嗎？

就是我括出的那一句。這整一段話我自信著，是說明李龍第在面對洪水災難時（有如我們面對考驗要做抉擇時）成就了一個真確的信念，假使這段話前面，不有意的去掉——

他暗自傷感著：

則更為明顯的顯示李龍第的秉性，明白地說出他的痛苦有甚於四周眾人的驚慌。對於會死亡的人類而言，同有生命的萬物一樣，對死亡皆抱著恐懼而不會無動於衷的情感，可是在整個自然界來說，死亡一事是普遍而不足道的；人類的內心雖對死亡的情景感到痛楚，冷酷的自然界卻依然故我，不受移損。至於人類自己堅信與依持的價值如何恆在呢？無疑其所謂價值乃是指俗世之權力與私慾而言，更具體的說（在故事中顯現的）是權勢和財物。因此他慶幸自己「往日」所建立的（思考和編織）曖昧的（還處在模糊猶疑中醞釀的）信念，「現在」卻具體地（得到肯定之抉擇，終於完全具形）幫助他面對可怕的侵掠而不畏懼。這裡我們特別注意「往日」過去式和「現在」現在式。考查一個的某種思想人格之形成，除了第一要素他的「秉性」外，有他的醞釀期，和那重要的使他突破的機遇。這裡要引出一段聖・芳濟的歷史書中的身世和得道的描述*：

Giovanni de Bernadone 一一八二年誕生於 Assisi。他的父親 Ser Pietro 是一位經常與普洛凡斯從事貿易的富賈。Pietro 在那裡愛上一位法蘭西女郎 Pica，並迎回 Assisi 為妻。當他再度由普洛凡斯返回故里時，發現 Pica 為他生了一個兒子，為表示他 Pica 的愛意，將小孩的名字改為 Francesco（即芳濟，Francis）。小孩在意大利最風光明媚的地區長

*威爾杜蘭原著，幼獅翻譯中心編譯，《世界文明史：基督教巔峰的文明》〈第三章：修道僧與托缽僧〉，第三節：聖・芳濟。（作者註）

大，對於安布利亞地區的山水也無法忘懷。並由他的父母學習了意大利及法文，自教區神父學得了拉丁文；此外，他並未受過正式的教育，即輔佐他父親的事業。Ser Pietro 對他入不敷出，揮霍無度的表現十分失望。他是城中最富有的青年，且最為慷慨大方，一羣酒肉朋友終日與他為伍，吃喝玩樂，哼著抒情詩人的歌曲。芳濟經常是一身五彩繽紛的吟遊詩人裝束。他原是個俊美的少年，有烏黑的雙目及頭髮，一張溫和可親的面孔，並帶悅耳的聲音，他早期的傳記作家斷言他除了與兩位婦女有一面之緣外，與異性概無任何關係存在；但這實在是冤屈了芳濟。可能在啟蒙時期，他已由父親口中得悉不少有關法蘭西南部阿爾必金西華及爾多異端，及他們所傳有關安貧樂道亦新亦舊的福音。

一二〇二年他參加 Assisi 攻打帕魯查的軍隊時，不幸被擄，於是在「沉思默想」中度過了囚牢的一年。一二〇四年毅然加入教皇英諾森三世所號召的自願軍。進抵 Spoleto。當他發燒靜臥於床席時，覺得有聲音向他說：「你為何背棄神，而服事神的僕人，背棄王而服事王的家臣？」「主啊，你要我做什麼事呢？」有聲音回答說「回到你的老家；在那裡你會得到指示。」於是他即脫離戎馬生涯，回到 Assisi。此後，對於他父親的事業益感乏味，而宗教熱忱相對提高。Assisi 附近有一所貧困的教堂，名為 St. Damian 小教堂。一二〇七年二月，當芳濟在此教堂禱告時，感覺到基督自聖壇上對他說話，並悅納他將生命、靈魂獻上作為祭物。從那時候起，他覺得自己得著一個新的生命。遂將身上所攜帶的金錢，悉數捐獻給教堂的神父，才回家。某天，他遇上一位痲瘋病人，下意識地他即掉頭而去，然而，良心上的自我譴責，使他感到不忠於基督，所以再度回首，傾囊資助痲瘋病人，並且親吻其手掌；芳濟告訴我們此種舉動正標明他屬靈生活的開始。……

這個記載可以見出信念在醞釀時期未具體顯現之前，是有著異乎一般人的形象，為一般人懷疑，且不明白他的用意，把它形容為「曖昧的」並不為過；可是在面臨選擇時以及確定之後，曖昧已消失。芳濟返身回吻且資助痲瘋病人，與「我」文中李龍第扶起病弱的女子，背負她到安全的屋脊，那時所獲的信念是意義相同的；芳濟告訴我們此種舉動正標明他屬靈生活的開始，我亦可以說李龍第的此種舉動正標明他有一個真確的信念，且視這信念為他生命最高的價值於焉開始。因此「我」文中的含意不能再用「曖昧的信念」來統括和作為前提是至明的，更不能像街坊罵人的潑婦老是咬定李龍第所抱持的信念是曖昧的才會幹出什麼事來。再說「曖昧的」是作者客觀對人物以他過去的模樣所做的形容詞，是意指他在「往日」那一段孤獨面目所醞釀的思想是不成熟的，未經考驗的，還未具形付出實施的（一句老話：做了才算），混沌的，不能讓人相信的，使人懷疑的，他還猶疑或與現實的思想做著掙扎的籠統的形容，決不把它視為他思想信念的性質和意義。但這「曖昧的」形容詞，卻被陳明福先生頗有用意說成帶「好」「壞」「善」「惡」的性質，但做為性質用應為「曖昧」或「曖昧地」，絕非「曖昧的」；但他在往後的陳述裡仍留著「曖昧的」，卻有當性質用法之嫌，明察的讀者必會感覺到這一點。

從這開始，他咬定李龍第的信念是「曖昧」的之後，一切都會很順利地把任何事都能解釋為「反面」而能滿足他陷害與排斥的用心。包括那有點賣弄意味的「罔民」的邏輯。這一點留到後面再來揭開其別有用心的面具。好在，李龍第在他成就了真確的信念下所為的事蹟上是可以完全判定價值的。現在我要逐步把明福先生確定李龍第的信念是「曖昧」的之後，所牽引出來的他私自埋設的用詞列出來；那些設詞很明顯地在他應用的陳舊邏輯裡是很「武斷」、很「脫節」、很「突然」。首先把「我」文的一段和陳明福先生強行更動移植的一段拿出來比較，就可看出他所做的解釋，其目的是想使讀者看不清原故事的含義，然後在無可思辨下能順服他的意旨。這兩段是：原故事：

> 面對這不能抗力的自然的破壞，人類自己堅信與依持的價值如何恆在呢？他慶幸自己在往日所建立的曖昧的信念現在卻能夠具體地幫助他面對可怕的侵掠而不畏懼。

明福先生的解釋：

> 李龍第基於自然力之不可抗拒，而懷疑起「人類自己堅信與依持的價值如何恆在？」懷疑之餘，他乃肯定人類自己堅信與依持的價值是不可能恆在的，於是他「慶幸自己在往日所建立的曖昧的信念」使他在洪流災難之中，「感受到的只是最少的痛苦。」

這是何等流暢通順簡明的散文翻譯（意）。這「面對可怕的侵掠而不畏懼」，他翻意為「感受到的只是最少的痛苦」。這是很漂亮光滑卻是一種「粗心」的解釋，在考查細思之下，「不畏懼」與「最少的痛苦」是完全不同的兩種心境。在故事裡「不畏懼」是與「勇」接近，完全屬於精神面；「最少的痛苦」正好失掉精神面，無「勇」的存在。

他要我們留意兩點：

①李龍第之懷疑、否定人類自己堅信與依持的價值的恆在，乃是透過他那狹隘且畸零的眼角所見所得；

②他所慶幸的乃是，他的價值取向與俗世所追求的大不相同。

試想：一個在災難當頭而能鎮靜不畏懼的人，其眼光與思想那能狹隘且畸零，是不是明福先生親眼看到李龍第天生的形貌有點醜陋和眼斜？我敢保證李龍第和聖・芳濟都是長得俊秀的男子，不相信請到沙河鎮來看。但明福先生的解釋卻如下：

這些並沒有充分的理由，好教我們相信李龍第的價值取向，或籠統地說，李龍第的哲學，要比俗世的更高一籌。因為由①與②我們可以進一步地理解，李龍第只見到他個人特殊的外在條件組合與特殊的心靈狀態之下，所能見、所能肯定的。至於在他的情況「以外的理念」呢？他實在沒有想得太多，甚至，我們可以說，在他畸零的心態之下，對於「其他人類」為什麼要肯定「某些價值」，實在是未經思想，而已先懷疑，已先否定，而這些乃統統涵蓋在他的「平日所建立的曖昧的信念」裡面。

這些曲解之偏激和蔑視是十分明顯的，因為他又重複了「畸零的」這非客觀的用語，在這種頗具主觀的情感之下，當然他可說不比俗世的更高一籌，沒有想得太多。試想：一個沒有思想的人是否會採取與一般人不同的行動，其理甚明，也不可能未經思想就先懷疑先否定，但是我們不能忽略明福先生所提出來對比的那「以外的理念」及「其他人類為什麼要肯定某些價值」的「其他人類」和「某些價值」。要是不把他的「以外的理念」「其他人類」「某些價值」加以探明和考查，我們是無法將李龍第的「真確的信念」拿來和他做「價值」的對照。可是我們回想和檢視一下，明福先生在他的論文裡是否曾將他的「以外的理念」「其他人類」「某些價值」是什麼拿出來給我們看？或是僅僅曖昧地就這麼說便想來排斥李龍第的信念，以自己的「曖昧」反來批評別人的「清晰」。我想如果要想與李龍第的真確的信念比價，就得拿貨真價實的東西出來，赤手空拳空口說白話無異是無理性的罵街，只想挖別人底牌，卻不自己先拿出牌來，只說「以外」「其他」「某些」是不能算數的。至於他的那些「以外的理念」「其他人類」「某些價值」是什麼，雖可輕易地感覺出來，但我不想覆轍他的做法，那樣只說他人之非，不說自己之過的錯誤。他的那些「曖昧的東西」經我一提醒，一定會有話說的，我希望它們在我還不知道之前所稱的曖昧的東西不是真正的「曖昧的」。那麼李龍第之真確的信念在我本文裡要對比的是什麼呢？後面就要討論，但依然不越出明福先生論文中所具有的範圍。他的習慣是先提出要點，加以解釋，然後是一個驚人的結論，譬如前面他要我們注意兩點，而後有一段頗長的解釋，現在接著就是他的結論（只是目前這一個部份的結論，因為連綴這些部份，他還有一個總結論，也就是法官的判決。）他說：

> 因此，我們還可以說，李龍第的價值取向與俗世所不同者，只是他以無價值取向，否定價值取向為最後的價值取向。

這是不用結論的語法所做的結語，他要人認為「語意」的「跳躍」或「變反」是合理的，但稍懂邏輯的都知道這是「詭辯術」，是正統的哲學家以外的人所用的邏輯。附帶說這種「詭辯術」用的最多的是歷史中的野心者和煽動家，羅馬帝國時代，安東尼和布魯塔斯就曾利用凱撒之死演說煽動羅馬的民眾，其言詞是如何感動人，不用我再多稱讚。只要回憶到「我」文中的故事，任何有閱讀能力的人，都會感覺和認可李龍第的行為是有價值取向。「陳」文中的「以無價值取向，否定價值取向為最後的價值取向」，不但在單項來說是曲解李龍第的信念，另方面這個句子「似通未通」，只是說起來很嚇人，造成錯覺，是少數自誇有學問，有知性，崇拜某種主義的知識份子喜歡出口的章法。問題出在「價值」身上，一旦我們知道這「價值」是什麼，我們也就知道他應用邏輯的用意在那裡，這句話仍有它邏輯的效用。那麼在這裡要論到「價值」。他說：

因此，俗世所追求的，不論是權力或私慾，其中所可能涵蘊的一點希望、理想、衝勁和狂熱，在李龍第的信念中，是完全不存在的。

在這裡我要以最廣涵的心靈來瞭解他所說的除權力與私慾外，所可能涵蘊的被當做為希望、理想、衝勁和狂熱所追求的事物，而且我也迫切希望他在前面提到的「以外的理念」「其他人類」「某些價值」是真真確確的包括在這裡面；唯一遺憾的是：同樣摒棄權力與私慾的李龍第的那種信念，卻為他拒絕納入這樣一個高尚的使命範圍裡，而且否認李龍第的信念不具有希望、理想、衝勁和狂熱；如果是這樣，李龍第的故事或聖・芳濟的事蹟應如何瞭解？如何能納入人類文明歷史的價值裡？「價值」豈可容忍陳明福先生這樣地霸道和專斷？在這裡我不得不仰首嘆息，對於人類的自私何時能低降，人類何時才能透過寬廣的心靈瞭解而和平相處，相愛。我不得不對現世的人類投以憐憫的眼光，懷著最深的憂鬱。

的確，在李龍第的理念中，是排除所謂俗世所追求的「權力」與「私慾」。我想故事的結構也是為了充足說到這種「理念」。因此以新聞般紀實的情節看它將完全錯誤。那裡沒有男女愛情的倫理學存在，只有聖・芳濟式的「人類愛」和「憐憫」的理念。看來，這種理念在未被體認和考查之前像是「狹窄」的。但是這種理念是頗富隱密性，潛藏在實際的人生中，真正徹底的像聖・芳濟的實踐者也許很少，可是我們能體認大多數的人們是走著中庸之道的，既不放棄追求權力與私慾，同時也想這些事物不易保持長久，將隨生命的結束或時代的變換消失，所以在佔有小小的權力與獲得小小私慾之下，持著保持現況摒拒無窮追求幻想的想法，而能使他獲得安定的力量。換言之，也就是保有摒棄那權力與私慾不使其過份伸張的理念。環觀世界的人們，利慾薰心者有，但保持現狀持中庸之道者多數，那麼這種理念的存在是一條「狹路」顯然又是錯誤的。

在故事中，李龍第的信念是有為的，他的事蹟是不可抹掉的證明，不論他人看來認為他的行為卑鄙，違反倫常，就像聖・芳濟為其父所失望，為其一般 Assisi 人所不齒和嘲笑，可是對他而言，他是經過選擇而認為有價值，這屬於精神價值與權力和私慾的物質價值當然有區別；而李龍第能在這兩者間經過長時的思慮和醞釀，最後在面臨考驗的時刻選擇他要的信念，他要這樣做而不要那樣做，這兩者間在他的思想裡是有價值等差的分別，但這分別可不像「陳」文說的那種「高一籌」的性質。一個喜歡去計較高低的人總是先下手貶低別人。而這憑其良知秉性且對現象世界具有熟識的認識，且由這現象世界提升的信念行為，是人類文明歷史所承認的價值，其具有永恆性是不可置疑的，那麼明福先生往下的話：

> 我們與其說他是因為「一切皆沒有價值差等，更沒有什麼永恆；故一切皆無可執著」而以無價值取向為價值取向，還不如說他是因為一個基本的信念：「一切皆無可執著；故一切皆沒有價值差等，更沒什麼永恆」。

這和我對李龍第的剖白相差多麼遙遠，已經完全是「背道而馳」了，相差到一千八百里了。至此我深深覺得，明福先生有一套特殊又具特色的「辯證法」，我回溯我所涉獵的古今文學批評似乎頗為少見，可謂沒有，但我相信在別種的批評裡一定有，也就是說他是有其模範的，可不是我熟悉的，因此頗覺怪異；與其說我很欣賞他有此絕招的聰明才智，還不如說我對他的用意深深懷戒心。因為他的文章裡帶有「恐怖」的音響。無疑，在文明歷史裡，物質是沒有永恆性的，權力與私慾是受譴責的，應該要加以抑制而不使其過份伸張，而精神在人類所追求的事物理念中它是佔有永恆的地位。

由於前面我特別尊重明福先生在他的論文中提到的「以外的理念」「其他人類」「某些價值」「其中所可能涵蘊的希望、理想、衝勁和狂熱」，他的這些東西顯然有別於李龍第的東西，他之所以會擺出霸道、專斷、搬出辯證法、應用詭辯術、推我於不能抬頭的境地，恐怕是這兩種價值的爭執罷？設若他是認為做為一個文學作家的七等生不關心現實社會，逃避到角隅，缺乏作家的使命感，因此才會創造出像李龍第這樣現實社會裡所沒有的角色，李龍第根本是七等生的化身，那麼以使命感自居的他是非把李龍第排除出去不可了。可是李龍第是理念的化身，是帶著信息傳達出去的。所以我感到做為文學作家的七等生和做為文評家的陳明福之間還有一個「文學風格」的問題存在。所以這裡有一個因「道不同」而相互排斥的現象。而兩者相爭其手段無不用其極是可以瞭解。前面我提到「李龍第的哲學是憑其良知秉性且對現象世界具有熟識的認識，且由這現象世界提升的信念行為」，那麼去檢視「我」文中李龍第是不是真的熟識和關心到現實社會，無疑是必要的。

他沉靜地坐在市區的公共汽車裡，汽車的車輪在街道上刮水前進，幾個年輕的小伙子轉身爬在窗邊，聽到車輪刮水的聲音竟興奮地歡呼起來。車廂裡面的乘客的笑語掩著了小許的嘆息聲音。李龍第的眼睛投注在對面那個赤足襤褸的蒼白工人身上；這個工人有著一張長滿黑鬱鬱的鬍髭和一雙呈露空漠的眼睛的英俊面孔，中央那隻瘦直的鼻子的兩個孔洞像正在瀉出疲倦苦慮的氣流，他的手臂看起來堅硬而削瘦，像用刀削過的不均的木棒。幾個坐在一起穿著厚絨毛大衣模樣像狗熊的男人熱烈地談著雨天的消遣，這時，那幾個歡快的小伙子們的狂誑的語聲中開始夾帶著異常難以聽聞的粗野的方言。

這是李龍第所相為伍的現實社會，從小所熟識的呈現對比的現實社會。為何文評家們總是跳過這一重要的描述，不從這來確認李龍第關懷現實社會的情懷？許多批評家武斷李龍第是個現實社會的挫敗者，是居於他那時沒有職業工作，被養，認為可恥，那麼人類是不是應該在誕生下來就單獨去覓食，那麼人類社會所建立的互助和愛如何存在？李龍第那時也許是個自修的畫家，作家，大學生，暫時未有機會表現他的才能；試問陳明福先生如你一時沒有找到職業，你心裡是否認為自己是這現實社會的挫敗者？為何這麼簡單的常理不被你們文評家所考慮，而要擺出一個頑固和沒有想像力的權威姿態吐出滿口臭味的唾沫？書本也許看的滿多，卻獨缺少寬容之精神和瞭解的胸懷罷？再引一句：

要是他在那時「力爭」著霸佔一些權力和私慾，現在如何能忍受住它們被自然的威力掃蕩而去呢？

我們是否可以認為不「力爭」就意味著「挫敗」呢？顯然是不能持著這種看法也是自明的。他不力爭的理由，也許是現實社會並不怎麼開放公平競爭罷。所以他有過重重的思考，醞釀著對於價值觀想與俗世分道揚鑣的理念，又由於他的特殊的秉性資質，使他望見了人類文明歷史永恆的信念，而有著頓悟和抉擇。他的秉性之所以導向於在明顯的兩種價值中選擇，乃是居於他特別觀察到的畸形的現實世界；像李龍第這種關心於人類世界的人，他的不快樂和憂鬱是自然的，因此由他這孤獨不快樂的外表來判定他是挫敗者很不具知識的成份。但在這裡我們不能忽略或抹殺掉「陳」文裡的「以外的理念」「某些價值」「其他人類」「其中所可能涵蘊的一點希望、理想、衝勁和狂熱」，這些他或許認為更為當前迫切，更具價值的。我完全承認其有價值不錯。假如說這些東西與李龍第的理念同為與俗世的權力私慾對比，他要求為何不照他的去做，但我要試問他是否能照李龍第的去做？顯明的他會拒絕，各自抱持的理想是很牢固的，也要看面子問題和是否謙虛了，強迫他人奉行自己的意志是不對的，除非暴君或專政。因為生命個體在宇宙世界中有選擇其生存位置的自由，這個人權宣言無論如何每個人都要尊重和留存。因此下文我就不再提起，只待他明明白白地告訴我們他的東西是什麼之後，而且判明他的東西是否是貨真價實的東西，再在另一個機會裡討論。我以為能這樣地與他接觸不但有趣，而且是一種福份。他說：

何以「一切皆無可執著」？因為，李龍第在現實中的挫敗經驗，……

關於挫敗的事，我前面已經說到，是文評家的失掉常理的判斷，已不必再重複討論，我只想將李龍第的理念拿來和俗世的權力私慾作一對質。如果我們這樣看，李龍第並非無執著，在精神上能自立和自我選擇的人是更有執著，俗世所執著的權勢和財物，在宗教的觀點，那是空洞的東西，容易易手和幻滅，把大家所熟知的史懷哲醫生的事蹟拿來印證，如李龍第是一切皆無可執著，那麼史懷哲亦同樣一切皆無可執著，因為他背離供養和栽培他的祖國家庭，去為不相干的非洲人治病，以他的能力在祖國要力爭的話，權勢與財物豈非沒有，難道他是在祖國的現實社會挫敗了才到非洲去嗎？那麼李龍第在「我」文的故事中沒有力爭，文評家判他是現實中挫敗對嗎？陳明福先生繼續他振振有詞的言論：

李龍第這人的信念中，創發生命的鬪志和理想是不能找著的……

前面提到明福先生第一步錯，以致背道而馳，為了將錯就錯，不惜歪曲事實，文字用詞只要想得出來用得出來就是當然的了。這種意指無異在說權勢財物才能引起鬪志和理想（他的那些以外的理念某些價值在此是暫不考慮的，前面已說過，只等他拿出來再說），那麼史懷哲是沒有理想的人，李龍第扶起為別人踐踏的弱女，照顧她，這種行為是沒有鬪志和理想的人所為的。野柳的林添楨捨身救溺，照俗世看法，他的行為是完全沒有考慮他是他的妻子的丈夫，子女的父親，國家的國民；這個人要是是個落魄的漁夫，明福先生是否也以看李龍第的觀點來看林添楨呢？要是在平時問道林添楨有什麼理念和信仰，他可能說不上來，在他的事蹟之後，我們是否可以像明福先生說的：他有一個曖昧的信念，他沒有因打漁致富是個挫敗者，而且常常和妻子吵架，有時雨季不能打漁，他的妻子到基隆去做工養他，他的心態是畸零的，他一切都沒有想得太多，他的行為是屬於一切皆無可執著……明福先生是體面的人，有高尚的職業（譬如在藥廠做事），收入不錯，他在那假日與一羣同屬社會有鬪志有理想的朋友來野柳遊玩，坐在仙石上觀海潮，為了想瞭解漁夫的生活，漁夫的思想，和林添楨坐在那裡交談，明福先生頗富知性的問話很使林添楨莫名其妙，支吾答不出理念和信仰，明福先生覺得林添楨的眼光是狹隘且畸零，因此落得在下階層過活，而且從談話中獲得他很迷信一些什麼神和靈，不太理會財物，因此認為他一切皆無可執著，判定這糊塗人一切皆沒有價值差等，更沒什麼永恆，為何如此？因為他根本沒有鬪志和理想。此時突然在仙石上喧嚷了起來，手臂手指指向海洋中被潮捲去的人，仙石上坐的人都站起來，有的奔跑，有的踏腳，明福先生和他的體面朋友為了推託自己不會游泳，和互相指認對方比自己行，而在那裡爭執起來；對於誰最會游泳或比較會游泳一時無法客觀鑑定，在他們爭吵時臉是背向海的，也不知道林添楨何時走，去做什麼？等到知道了後，這羣體面的朋友又坐在仙石上聽明福先生論林添楨的基本理念，曖昧信念，哲學與邏輯，鴻溝的意象（林添楨的妻子看到他在洶湧的海潮下愚傻地跳下去救人，意識到凶多吉少，失掉了控制，歇斯底里起來。）由於知道貧賤夫妻常常吵架，因此明福先生在他那浩瀚的學問裡搬來了「罔民」的邏輯，他下了結論後，一羣人高高興興地坐著他們的自用車經基隆到台北，到基隆時明福先生為印證自己的理論不錯，不忘下車訪問曾經僱過林妻的老闆，知道她是個好女子，勤奮節儉，照顧家庭不錯。然後他們回到車裡取麥克阿瑟快速道直開台北，車上他們商議在那一家餐廳吃晚飯，飯後再到明星咖啡店坐坐，其中的一人說何不找些富刺激的玩樂，大家眼光集中到他臉上，另一個問他：「你早上拿到的回扣有多少？」……林添楨為何不像一般仙石上的人那樣乾焦急那樣感到恐懼，而能鎮靜。明福先生說是他根本沒有想得很多，不知道有「以外的理念」「其他人類」「某些價值」，他可以「安」得下去，因為對他那種微溫的，無價值取向的生命情調而言，狂潮（洪水）般不可抗拒的力量，實在已摧毀不了、挫敗不了他的什麼了——因為他已不再有什麼可供摧毀和挫敗的了。而明福先生之所以沒「當仁不讓」，我想不論是執著俗世所追求的權力或私慾，大概是執著那些他未具體顯露的曖昧的「以外的理念」「其他人類」「某些價值」罷。反覆說這真討厭，趕緊趕緊，於是他先有成見的兩個字「頹廢」出現了，有趣的是他像似改變了口氣說話，恐怕是終於瞧見自己的良心?!他這樣說的：

但是，我們在此說他頹廢，卻不表示他不夠理性，或者思想不夠深度，相反地，卻是因為他有足夠的理性，所以才能對困難的環境提出反省與自覺，所以才會有以無價值取向為價值取向的頹廢主義出現，亦因此故，我們將說他是一個理性的頹廢主義者。

「頹廢」這兩個字用得好、用得妙，凡是背反「生」放棄「獲得」不伸張「權力與私慾」，皆可說成頹廢，林添楨死了是道道地地的頹廢，明福先生大概以為自己是長生不老，或認真貪生怕死可以獲得最後的一個人類的美譽，也是最後勝利。在這裡我們能夠看出李龍第、聖・芳濟、史懷哲、林添楨的相同秉性與明福先生和他的體面的朋友是顯明的分野著。但是明福先生仍是具有良知心靈者?!回憶一下他剛才不是妄加武斷地指責李龍第「沒有想得太多」「對於其他人類為什麼要肯定某些價值，實在是未經思想，而已先懷疑，已先否定」嗎？李龍第如是照他說的那樣，豈可在此「頹廢」的生態裡稱他為「理性」和「深度思想」有「足夠的理性」能「反省與自覺」呢？這一套「辯證法」的用詞意義，試問豈可去相信？一般讀者是不會去檢驗這種魔術，只喜歡看他表演得精彩不精彩，我的確也佩服他耍得很鑾像一回事，對他乾淨俐落的手法拍手，但假如因此煽動無知之輩來侮辱和陷害到作者，或被人利用他這帶著濃厚意識色彩的論文為真憑實據來找作者的麻煩，豈不有些「缺德」嗎？明福先生要是說的是「真」，我會低頭領教，對於自己末日之來臨豈可責怪別人的揭發呢？文評而用辯證法這是台灣光復後第一遭，希望文藝界特別注意。自我寫作以來，我的文學風格，所遭到的詆毀和誹謗豈只文評耳，當我在台北供職於文藝沙龍咖啡室，有些極端者與我交談爭論後，即唾沫於我臉上離去，我只有默默受辱掏手帕擦掉；更有甚者天天坐於櫃台前，怒目視我，侮罵之言朝我擲來，我保持沉默數日，不加理會才終於消影。本不想說到這些，但每想起自降生於世後，因家庭赤貧，受盡鄰居同學，甚至老師之欺侮和磨難，肉體和精神都已到不能忍受的程度，今天再遇明福先生之面目，雖已發孤獨潛居之誓，亦不能不再出來為自己或人類維護尊嚴，駁斥真理之背道者之言論。再說李龍第在「我」文的故事中並沒有排斥「以外的理念」「其他人類」「某些價值」，僅僅不想做以下這種人：

要是像那些悲悲觀而靜靜像石頭坐立的人們一樣，或嘲笑時事，喜悅整個世界都處在危難中，像那些無情的樂觀主義一樣，我就喪失了我的存在。

這樣明白地自我肯定，難道文評家有眼無珠？全部轉到男女私情上，好像我正在揭發他們實際人生中的曖昧行為，敏感地道貌岸然聯合起來反對，以便向親戚朋友顯示清白。請問明福先生，你的那些勞什子是不是李龍第不想參與的那些？還是別的？是什麼？除了這些外李龍第沒有再大言不慚，而還想讚揚「以外的理念」，擁抱「其他人類」，認可「某些價值」。對李龍第來說除了直接服務人生，像聖・芳濟，像史懷哲，沒有更好的哲學了。但是他並不排斥或貶毀別種同樣服務於不幸人類的哲學，只是念憑秉性資質，自由意志選擇一種，你想他沒有這種自由權嗎？還是要聽命權威，像古時服從專政？請你務必回答，生命個體是否應該不應該配有這等自由意志，自由權，以及他個人的哲學，尤其這些都是人類文明歷史認可歸入的部份，可以不可以？為什麼你要誣賴李龍第，以莫須有曲解他，除了共產暴政，自由人類已少有你這種人。先是「頹廢」的帽子給他戴上，再加上「理性」，猶如帽子加上「紅條」，表示第一等，特等，超級；「頹廢」加上「理性」，等於「殺人犯」加上「預謀」，應罪加一等。想想，最好喝杯茶，抽支煙，冷靜冷靜一下。明福先生那可能是前面說了，還在後面打自己嘴巴的人，他用詞及心思之陰毒，是非置人於死地不可。批評他的話還是少說，把他一手導演的戲欣賞完倒是正事。再說他咬的四個字：

亦因此故

使我像似看到他那裝扮起來的大法官般冷冷而嚴肅的面孔，宣佈說：

我們將說他是一個理性的頹廢主義者

我建議「我們」省掉「們」字，成為「我」則更富權威性。我不知道他是否在眼鏡背後抬起眼睛看看旁觀席上人們竊竊發出的笑聲。最令人同情的是周寧先生那莫名其妙的臉色，他的話被明福先生大師拿去派用場了，先說他「行」，拍拍周寧肩膀，但還是沒有好評。今日在情緒與意識普遍趨於極端的時期，在文學創作上，我知道自己是極端者矢箭的目標。我很贊同社會寫實的文學創作，我不想在此檢討他們的口號下的成績如何，但同樣站在人類文化歷史的知性上，應該容許作家寫作風格上的自由，不能拿出霸道專斷的姿態，互相批評是很自然的，但必須站在誠摯的立場上，互相磋磨，促成進步，而不能居心不良。從以上我所看見的明福先生對〈我〉文中李龍第的曲解批判，雖不能就此證明他有居心不良，但他想專迎某種文學主義，或思想主義是能讓人感覺到的。尤其是思想主義，因為他並不討論文學本身的風格，而以李龍第為對象批判思想，雖不說到作者隻字，實質上是批判作者本人，這種狡獪的才智是完全無法絕對偽裝的，他自己避去物證（但在批評中以斷章取義法擺設物證），卻不能抹滅掉人類還有一更為可靠的「心證」。這種完全泯滅人類良知心靈的人生態度，使我為他嘆息。對於自己的處境和關懷人類前途言，我亦有淵明話的感觸：

採菊東籬下
悠然見南山

我很想在此停下，認為已沒有再去駁辯他的價值，在此寂靜之夜，通霄鎮的人們已安眠於他們的睡鄉，為何獨我為這擲來的欺辱感到不平而放棄我的睡眠呢？童年的不快樂向我襲來，現實世界的景象向我襲來，無數之人類面孔向我襲來，我的腦際浮起十多年來寫作的篇篇作品，為何？是為了贏得作家之美名嗎？從而獲得某些權力或私慾嗎？那麼這些已到了我的面前了嗎？沒有。相反的，只有受辱，以及喪失了某些俗世的生活樂趣。罹病和憂愁。此刻，我希望所有人間的美名和權益都分給人們，只留下給我平靜。我更希望和相信明福先生不是如我過份敏感的精神所感覺的那樣存有居心，是神使這位文評家如此曲解我，我真希望所有這些事都化解而無形，因為聖・芳濟的事蹟叩響著我的心。

某一個寒風刺骨的冬天，芳濟正冒著酷寒離開帕魯查時說道：「利奧弟兄啊，即使小弟兄會士在神聖與訓誨的事上，樹立了楷模，可是千萬要記得真正的樂趣並不在其中。」芳濟向前行走片刻時，又表示：「啊，利奧弟兄，縱然小弟兄會士能令盲者看見，佝僂直立，把鬼趕出，令聾者聽見，瘸子行走……在墳墓裡已四天的死人復活，切記：真正的樂趣仍然不在其中。」再行走一段時間，他又大聲喊道：「哦！利奧弟兄，小弟兄會士若能懂得萬人的方言及各種的知識並所有的經文，不僅能夠預卜未來，而且洞悉靈魂及良心的奧祕，切記：其中亦找不到真正的樂趣。」……又走了一段路後，他再度喊道：「哦！利奧弟兄，即使小弟兄會士極擅傳講，能說動普天下之人皈依上帝，切記：其中仍無真正的樂趣。」如此說了又說，繼續二英里路程，利奧弟兄問道：「教父啊，請你奉神的名告訴我，究竟真正的樂趣何在呢？」芳濟答道：「當我們帶著被雨水濕透，被嚴寒凍僵，被泥沼污穢，受盡飢餓折磨的身子來到天使聖馬利亞教堂叩敲大門後，門丁惱怒地前來問道：『你們是誰？』我們說：『我們是你的兩位弟兄』，而他回道：『你們說謊，你們毋寧是兩名騙子，詐欺天下，竊取窮人的賑濟品，滾開！』拒絕為我們開門，迫令我們整夜飢寒地在風雪中挨過；此刻，若是我們仍耐心地承受這種殘酷的對待，既無怨言，也不憂傷，心中謙卑而寬厚地相信，是神使這位門丁如此奚落我們——哦，利奧弟兄，切記：真正的樂趣乃在其中！假如我們仍繼續不斷地叩門，門丁出來憤怒地趕走我們，並凌辱，毆打我們的面頰說道：『滾蛋，你們這些可惡的竊賊！』——若是我們滿懷愛意，歡喜耐心地忍受，切記，哦！利奧弟兄：這就是真正的樂趣。假如我們因飢寒交迫，再度叩門，並淚流滿面地苦求門丁秉著上帝的恩愛，開門讓我們進入教堂之內，而他……帶著多節的大木棒，抓住我們的袍子，將我們猛推於地上，在雪中翻滾並以那重的木棒傷了我們身體裡每根骨頭；倘若我們仍體恤耶穌基督臨死前的痛苦，而為愛祂的緣故，耐心並欣悅地忍受一切的苦楚。切記，利奧弟兄，真正的快樂非此孰是。」

一九七六年四月十五日通霄

當代文學面對社會

一、當代文學的特質

我自己常不由自主地表露出個人內心的孤獨和寂寞感，而且這種情緒自來久遠。但是我在這裡並不想追溯童年的部份，我只願意把和文學藝術有關的事略微說一說。在五十年代，我十七八歲青少年的時候，像一步踏入了陷阱一樣，我在寄宿的師範學校讀書，主修美術。即使是現在，事隔三十年的歲月，回憶起來仍舊不免感到羞恥和傷痛，我不知道為什麼我在那時全身感到不對勁和難過。他們動不動就把我捉到升旗台上和校務會議的校長室，當著全體學生和全校的教師們面前指責我的頭髮留得太長，服裝不整，甚至有專門跟盯我的行動的人，他們向導師打小報告，教官終於藉著一個鼓動喧嘩的理由把我踢出校門，事實上我的本性十分害羞和柔弱，這柔弱是由於營養不良，不善於出風頭，只有懷著一顆愛美的心，美的事物對我具有極大的吸引力，也唯有它能影響我的舉止和動向。因此，除了畫畫，我對其他的課程均不感到特別的興趣。好在學校有一個不錯的圖書館，在那裡我以無知和探索的心找到了莫泊桑、惠特曼、海明威、勞倫斯和法國的現代詩人們，尤其是我讀到雷翁那圖·達文西的傳記《諸神復活》時，我才漸漸敏悟到我自己的存在。他們才是我的導師和朋友。我有點不自量力地沉迷於他們，愛他們；沒有他們，我感覺無法和那時的生活環境抗衡，我會被那無情的環境毀掉和淹埋。然後我才懂得如何以時間一點一滴地訓練和累積自己的品格，我幾乎以我行我素和靜默的態度塑造我個人的品好，譬如我逃學去聽音樂會和看電影，到大街上去寫生，甚至一個人騎單車環島旅行。為什麼？那時我只是有衝動要那樣做而已。後來我放棄當畫家的想法，突然想以文學的創作做為表達滿足自己，假如我還要謀生活下去並且不會太引人注意的話。之後，雖然邂逅了一些同樣以文學的表現為職志的人，我體會到自己個性的差異，知道「道不同而不相為謀」，認為還是自己孤立起來的好，假使我要永遠忠於文學的創作的話，我必須要有自己的獨立思想，以及個人的表達方式，而不是去附和集體的意志。後來我閱讀日廣，有系統地把中外歷史涉獵了一遍，對於追求美的初衷，完成自我的事更加的堅持，我覺得這是有限的個體生命去向永恆挑戰的課題。

我不知道以上的自我回憶是否觸及了所謂現代文學的特質，也許並不盡然；但然或不然並不重要，我所以要從自我說起，因為我不是專精的研究學者，只是一個自我設想的微不足道的小作家，重要的不是內容或所謂成就這一件事，而是做為一個人的思考形式。這個思考形式決定個人的存活樣式，甚至決定了追求美的本質的途徑，使個人感覺那存活的重要，愛惜個體生命，進而尊重別的個體生命，推而不只是人類，還包括自然界的一切。或許可以這麼說，當代文學的特質顯現在各個不同性質的作家的作品裡，表現在他們不同生長環境的薰陶塑造裡而有不同的思考和個人化的風格中。社會有集體意識和教條做為一種傳統的要求，也有堅守自由原則的個人表現，雖然都有一個美和藝術的原則，卻可以看出在內容和形式的主從不同關係上建造的不同面貌的文學堡壘。如果說，這是文明進展的一個過渡時期，當代文學的確具有多樣式的風貌，文學作家不可避免地普遍有著孤立奮鬥的不安寧心理。這種特質可以在作品裡嗅得出來。從今年諾貝爾文學獎得主布洛斯基有限的作品和資料檢視，他有一個猶太人宿命的基調，但是仍然以他個人的抒情去反映他經歷過的社會背景，他說：「我認為一個人應該以一種比種族、教條、國籍更精確的方式來認同自己，一個人首應辨明自己是不是一個懦夫或誠實的人。人不應依靠外在的標準來標明自我。」他沒有索忍尼辛那種狂烈的批評精神；換一個地區和個人，馬奎斯的《百年孤寂》，則展佈著潛意識支配下的幻夢世界，而在中國作家裡，王文興質疑著家庭倫理的淪落，進而嫌惡著現存的不倫不類的社會結構和偽哲學的迷信表現。這些主題全依靠個人的美感語言直覺地表現出來。

二、文學在當代社會中的地位及與社會的交互關係？

文學在本世紀裡，自從上世紀末印象主義從古典的溫柔懷抱脫離之後，似乎取代了傳統的學院哲學的地位，勇敢地面對現實的實際人生，這包括兩方面，就是個人詩情抒發和向社會要求合理公平的生存權益。這種情形雖然有點混淆，到底文學和哲學誰是主從，不易辨清，但像我這樣的凡夫俗子倒不必去為這個事體傷腦筋，我要的是從它們之中吸取養分，滿足我生存的愛欲。像柏格森、沙特、羅素、卡繆等人，你無法清楚地考慮到是他們的哲學或他們的文筆吸引你，也許兩者你都要，即使經過一段時間，你會不喜歡他們的某些主張，但你還是忘不了他們文字的簡潔。更明顯的，像托爾斯泰、喬埃斯、紀德、赫塞、梭羅等，他們明顯地以文學的創作取勝，但我們讀了他們的作品，仍然忘不了他們在小說或散文中的哲學。文學成為一切表達的工具，文學成為一切存在的主要形式。從柏拉圖到佛洛伊德，這當然不是哲學的傳系，而是說到從古至今的知識，無不依靠著優美的文學表現來傳達。再說卡夫卡，我認為他是現代的唐・吉訶德，我心儀他的「不可為而為」的犧牲精神，用象徵的劍法揭示社會的醜貌，向既存的社會道德做抗辯。在中國，從屈原的〈離騷〉到蒲松齡的《聊齋》，不論是胸襟抱負或揭揚人性，無不端賴文學的形式得以表達。這些精神目標推至現代，已經遍佈全世界的各角落，廣達了全人類，即使各民族都有他們原有的互不相同的文化背景，但是拜文學形式之賜，在現在無不有著不可搖動的共識，它推動社會脫胎換骨，社會也回報它應有的尊重，文學成為人類社會的一項重要不可少的品質。如果我們在這裡不去計較文學作家是否有對錯的話，我們也可以檢視中國社會在近代的演變，文學扮演了一個推波助瀾的角色，三十年代左右創作文學的知識份子受政治的徵召，導致了現今的局面結果，這一點使我們活在此時的人頗為省思。所謂社會，不只屬於政治的或經濟的，事實上在那裡潛移默化的是文學。在現代的文明社會中，知識份子（尤其是掌握文學的份子）才是社會的導師，從他的直覺裡就負有強烈的道德責任，不完全是政治家和商人。甚至，文學總是在那裡做替罪的羔羊來平衡社會的運作，免流於商業的低俗和政治的縱慾。更確切地說，文學支持個人在社會無情的壓力下，免於崩潰的命運。我們也非常清楚，文學的個人總是在最後耗盡心力而倒下，但是他存留下來的總會有後來的人承傳下去。所以文學雖產生於個人，卻終於成為整個人類的資產。文學的取材來自社會的現實和個人的生活，但它的價值投回給社會歷史大於個人，在社會裡生存的個人多少都受到文學的安慰和啟發，每個人都從文學的資產裡分享文學的美感和認知。在當代裡，文學的力量甚至衝破了民族的限制，和制度的禁錮，透過美感的啟示，使存在的時空更形幽遠和遼闊。

三、作家創作的動力（動機）與目的：

當我指陳所謂作家都天生賦有一種表達的本能時，我的意思不在指稱作家是有比別的人更高的天賦能力而恭維他們。這是一種性向工作的類別，而不是才智品格的高下。任何工作在生存的意義上都是平等的。在我的觀念裡，一切的出發點都是公平的，而且一切的成果，我也不完全把它全部歸屬於個人，環境的因素頗能使個人的才具顯達或趨於隱沒。要瞭解作家創作的動力，或許可以先探究作家個人的稟賦性向，而至於作家創作的目的，恐怕非對時代和環境的考察剖析不可。這可能也是文學批評掌握的所在，分別來自心理和社會兩個範疇。嚴格說起來，每一個作家，都是個案，譬如我們閱讀托爾斯泰和卡夫卡的作品和資料，會發現他們有性情和教養的明顯不同，這還包括他們的生活背景。我常常感覺作家作品的形式風格，他們等於都在做開天闢地的工作一樣，《戰爭與和平》和《審判》、《蛻變》之間，有何等的不同差異，等於是兩個世界或兩種天地。在我們中國作家裡，王文興從《家變》到《背海的人》似乎也認識了這項創作使命。我個人當然是一個微不足道的寫作者，正如有個朋友對我說：「你只寫了幾篇短小說，還不算是個作家。」我聽到這話並不覺生氣。不論是大作家或小作家，我在這裡並不做任何作家或個人的評價。我們討論的是動機和目的。以我個人而言，雖然不能真確地指明我的軀體內有一個驅迫者指揮我，但是我必須承認，我的開始是在一種恍惚的狀態裡，某種東西會聚起來運作而成形了，或者說，某種體內的熱能逐漸升高到一個燃燒點；我的情形是：我經歷的現實世界的一個個物件經由想像的作用而組成了某個虛構的世界來，那種趣味的滿足幾乎有一種不可抗拒的快感，也是一種緊張渴求一種解脫的舒放。我記起了和《文學季刊》的朋友們在一起時，尉素秋女士說過：「作家在寫作時體溫比平常高一些，」那也許是一種發燒的難過，必須想法把燒退掉才行。為什麼會感冒，總要把濾過性病毒找出來，才能治好。那種神祕不易理解而只能感覺的東西到底是什麼呢？創作的動力和我們在哲學裡詢問生命是什麼，是同樣性質的東西。要回答這個問題頗不容易的，要是能夠的話也頗費周章。要把這個問題劃在知識的領域裡來說，美學家克羅齊說它是直覺底，而且他說：「直覺底知道並不需要主子，也不要依賴任何人；它無需從別人借眼睛，它自己就有很好底眼睛。」我們想伸出手來捉它，它並沒有形體；最好不要動它，把我們的身體借給它，看它要做什麼順從它好了。而且最好也不要先去問它，去和它計較到底是好意或壞意，像我們尊重「藝術底天下只可以沒有反省底意識」，這句話也是克羅齊以為的，他說：「這反省底意識是歷史家或批評家應有底進一層底意識，它對於藝術底天才卻非必要。」我實在不知道為何蠶兒要吐絲自繭；真的，我也不甚明白為何要把一個字一個寫出來，這真是一件莫名其妙的事。可是我們越是以這種質疑的態度來看待它，動機的存在是越能顯現出來，越能讓我們體會它的職能。蠶兒吐絲成繭並不是為了要給人做衣服穿，這是人說的，可不是蠶兒明白表達的和奉獻的。同樣，作家創作的目的，不是別的，全是為了完成自我。

四、當代作家面對社會時所採取（及應採取）的態度：

我有時疑惑於人們到底是以怎樣的辨識來看待作家，他們會不會像看待木匠、水泥工、清道夫的身份那麼明確呢？恐怕不然，其危險的程度在於對作家有過猶不及的期許。在這個半世紀當代裡，作家的行情被看漲了，生活在文明社會的人們的種種不能滿足的心靈欲求，不只是個人隱祕地，甚至訴諸公開地期望聖人般的作家出現。社會的現象越不平衡時，渴求越烈。這多年來對我們中國人而言，大家真是急壞了，諾貝爾文學獎的桂冠怎麼還沒有落在中國作家的頭上呢？我們越急迫得熾烈，恐怕越會失望，演變到後來，疑問誰是這個全民仰戴的文豪和指責評審不公，兩方面會混同發生。試問，到底是給了中國人就好，還是一定要給那個最好的，但是誰是最好的呢？標準在那裡？目前中國人的看法和諾貝爾評審會的看法是否有一個共識呢？這是題外話，也是庸人自擾。這個問題從不曾困擾過我，因為我把它視為與我無關。我們在這裡事實上也不關注這類所謂榮譽的問題，我們要的是給予作家一個肯切的定義。前面已經討論過作家的寫作動機和目的，已經有個概念來認可作家的存在，現在進而想想他面對社會時所採取的態度這個複雜問題，這個問題恐怕會更眾說紛紜，更見人見智了。當一般人對作家的職能辨識不清時，同樣地要求作家應對社會負起過重的責任也是錯誤的。談到責任，我就感到顫抖，像我從來就沒有那種慷慨激昂的性質，正像有人認為我還多方逃避責任，甚至有人進一步指責我在散佈毒素，迷惑青年，倡導頹廢和消極。有一位批評家指出我是一個理性的頹廢主義者，某報副刊在多年前曾刊登一篇論文（商青），把大陸變色的責任推給像我這樣虛無的個人主義者，論的是拙作〈我愛黑眼珠〉，後來將這篇論文和〈南海血書〉全成小冊子發給全國的高中學生。有名望的學者和愛國人士也把我視為反傳統倫理的作家。我認為這些都是過譽，我不但擔當不起，事實上也沒有那麼偉大。我既不是上帝，也不是撒旦，我只是個在夾縫中有限存活的個人。請諸位包涵，為了免於空洞，我大膽地把一些親身經歷的私事加在這個討論裡當例證，像類似的情形，我真的不知道如何有一個更好的面對社會的態度社會好像在作家未出生時就定好了一個職責擺在那裡，事後就依照那個規定的責任批判作家的好與壞，全不顧慮到所謂作家充其量只不過是反映現實社會的器皿。再說作家在各時代中或許有著高低不同的地位，像那些身為演員的人一樣，在當代中被人重視的程度超過於以往過去。但不論如何，要明瞭作家是否真的必須應向社會採取一種適如其分的態度，說回來還是在於作家的定義上是否明確，用我個人漫無體系的話總是說不清楚。再借重於克羅齊先生罷，他首先說：「作家的題材或內容不能從實用底或道德底觀點加以毀譽。」他的理由是：「藝術批評家說某題旨選擇得不好時，如果這話有正當底根據，所指摘底就不是題旨的選擇，而是作者處理那題旨的方式，由於內含矛盾所致底表現的失敗。」他進一步說：「藝術家們只能從曾經感動心靈底東西中取得靈感。批評家們最好去注意變動四周底自然與社會，使他們所認為可譴責底那些印象和心境不發生。如果醜惡可從這世界中消滅，而普遍底德行與幸福可在這個世界中奠定，也許藝術家們不再表現反常底或悲觀底感覺，而只表現平靜底、純潔底、愉快底感覺，成了真正理想國的理想人物。但是只要醜惡與混濁有一天還在自然中存在，不招自來地臨到藝術家們的頭上，我們就無法制止這些東西的表現；表現已成了，要取消已成事實是無用底。」我想這些話已經足夠道明作家對社會的取向的反應，社會有多畸形，作家就有多怪異是不足為奇的。藝術的獨立，作家所應獨抱的藝術原則也就不言而喻了。

書簡

周世禮致七等生

七等生：

我現在還只是一個學生，當然夠不上資格批評您的任何著作；所以寫這封信，一方面是昨日和學校一個研究生因〈城之迷〉而引起一點爭論，然，最主要的是站在一個「共鳴者」立場誠摯的向您請教一個問題。

〈城之迷〉裡的柯克廉在經過一年的城市生活，最後仍決心回去鄉村——一個純樸、誠實、與世無爭的地方。我認為這是一種「逃避」，至少是一種懦怯的行為。（恕我直言）。雖然，城市好似一個大賭場，每個人以自我作賭注；僥倖贏者，名利兩收，輸者，不但是自我的受屈辱，還要畏縮的逃離人羣（城市），過著封閉式的生活。但是，難道不能身處賭場而不參加牌局嗎？再說，鄉村變為市郊而城市，這是社會發展的必然現象。到時又能到那裡找一個「鄉村」隱居呢？因此，我認為斐梅的話較對，「大隱在城，小隱在林。」

也許，我誤會「曲解」您的原意，懇切的等候您的回信。

祝

快樂

周世禮上

七等生致周世禮

世禮：

我很高興接獲你的來信，以及你的問題的趣味性。但是你的問題的要旨偏重於現實世界的選擇，亦即在現實中城市與鄉村的比較孰好孰差。你的思辨沒有錯，但這樣的思辨則全傾向於理論，對於我們短暫而又似乎綿長的人生則不盡正確。因為人生遠較於單純的理論的邏輯為複雜和多樣，情景亦因時空的不同而有異變；人生不能歸於一條簡單的原則；在歷史的價值中，時而為帝王，時而為神；時而為英雄，時而為隱者；變幻交替，互為補償，如何取向，憑其個別的智慧，與時代的需要。斐梅的話沒有錯，她是一個具有男性性格的女英雄，不愛獨善其身，而希冀輝煌的事功成就。但她也因此雄心而失敗，落得悔恨一場。柯克廉是一個觀察者，亦是一個半參與者，我是要透過他的所見所聞所參與的經歷而做一個迫切的選擇；在現實裡的城市充滿著追求成功理想的人物，在他們奮力追求的過程中，外表顯現著他們的活力和智慧，以及那可能邁向成功的喜悅；可是他們也在掩飾內心的恐懼，如年輕的博士曹林，無情的結果，最後使他落荒而逃，當事業和愛情不合他的口味時，只好放棄理想，自私地走了。如從商獲有大利的康富，外表慷慨，卻埋藏著獸性，與他的女朋友扮演歇斯底里的人生喜戲。斐梅自以為能在這城市世界裡掌握著權力，可憐她是一個充滿愛心的幻想者，一個熱情的理想主義者，任何人都想攀附她達到他們的私慾，她最後發現她自己是個被利用和踐踏的一塊草皮，為了自己的面子，最後還要為曹林勇敢的收拾殘局。而她內心的恐懼是怕失掉柯克廉這個最後寄託的堡壘。一個人當惡夢醒時，總希望自己還完好地活著。這裡養傷的鄉村的意義便遽然突現出來了，這是小說境界的所在，猶如哲學上的退一步想，以及合理的現實歸屬。柯克廉的懦弱是暫時的懦弱，等待另一個機會。英雄需要時代的襯托，有智慧的人絕不會蠻幹一場，他的德性是一、修鍊，二、等待。當斐梅最後表示要跟隨柯克廉到鄉村時，他說也許我會再到城市來。人類的意志是一種 circle 的意象，他會回轉，像穆罕默德，像任何歷史的偉人，都是如此完成自我，亦拯救眾人。〈城之迷〉是在此意象中達成小說的任務。柯克廉是到城市來試煉、觀察，他為我們來斥候時間是否到來，他來體嘗人類是否和諧，理想是否一致；他同情弱者，亦同情強者，他愛男人，亦愛女人；他的外表是蒼白的，柔弱的，但他的內心充滿著耐性。這一部小說我只說到此為止，將來我會繼續在作品中闡述我的理念，它的不足之處是因為它僅僅是一個階段，有待未來繼續完成。年輕的朋友，請用你的敏銳的感覺，而少用貧乏呆板的理論，你將漸漸在未來冗長的生活中睹見真相的顯現，以及找到慰藉心靈的方法；當理想、希望遭受到挫折時，你必會找到一個容身之處，不論這容身之處是一個洞穴，一株樹上，一個荒島，或一個沙漠，或一扁舟在海洋，或一個小球體在太空中，你都不會因孤獨而喪失了勇氣，你將自信有一天還會回到人羣之中，就像人類的精神，有一天要親自抵達最高的造物面前頂禮膜拜一樣。不論它多麼遙遠，他要嘗試；雖然我們此時陷於情緒的低潮，我們在這暫短的時光裡悲歌，但不要蔑視消極的意義。我們應該明白休息的價值，因為我們想要做的更為熱烈興奮。今天我們離開愛人而傷吟，那是表示我們還會愛得更深。我們不要害怕別人嘲笑我們的外表表現得像懦夫，只要我們不自我捨棄，不要隨意和盲目地讚許站在你面前裝得萬分勇敢而言語熱烈和阿諛鼓動你的人，也許他是個偽君子假英雄，像我們慣說的名詞「草包」。任何人都應學習一種自我的獨特思考，以便在繁複雜亂的人羣中辨明。任何人也應自尋一種自我特定的飲食，以便在共認的糧食缺乏時不至於飢餓死亡。而一個個體要有自我確認的價值，才不至於在羣體的價值中感到自卑而迷失。世界是你是眾人，互相參照：世界是大一（big one）。朋友，「大隱在城，小隱在林」，並不互相歧視，而是互相替換。告訴你的朋友們，這是我們的意思，並祝福你的朋友們。

七等生

周世禮致七等生

之一

七等生：

接你的信後，我想了兩天，覺得有很多話想和你當面談談，希望你能答應。老實說，我之所以寫這封信是處在心靈極度焦渴的一種呼喚。請你儘可能答應。若你准許，我會在這禮拜六（三月二十五日）正午到達通霄。

我是上次寫信向你請教有關〈城之迷〉問題的讀者。

祝

快樂

周世禮上

Ps.：

①寫完信後，心裡有點害怕，並不是害怕和七等生見面，而是害怕發現事實——七等生其實也是〈城之迷〉裡柯克廉眼中的一種人而已。

②當你看完信後，若覺得這只是一個年輕小伙子的衝動而已，那就一笑置之吧！

③昨晚把〈來到小鎮的亞茲別〉再看一次，有點感想。有時候，一個人在家裡並不是一個好子弟，在社會不是一個好國民，在學校不是一個好學生，然而，他卻是一個道道地地的「好人」。這可能是因為個人的道德價值判斷標準和社會的判斷標準有所衝突吧！

之二

七等生：

看完你的信後，我有一個直覺反應是柯克廉的「等待」有可能實現嗎？這又牽涉到個人的思想信仰方面。

柯克廉的行徑如孔子所言「道不行也，則乘桴浮於海。」當然，他不像陶淵明看破世局而歸隱山林，他仍在等待，等待一個人類理想和諧的清平之世。所以柯克廉是暫時的逃離人羣（城市），歸鄉休養，待機而出。他的態度是消極的，但是對人類未來的命運仍是樂觀的。然而，我認為柯克廉的等待是永不可能實現的。當鄉村發展成為城市後，人心也隨著外在環境而轉變，於是鄉村又充斥著〈城之迷〉裡柯克廉眼中的各型人，這只是一個惡性循環而已。（我所推論的並不是說人性本惡，而是說明人類命運在世界潮流的衝激下所形成的無可奈何的事實。）

我認為人都有奴役性，除非有一種外來的極大撞擊才會導致現狀（以及防止未來）的改變。所以，我主張應積極的參與人羣，以一種「知其不能為而為」的精神踏入城市，而不是處在絕望的等待中。（我想你會認為這只是一種年輕人無知的衝動而已，狂人說夢話罷了。也許吧！畢竟個人在城市裡是太渺小了。）

祝

快樂

周世禮上

七等生致周世禮

世禮：

你的來信充滿了對問題的熱心，引起我的感奮，但是，我想你也明白，你的問題的真正本質是不可能經由辯論而獲得解答的。你幾乎把我的意思解釋為凡在城市不得志的人，都退回到鄉村去住，所以你依然在說那一套循環的理論。城市和鄉村是兩個我的書中的可感而不可指實的象徵。不要像讀一般現在暢行的寫實小說那樣去瞭解。也不要以為我的作品能清楚確實的指出像你這樣的年輕人的行動，把我當成榜樣，你應該像看藝術品那樣去欣賞，其中如能深獲你心的感應地方，那是一種多麼好的幸運和愉悅，只是幫助你在個人的德性上邁向成熟，而不是為你解答終身事業或釐定大志的東西。在現實中，人與人之間在生活行為上是沒有多大差異的；所以如你來看的不是我，而是陶淵明，你也會大失所望，因為我和一般人一樣的工作和生活。淵明給人的印象是他的思想的化身，其實他在農業社會的時代，只是不願再去做官嘔氣，不再爭求名利，他在鄉村同樣與鄉佬的一切無有分別。他將他的理想寄託於詩文，同樣的，我將我的理念與感受寄於寓言小說。等你將你現在的滿腔熱血投向於羣眾之後，當你有一天還會再憶起我的時候，那麼我和你已在無形中建立了深厚的友誼，那時相見備覺親愛，如今要辯會成為仇人。

七等生

周世禮致七等生

七等生：

謝謝你給於一個陌生讀者這麼大的熱忱。

讀了你的信後，我稍稍能「抓住」你（七等生）作品的意旨——「不要像讀一般現在暢行的『寫實』小說那樣去瞭解。」「像看藝術品那樣去欣賞。」在以後的日子裡，我會仔細沉思你的話和我所執著的思想。也許，有一天我會和七等生成為好朋友（在精神上）。再一次謝謝你的來信。

祝

快樂

周世禮上

Ps.：很抱歉，再打擾一個問題。七等生的作品和卡夫卡（或任何存在主義作品）有關係嗎？

後記

七等生

我要公佈一位名叫世禮的年輕人的來信和我給他的回信，是我感想著這位青年的思想可能是現在一個很明顯而普遍的現象；知識青年熱切地想尋求一條服務社會的路，不但希望能安頓自己，而且希望社會有一條軌道邁向完善和繁榮，無疑這種熱情令我感動，我在這種年齡（二十歲左右）時亦抱有這種理想。我可以想像他們想尋找思想的依藉而對我的作品起疑的態度，因為現在社會上有少部份文藝界的所謂知識份子掀起了一種頗為誘人的鄉土的理想主義，表面上具有愛鄉愛土愛國的時代使命，使知識青年充滿了躍躍欲試的衝動，去批評我，去掃除文藝的頹廢作風，希望能夠關心大多數的勞工生活，使國家民族朝向健康和繁榮，而權勢不集中在少數人手中。這種理想的確令人喜悅，如果它是那麼純粹和單純的理想的話，而我相信我自己亦抱持這種思想，不止是如此，依歷史的進展，我愛全人類，愛全世界人類共同攜手締造一個更新的文明文化，並且共享它的成就。但我知道，任何理想無不說來容易，做起來便阻難重重，而最大的阻難是個人無法控制自己的私慾，犧牲小我，完成大我的精神實在太少，我只是一個智慧平平與別人沒有多大差別的凡夫俗子，因此我想在我能做的工作上做好，其餘在我能力之外的野心幻想，我不願去參與。前面提到一個使命口號的提出並不意味著它有同等的內涵實質，美麗的，而事實上懷有詭詐的居心的口號，歷史上所展陳的事實不僅令我們心身懼怕，尤其當我們有機會去認識和考察他們的言論與生活行為做一比照時，我們應該在受那種美麗的使命號召之前有所警惕，勿落入受利用的命運。今日政治問題十分的敏感，也引起人的關注和興趣，我相信在此時刻裡各種的使命會像商品廣告一樣被提出來，我們必須訓練自己有分辨的能力，並依自己的願望投其所愛做一個選擇，在善惡真假中自行判別。各種理想都有它真實和真理的成份，但它的價值是實踐。世俗的眼光是膚淺的，它看不到永恆面，這不能責怪世俗，因為它們只能解決現狀各自面臨的問題，因此歷史文化或民族的興盛的維繫必要靠智者的引導。作家、藝術家的作品反映著時代現象，他們把紛雜的各種景象綜合成一種感覺，變成為作家專屬的風格。作家的使命不是像報導新聞般對人宣佈一個直接了當的單純消息，它涵蓋著人生於形式內容裡，它的形貌是消極的，但讀眾一旦獲得作品的啟示會轉換成積極的行動。文學藝術的價值便在於此。有人會無知地批評說唱悲歌兀自流淚有何意思，為何不找歡樂，但有識之士必能明瞭，悲歌之後常能喚出新生的力量，猶如悲劇的作用能洗滌心靈的污垢，產生生命的意志。我不必在此煩贅，這是真確的事實。因此作品總是描寫灰暗悲傷的一面，以啟示人生。我在回覆世禮的信中說得很清楚，我是一個作家，忠於我是一個作家應做的工作，我希望他能敏於領會，而不要像現實社會的某些人一樣不歡迎作品的灰面，且從表面的文字上斷章取義般地挑錯，就像一個理想主義如果是霸道蠻橫的，那麼它可能只是一個美麗的謊言，它的目的是利用徬徨中的青年，人羣聚處就不會是單純；我所看的、想的，和經歷著的，有比這位單純的知識青年的所知之處多些，我應該給予他誠摯的告訴，問題不在我的作品上，而在他現在懷抱的熱情，他應該依照他的願望奔投到社會去，因為他的命運他的路不會與我相似，在理論上沒有什麼可辯之處，重要的是去經驗，或許有一天當他在勞苦後休息時，會感悟我與他有點相似的精神，如果他不是學文學或當藝術家，也許會意外地收獲到領悟文學藝術是什麼玩意。如果他沒有，對他也沒有什麼損失，也許他能在某些事業上獲得輝煌的成就，他那道義的心靈更直接地貢獻於社會大眾。做為一個文學創作者，我所祈望於讀者的報償很少，幾乎沒有，只要有三兩知音已感莫大的安慰。這種勞神的工作完全是自願的，因此也能自甘淡泊，忠於藝術的原則，注重內心的靈思，不會為份外的野心而撰文鼓動羣眾。我永遠不會為「理想」這種廣泛而近乎無邊際的事體去與人爭辯，我永遠尊重別人心有理想，不管他們想的是否和我一樣，但是當有人蓄意危害到我生存的權益時，我將會奮而戰鬥，或有人蓄意侵犯別人的人權時，也會喚起我的道義心。這些話好像和我的作品是兩回事，其實不然，假如他能真確地瞭解，我相信他會發現我的作品比我現在說的還要廣闊，在原則上我注重個體的健全修養，唯有個體的健全才能促成社會羣體的健全，才有餘力去服務他人，時尚的所謂「人道的理想主義」它是排斥個人有自由的自主權，只提出理想的社會形模，無疑忽視個人人權的社會絕不可能是種好理想，這種淺明的道理，竟然會迷惑現在的知識青年，難道會像世禮所說的人具有奴隸性，而甘於被擺佈和奴役嗎？或是現代的青年只會望文生義，而不知道世界上邪惡詭詐的東西都具有它的美麗外衣，而受其蠱惑和欺騙嗎？當我的勸告顯得不生色而缺乏意義時，我希望他去獲得他應該有的寶貴經驗，而不要理會我；我也希望其他的青年，選擇他們自己的途徑，充實他們自己；因為我不是全能者，我所想所說的也有缺點。

困窘與屈辱

——書簡之二

敬愛的：

您一向只視我為懷抱自由和重視意志的作家，所表現的是探索心靈的形象；我的確拙於處世只誠心地追求藝術的美善，而大都對於人世的事象隱涵而不過份表露，恪守文人傳統的操守，不喜喧嘩叫嚷，不為個人的得失而顯露野心，也不願歪曲事實而批評社會的醜象。我重視情感，敏於感覺，所以常與人疏遠，以免產生磨擦和紛爭，過著恬淡自樂的生活；我忠於友情和愛情，但由於性格的孤僻和軟弱，屢次在危機裡自行退讓和遠離，以免心靈受創過深而墮落喪失意志能力和自由生活。事實上我無需太過描述我是怎樣的一個人，我的作品已完全表露出我的人格的樣象，它不若一般雄才大略的人在果斷和勇氣上受到人們的讚揚，我只是個小角色，只是一個注重存在感覺，而深懷情感的人；我曾說過：我對於人世的一切有我私自的看法，對生命、宗教、社會、政治和文化藝術，有自我的解釋，不便隨意附和別人，但也不任意反對別人，我尊重他人像希望他人尊重我一樣，我個人的小世界的存在毫無妨害整個大宇宙的規律運行，因為我的生命是短暫的，而大世界則能長遠，我的意志便是能有自我的創發，其成就如何不是我的目的，卻希望能從其存在中肯定自我的價值罷了。

那麼我現在要向您表陳什麼呢？敬愛的，我蓄意要打擾您不是違背我持有的做人原則嗎？我此刻的心神不寧為何不像過往的行徑一般轉化到藝術去尋求彌補，將我來自生活的感覺昇華為藝術上容許表現的靈魂形象呢？是的，我一向如此，因此共鳴者少，瞭解者寡，不若一般將現實的狀況直鋪記錄的人容易受到激勵和感動。甚至我為文的形象被人誤解為不熱愛同胞的自戀者。我不必在此自行辯護，關於批評的事端讓時間和廣衾的人去校正罷。有關作品和作家的事就說到此處為止了，因為我並不希望訴諸於您煩勞您來做裁決，我現在只希望您能關注另一個領域，像您一向仁慈的關懷的所為，至少也希望您能傾聽我要說什麼，為何在這眾人歡樂過年遊玩的時候，顯得如此焦急和不安，為何要訴諸這書函；坦白說，我也為我自己此刻的疾書感到意外，因為我不但對於此種表露頗覺陌生和笨拙，也對於它竟然會發生在我身上的事件在眾多人的眼前感到羞恥，十足地顯露我在現實生活中和同等遭遇的人一樣活得痛苦和不光彩。現在您約略可以料想到一些端倪，我以直述的方式從我自身的經歷做開始：

四十多年前我出生於現在住家的舊屋，而這個地方在戶籍上標記著「世居」，也就是我的先祖就住在這裡；當我童年時，通霄還只是一個靠海的中部小鎮，市街的人口不多，房子大都是舊式的低矮瓦房，像我如今還居住者，街道是泥土路，我記得家屋門前是一條通往南勢沙河的牛車路，時常尾隨跟著牛車奔跑，對面則是街尾的垃圾堆，有一片別人的菜園。日據時代家父是鄉公所職員，台灣光復後失業，他逝世時我才十二歲，由家母負起生活的擔子。當我進師範學校就讀時，家鄉還是老樣子，直到我畢業在他鄉當小學教師，當兵，後來又在台北浪跡四五年，在十年前我攜眷回鄉復職，這老家已變得老舊了，但街市卻有些改變了，樓房林立，街道是新鋪的柏油馬路，儼然已成為一個人口眾多的大鎮，市場商店非常熱鬧，加上近年來經濟成長的結果，人們的富裕已接近奢侈了，想到我在進小學讀書時吃甘薯的日子，實有天壤之別。我在鎮郊的一所小學任教距今十年，所獲薪津剛好給母親、妻小溫飽而已。但是一天一天的過去，我除了學校工作外，還須維護這所舊屋的安全，因為屋梁已腐朽，屋壁已剝裂，屋瓦脆而易破，生活並不怎麼閒適和輕鬆，早應打算加以改建為堅固的石泥屋子，以為居家的安全。再說這舊屋與整條的仁愛路的樓房比較，實在不甚雅觀，所以在我回家整頓之際，便在水溝的內側空地種植扶桑花樹，做為一排圍屏，每二、三個月修剪一次，遮掩了一部份的醜陋，以維護市容的瞻觀，事實上也裝飾著自己在感覺上的羞澀。母親一再叮嚀，希望我能節儉或另賺外快儲蓄以備，因為不知道什麼時候，大風大雨吹毀這老屋時，能夠有能力改建。當她突然吐露出一件我原不知道的事時，使我大嚇一跳，一時甚感疑惑和不快，她說：

「你不要以為屋倒重建那麼單純，屋簷外臨水溝的空地還要想法向某某人購買，否則也建不成啊。」說著，她的臉顯出十分愁苦不堪的樣子。

「為什麼？什麼道理？」我問她。

「為什麼？什麼道理？」她重複地說著。「我們早先買這個家屋的國有地時，屋簷外的土地已被某某人買去了，所以我們只擁有屋內的十四坪多地，屋外就不是我們的了。」

「怎麼是這個樣子的？」我不解地思索著。

「就是這個樣子，你一點都不明白，你只會讀書，你還懂得什麼?!」

「那麼這就糟糕透了。」我苦惱著。

「你還不知道我這十幾年來的苦悶，我都不敢告訴你，現在你年紀這麼大了，責任歸你了，你就要去想辦法，我老了，還有幾年可活，我不管事了。」

「我知道。」其實我不知道怎麼去做。

於是這事開始日夜騷擾著我，使我的思緒紛亂和不安。我這樣想著：我童年時屋前的牛車路變成乾淨平整的柏油路，這固然是一件進步值得稱道的事，可是過去的快樂現在卻轉為痛苦，因為該屬於我們的權利被人佔去了。我再追問母親當時她承購家屋國有地的情形。她說：

「以前誰像現在重視土地，有的住，能吃飽就夠了，那時你們年紀小，你父親死了之後，我日夜操勞的就是為了你們的衣食（我記得我考上中學時還沒有鞋子穿赤著腳），那有時間和精神去關注我們還有什麼權利，我不識字，也沒有知識，等到我們察覺，已晚了一步，還有什麼話說呢？」

「那麼某某人憑什麼權利呢？」

「他是建設課長，街市是他們計劃的，一切都在他手裡，他知道怎麼做，所以他便能大批大批的買，不只是我們這裡，幾乎到處都有他擁有的土地，別人不懂申請的，他都劃為己有，只有人家的住屋他不敢罷了。」

「然後呢？」

「高價而沽啊。」

「為什麼沒有人檢舉他呢？」

「誰願意去興訟做壞人，你去檢舉，你不怕他的人把你打死。」

「那有這等事？」

「你要知道，傻孩子，他買也是憑法律的許可下買的，這就是說在公告後，如沒有人去登記，他才去買的，我們憑什麼去檢舉。」

「但公告時我們並不知道。」

「這是自己的失察，不能怪別人佔有。」

據說所謂公告，在舊時只是形式，主辦單位可以做手腳，不讓人去注意，譬如第一天貼去，有人故意去撕掉，或者在上面加貼好幾張，不識字而日夜為生活奔勞的老百姓便不會去注意，也看不懂，知道的人也不便去管這閒事，專程去通告別人，於是時間過後，一切便都落入互相勾結的人手裡。這就是所謂合法掩護非法的行為，許多地方政府的官員或地政建設人員後來都成為大富就是這樣來的，法律如此，申訴也無效了。

我聽後心中真覺得哀慘和無奈。事實如此，也只有忍氣吞聲了。現在唯一的辦法就是備錢去向某某人購買；我的打算是和姐妹們商量，大家標會籌錢合力把土地買回來，再向政府申請自建地國民住宅貸款來改建。

於是我親自向某某人交涉，問他的土地有多少坪，要賣多少錢，他出示了土地所有權狀說，十九坪多，照市價（非公定價）。

「有這麼多坪嗎？」

「土地所有權狀寫在這裡。」他似乎有恃無恐地說。

「我希望鑑界重量，有多少坪就照實際多少買。」

有一天黃昏吃晚飯的時刻，他偕同地政事務所的一位人員來到我家，似乎想由這位人員的出面，證明他的所有權狀上登記的土地面積沒有錯。因為我曾約略地比較家屋內和屋外空地的大小，屋外是長條梯形，是騎樓的畸零地而已，實在看不出它會比家屋內更大，而家屋只有十四坪多，為何屋外反會有十九坪呢？我還是請求他們重新鑑量的實際面積來買賣以求公平，經過那位人員的首肯，我當面繳出鑑界的費用六百元，另外加一百元的界樁費。約半個月後，依照通知，鑑界人員來了，某某人偕同他的妻子也來了（據說他好聰明，他都以妻子的名義登記抄來一筆又一筆的土地，以規避法律責任），鑑界在極馬虎的情形下完成，在家屋廚房外的一處釘上一根「鋼釘」，其他二處是在水溝邊敲破缺口為標記。我請求地政鑑界人員是否可以出據鑑界的地籍證明，並依照那些量出的尺寸算出多少坪數面積，他們說不可以，而且我察覺某某人站在我的背後向他搖頭作暗示。於是我當場依照他手握的地籍圖抄畫下來，這長條梯形各邊為四點五米、四點三米、十一米、近乎直線的七點三米和七點五米合加的十四點八米，圖形如下：

土地鑑界圖
（長度單位：米）

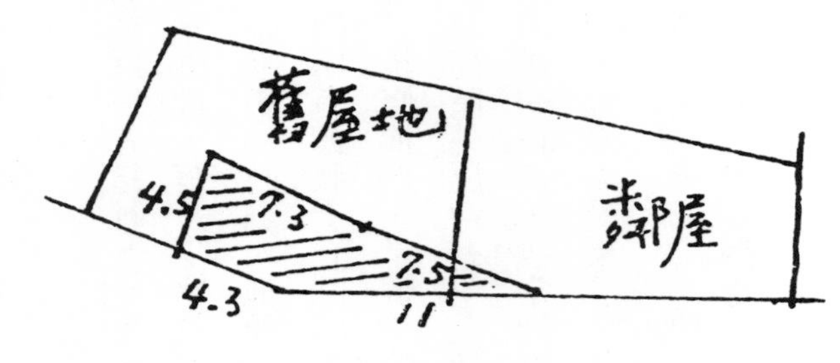

仁愛路

大約計算：7.3+7.5=14.8
14.8+4.3=19.1
19.1×4.5÷2=42.975
42.975×0.3025=12.9989375
梯形面積約13坪

他們臨走時還對我說：你是老師應該會自己計算才對，很顯然地不願服務和幫忙。

我去找一位建築師，向他出示我畫下來的地籍圖形，並請他為我計算面積，結果他算的和我自己算的都是約十三坪，但他說這要依據真正的地籍圖用儀器計算才合標準，不過依照這實際的尺寸，也不會相差多少，而絕對不可能有相差六坪多的怪現象。

既然有這大概的數字，當夜我冒著寒冷的風雨到某某人家與他說，那時只有我和他兩人相對面，他的態度變得十分倨傲，他對我說：

「你算的不確，」他否定著，不相信那大概數字。

「你比較方便，可以請地政所用儀器算算看，當然我們要以地政所算出來的為準。」我說。

「土地所有權狀上的面積就是地政所算的啊。」

「不可能會錯得這樣離譜，除非……」

「除非什麼？」

「我的意思是請你們再查核一下。」

「不過我一向買賣就依照這所有權狀，不依照測量。」他傲慢地說。

「如果實際並沒有那麼多呢？」

「也依照所有權狀買賣。」

「這話不錯，相差少可以，但像這個相差三分之一，實在不合情理。」

「我就是這樣依照土地權狀為憑。」

「但我們已約定依照重量結果來買賣啊。」

「沒有這回事，是你要量，不是我要量，我說過了就是依照土地權狀，我一個月買賣好幾筆都是如此。」

「相差六坪多，我負擔太重。」

「不依照土地權狀，我就不賣。」

「你知道相差這麼多，不合情理。」

「沒辦法。」他搖頭並用欺視的眼光看我，使我頓感困窘和屈辱。

他露出敵意的憎惡臉色，似乎要下逐客令，我苦惱地走出來，在街道上行走，讓寒雨無情地打濕我的頭髮和身體，我滿面雨水猶如在哭泣。我想著他在我走出門時最後說出的一句話，他說：「我現在不賣了，我還要去查一查錯誤在那裡，我自己的土地我要去瞭解一下。」我想著他本已瞭解的事他還要去瞭解什麼呢？他是否準備去更改那些數字呢？我懷疑他們數十年前官官勾結預謀欺詐老百姓的事，至今這個小部份的利益還未得手，他們在我發覺後難道還要重新佈置一番嗎？我以為是，因為現在他們也應該有所警戒，一旦有什麼敗露，他們將可能全功盡棄。可是我又想，他們會有很好的準備的，因為我的能力不可能去打通關節，追訴到上級機關，法律站在他那一邊，他是抱著吃定我這無知小子的心胸在暗地裡把一切都謀算好了。

當我轉回家告訴母親時，母親氣得發昏，歇斯底里般口中咬牙切齒地喊著：

「他要吃人……他要……吃……人……。」

敬愛的，我不是寫小說，這不是我一向寫小說的題材，我只是說出我身受的一件被欺辱的事實。我也知道一件簡單明白的事實：法律支持他，只有正義支持我，但現今還有多少正義存在著呢？人的生存唯靠法律，他不放手，我只有等待某一天在颱風狂作的夜裡被塌倒下來的屋頂壓死，他的財富萬貫，他當然有耐心等下去，看著我坐以待斃。我也相信不止是我個人，一定還有無數的老百姓在台灣各角落受到這種類似的事體的壓迫，而含悲苟活。我們的政府目前也只重視大事，而不可能事事都關照到這種個案小事，何況地方政府總是官官勾結，連成一條利益的防線，更不可能主動為老百姓辦事解決種種情況的疾苦。我記得小時候某一天，母親和姐姐們在屋裡做草蓆，突然有一位陌生的男人走進來，他告訴我們他是某某身份下鄉來探訪民隱，要我們不要懼怕，把社會或身受的不公事件告訴他，那時大家普遍貧窮也就不覺得真正的貧窮，也還沒有關注到土地的問題，因此母親沒有說出什麼不公的事來，事隔這麼久，我就再也看不到像那位身著樸素的人來造訪了。現在我們並不覺得太貧窮，我有工作，大家都是豐衣足食，只是覺得屈辱的事一件一件的冒出來，感覺好生奇怪。在這個經濟主宰一切的時代，人性趨於貪婪，因此一日甚於一日社會顯得貧富不均，也因此人們越來越趨於世故而正義缺如。

我寫信給您，敬愛的，不是蓄意強調這件私事的嚴重性，對我個人而言，我極易於去逃避面對它，只要我的心思馳入於我獨自擁有的幽深的樹林，陶醉於潮聲和幻想，便會將現實的一切忘得乾淨，您知道我習慣於此，因此自來您就極少理會我，任我去自生自滅。可是，許多人並不會像我懂得忘懷人世的竅門，他們的痛苦日日加深，他們唯一的解決辦法就是認命地努力工作，以便在某一天將辛苦的儲蓄奉上添飽惡霸的血口，以求解脫，然後才得喘一口氣，感覺自在的擁有。這些被欺壓的老百姓的生存哲學實在令人敬佩。但是我心量狹小，不能做到這種默默為奴的精神，我不會屈服於惡勢力，再去請求他們，我會堅守和等待，一如我信仰的理念，像一隻蟹回到石洞裡，而不肯將我辛勞的收穫白白送給狡詐之徒，只要今天我還活著，我便對明天的光明抱著希望，因為明天會發生什麼事會改變何種樣象無人可知；甚至或許會發生天災地變，大家同遭覆滅，人世的苦難同遭消失，有如我在〈我愛黑眼珠〉中所示，有信仰理念的人不會在災變中感覺恐懼和自覺喪失，只有貪婪的強梁才會痛心疾首，為何我要像那些抱著忍辱哲學的老百姓去助長惡棍在現世的氣燄呢？像美德助長惡德的存在呢？如果我此生不能重獲我生存的權益，還有我的子孫啊！我相信因果，而因果在中國人的世界裡也顯得特別彰明。

敬愛的，您是不是會意到我想求助於您而又顯露一派孤絕呢？是的，我不單純為我，我是為那些不肯放棄甘於奴隸的老百姓請求您的特別關懷，而以我身受的經歷做為例子，否則有人會批評說是我蓄意杜撰，想要造成社會問題，擾亂我國的美好名聲。我自認不是那種有抱負和理想的人物，我是凡事委諸於神靈存在的人，人世間有形的東西，在我看來無比的虛無，而唯一存在於宇宙的只有精神和靈魂，因為它無形，所以少有人去相信它的存在。但是我也相信感覺是存在的，它們雖短暫，但它們總會融入於靈魂裡，因為感覺畢竟體現了一部份宇宙的魂魄，人類的生活就是充滿著這種感覺，這是無庸置疑的。讓我們關心一點現實感覺，也希望同我為文的朋友能夠仗義做支援的後盾，像您們一向的所作所為一樣富有正義感，共同掃除這人世間的髒污，維護心靈在生活的潔淨，邁向公正和安樂。

歲次庚申武雄於通霄舊屋

歲末漫談

台灣文壇在今年思想和觀念都有急遽的改變，新而年輕的一代大都在這一年中有極熱烈的表現，他們的作品，無論是小說或詩，與一二十年前向著廣漠的世界探索和模仿的那批孤獨的勇士們有著極大的迥異，甚至相反方向的作現實的追求；當時那些在文字上刻意顯露他們的內涵的作家們，對於他們生活世界的描寫是憂鬱而又含蓄的，充滿傷感和荒涼的美，並且總留給讀者一股永不忘懷的夢魘般的迴音；而現在的這批年輕鬪士，他們是憤怒的，幾乎沉不著氣地把一個發臭的爛缸摔碎一般，他們可不計較自己是否有教養，他們充滿著改造生活環境的勇氣，在他們露骨和鄉氣的文字裡，使人看到的不是哀曲而是激烈的爭辯，較少勸解而隱隱地可以看到他們背後握緊的拳頭。我先作這種印象的分野，不外是大體上作一種對比的區別；事實上，現在年輕人一輩的熱流，是導衍於六十年代時的某些心聲，其意識型態亦是那時傷感的哀曲的傳繼，只是在形式和文字上給予一種活跳的改裝；這是純文學上的形式改變，為配合內容的真實需要，因為凡是作家必然選擇自己生活的環境為素材，不論在內容上以內在的情感委婉的陳述，或以外在的現象做平實的記錄，都是來自相同的泉源。雖然目前文壇的面貌有如許新的改換，某些出現在六十年代的作家，依然保持他們的風格存在著，倒是一些自認是啟蒙這新的一代的前輩作家，卻漸漸地停頓了他們的動人筆桿。在今年裡，我們到處看到年輕作家直接來自表面現實的體材的作品，而少見活躍在上述六十年代的作家的作品了。

每一個讀者對今年的文壇都有極深的印象，二報的文學獎和吳三連文藝獎使作家和讀者全都投以特別的關注。但是有識之士幾乎把現有的台灣各種文藝獎的表現結果視為淺俗而幼稚的行為，把如許多的獎金送給某些投機取巧的不見經傳的作家感到可惜，這些得獎人是否抱定遠大的志向，則頗令人懷疑，讀其得獎之作，多少也可判別其才氣不足，只是一時因評審人的曖昧而複雜的現實意識而做了此種給獎的決定。這種獎金制度無疑浮表上會操縱著文壇寫作的取向，更會為年輕的讀者或將來想當作家的人，無知地以得獎作品的格調做為模仿和效法的標準。關於上述導致極不良影響的二報文學獎作品的總評，近日夏志清教授已經誠實的在時報副刊作了詳盡的陳述。而首屆的吳三連的高額文藝獎，其結果幾乎給予人冷淡和失望的感想，因為他忽視了一直在台灣生活而以本土題材寫作的某些有成就的作家，因此在頒獎之後，就馬上為人忘懷了，甚至連去談論它的興趣也沒有了。今年真正值得注意的，還是發表在幾個文學雜誌上的有份量的作品。台灣真正的文學主流都來自那幾個前仆後繼的可佩可敬的雜誌，前後有《台灣文藝》、《文學雜誌》、《現代文學》、《文學季刊》、《中外文學》、《小說新潮》、《雄獅雜誌》、《笠詩》，和各大學如雨後春筍般創辦的文學季、年刊，以及今年新誕生的前衛。也唯有在這些文學雜誌上發表作品的作家，被視為台灣文壇的健將，惟惜社會的各階層並沒有普遍地投以關懷，以至我們可以清楚地看到他們都在生活和寫作上掙扎奮力的情形。

可是明顯的趨勢，報紙的副刊所扮演的角色，已經搶奪了上述雜誌的地位；現在的寫作者已經不以某一個文學雜誌作為他發表作品的根據地，學者們幾乎在副刊上表露了他們的好勝心；由於時代潮流的影響，上半年以前，他們都以抄襲和滑稽的材料來賺取優厚的稿費，演成一股雜文為盛的風氣；我們知道凡是沒有創見的作品都將容易為人忘掉和輕視，下半年他們已經較為斂跡了，我想報紙副刊將會在未來的時日回到保守的傳統路子上，不過其景象無疑會比過去的為寬廣。

反觀我自己，寫作依然是我的職志，孤獨不合羣是我的本性。我開始寫作於民國五十一年，屬於六十年代那一輩人中的一個，但我大部份的作品成集於這二三年之內，由遠景、遠行出版社出版有小全集十冊，今年又添了一冊，在這之前晨鐘出版社出版《離城記》，共為十二冊。恕我自作宣傳。而年內裡我總共發表的作品計有小說〈復職〉、〈小林阿達〉、〈散步去黑橋〉、〈回鄉印象〉、〈迷失的蝶〉、〈夜湖〉、〈寓言〉、〈歸途〉、〈白日噩夢〉等九篇，還有一二首詩和一二篇散文。有一位輔仁大學的學生批評我一首舊詩〈戀愛〉時說，我在散文和詩方面的創作似乎太少了。雖然我詩寫得少，但我平時最愛讀詩，因此也有批評家說我的小說是詩體寫成的，大致沒錯。但小說仍是小說，與詩有別。有人在閒聊中爭辯到底詩與小說何者更為藝術，我想它們的區別在於形式，只要寫得好就是最高的藝術，因為詩和小說各有各的不同構思的方法，也各有各的不同修養。詩在古代的中國是文人表現的主要形式，但愈近現代，則是小說為統領和受注目的文學焦點，西方的文學演變的情形亦如此。小說是現在世界最為盛行和有力的文學形式的表現，不論題材如何，小說文體的雋永是它最具說服人的魅力，而它的構成來自於作者所採用的觀點，而一個作者的氣質決定了小說的精神；因此要成為一個小說家就像要成為一個完人一樣的艱難，一半是天賦，一半是後天的陶養。每一個想以創作小說為職志的人，都應朝這個方向努力。我平日的心思，幾乎全都在此方向做思考，從靈感的觸發到寫作完成，精神完全集中關注在目標上，絲毫輕鬆不得，有人說會發高燒，是有點近似，因此作品寫成之後，身心都變得十分的虛空。一篇作品被稱為是有生命的東西，是因為作者的確傾盡其生命力於此之故。作品要感動人，要看作者是否有血有淚，並且其內在的動機是否純真而定。

但是我們不要深以為凡是好小說只有一種境界，當我們稍事涉獵文學史和展讀各時代的文學作品，不難發現各時代都有其代表的精神面貌，這也使我們嘆服文藝技巧演變的繁富多姿，而使我們領略藝術創作的奧祕，優美而珍貴的創作使我們在觀賞時感到像是接近一個神聖而完美的人格，是我們內在所企慕的象徵，這也是有職之士認為良好的人類教育不能免除要選讀各時代所產生的優秀作品的理由，讀書成為一種不可少的修身養性的過程，這個過程教導我們在人世上能夠思想和辨別。所以小說並不是一般的觀念所以為的消遣時間的無用讀物，在現實中幾乎大都疏忽或輕視文學作品的隱祕的積極功用，我相信要認知生命存在的真實，越來越需要透過文學作品的思考。

但我不能肯定凡是小說都對每個人有益處，我們也許極輕易分別過去的時代的作品的優劣而加以選讀，因為流傳下來的無疑是經過了時間和品嘗的考驗，並且有公正的批評做為我們選擇的導引。但要在現狀無數的作品中去辨別好壞，我們沒有客觀的視野，由於每個人立身處世和教養的不同，也缺乏公平公正的批評精神；一個現實盛行的事物並不一定保證它能在歷史中具有價值地位，許多在當時默默無聞的事物，在經過時間和經驗的洗淘和識別之後，變得光芒四射，許多有成就的先賢先知在生存的時候，非常困苦潦倒，其精神和行為也都遭到當時人的歧視，卻在後世為人所仰慕和效法。這種現象，尤其在一個時潮洶湧和變革的時代，最為令人目盲和沉迷。歷史記載著許多導至不良後果的運動，但在當是時，絕大多數的人卻認為理所當然，更加推波助瀾使其浮騰和爆發，卻沒有想到受害的是自己本身，所以任何運動並不一定代表著人類正確的良知。真正的良知絕不可能帶有強烈的羣眾的愛憎的意識，以及為所謂真理的標榜做強辯和煽動，我想越愚蠢無知的人越會受這種事物所牽動而付出了他盲目的熱情，有如現時非洲的民族，成為某種意識而鬪爭的國家一樣。真正的真理總是隱而不見，它在塵霧中的某處，或為沙塵所掩沒，必須惟靠我們耐心的摸索和謹慎的挖掘，才能稍露它的一部份面目。人類的世界沒有完全的真理的存在，完全的真理只在上帝統轄的時空領域之內，人類只是其極小的一部份。而且真正的人道不是指大眾的意識，人道其本身的真體是非常細小和脆弱，也需要我們的耐心的培植；就像要在一篇小說中去看人生的大道理是不可能的一樣，但如果我們虔誠和學習，則會幸運的獲得多少的啟示；而我們又需要花許多的工夫在無數之中尋找，有如要在這億萬人的世界中找一個知己，幾近乎在無望中找希望一樣。我想這就是我們人類存在的真精神。

今年的確讓人有表面熱烈而內在失望的感覺，自鄉土論戰之後，並沒有產生任何較具水準的作品，反觀六十年代沉默地摸索的一羣，我們清楚地看到他們留下的代表作，而且投下了深遠的影響，那時真正是各個風格殊異，表現的極為優秀。也許因為新聞報導的關係，注意力都集中在自大陸出來的陳若曦一人身上，她的成就只是一個開始而已，不能視為台灣文壇的領域來加以看待，除非她回來以本鄉本土的題材寫作。所以對於來年，沒有人敢加以預測到底情形如何。宋澤萊和洪醒夫在今年無疑是兩顆新星，我們希望他們更上層樓。當六十年代的作家日漸成為陳跡之時，我們的確盼望有新的一羣來接續文壇的命脈。我個人因家庭生活的關係，和對種種現象所持的懷疑態度，致使心神感到倦怠，來年恐將不會如今年的多寫。話雖如此說，但作家永遠會反映時代，將來的時代如何，關係我們的生命和生活，我們可能要在自由與奴役中做抉擇，且讓我們有時間沉靜下來思想和辨別。

一九七八

聊聊藝術

——席慕蓉畫詩集品賞與隨想

覩見藝術品，可以省思現實人生的遺憾，所以創造「美」來補償，安慰悸動的心靈。「美」是外形，內涵道德意識的「善」，瞧見樸實虛懷的「真」。這是一切藝術創作家心靈的本體。藝術家可以貧困，可以受現實的奚落，可以放浪不羈，可以病和死亡，但其創作品卻蘊涵著華貴莊嚴、崇高的視野、秩序和永恆的道德理念而長存。何以故，不外求取天地人事的和諧和平衡，獲得自由和意志的抒發。人生沒有藝術之美，就無法證之心靈的存在，進而無法覓至崇高的境界，和畏服上帝的真善。美術品的表現，不應區分為藝術而藝術，或為人生而藝術；兩者不能分野，為藝術而藝術實質是為人生而藝術，其目的、功用十分彰明。藝術的創作行為，旨在陶冶人生，此不在話下，現在我想直接展開席慕蓉小姐油彩作品之外的鋼筆素描創作品、兼有詩歌配合，隨興聊聊，以盡同學相知之誼，望讀者恕納。

蒙古籍的席慕蓉小姐，畫壇有所知其名和畫，讀者大眾卻未必全然知曉；因為其性之身，情感壯闊細嫩並蓄，受西洋繪畫的薰陶，卻並未忘懷鄉土的本質；其故國鄉愁濃密，亦不捐捨生活意趣；亦畫亦詩，左右相乘，其展現的《畫詩集》，誠是理識情趣兼顧，才情藝術同優，創作之用心嚴謹，不能不令人讚賞而加以宣揚。

我青少的時候，有緣與慕蓉同班同學習畫，但畢業之後，拐轉他路，美術的品鑑和批評非我專長，故我不談繪事的專門理論知識，只憑我不羈的一時感興隨想發之筆端，如有謬誤和淺薄的野夫之見，能望賢達不吝指教，並寬宥諒之。現在翻開了《畫詩集》，放肆直言，供之讀者的閒暇，孤意獻曝，以娛大家雅興。

慕蓉的畫詩，分〈歌〉、〈思〉、〈線〉而集成，我亦照秩序分三個部份揣想其意。到底詩歌為畫而譜，或畫依詩作而繪，應無分別；因畫有詩助，可明晰意旨，詩有畫補，更能觀明景致；我想她並不刻意效法前人，單為了心緒情懷，揮展雙方面的特長而已。又非潑墨筆翰沿習傳統形式，而是細工鋼筆，詩更繾情懷柔，形式內容完全新穎而現代，最好以此分域，不必牽連受之古人的遺澤影響，較為新鮮乾淨；如舉攝影家山姆・畢斯京的作品，他常特意選定嬌美主題配以詩句，詩照合併，自成風格，也不要因形式略仿，中外混為一談。美的發生是由於動心而思創意，訴諸於技藝，乃天經地義之事，雖然美術成品有優劣之比，但說形式內容之由來，其辨別好壞如何，便是另一個問題了。

集一：歌

慕蓉的歌有十二首，依序是：

山月
給你的歌
十六歲的花季
接友人書
暮色
邂逅
樹的畫像
銅版畫
舊夢
回首
月桂樹的願望
新娘

看這樣的排列，彷彿是她個人的成長藉著幾個重要斷面跳接連綴進展的生命過程；裡面的主詞都是意象，是創作者的我注視原本生活情態的真我，內在的事實完全佈滿在這些詩句中，以歌將它唱出。生命尋找另一生命，成了自然的真理，否則生命無以為繼。生命由另一個生命產生，這過程非常悱惻動人，為何如此，只能用自然環境和人事的交錯變換來加以回答，別無說明。關於這事實，慕蓉在〈山月〉的開頭便唱出：

我曾踏月而來
只因你在山中

其意象鮮明，真理俱在，不可諱言。愛是生命個體出生後，尋找、交纏、恩怨、蛻變、離開、懺思、復合、死亡的故事，正是「但終我倆多少物換星移的韶華，卻總不能將它忘記」。這是人世生活的事實，不能拂逆。〈山月〉定於篇首，其理甚明，是一個直接表露的開場，引人進入情況，並不是它寫的較早（一九七七），因為集中有一首〈月桂樹的願望〉，寫的更早（一九六四），被排在次末的位置。所以創作家的作品，詮釋生命事實時，並不依時間秩序發表，因為人類的思想並不只有單一路線，和生活的腳步並行；思想猶如瀚海空際，能自由潛藏和飛翔；證之於我們一日之所思所為，其中繁雜的人事，回憶與瞻望，夢和現實，無時不在前後左右交織，也無時無刻不在興起和沉滅，一個為另一個所替代，而這全部都包容在同一個生命個體裡。在小說的發展史中，意識流是近代普為倡行的一種形式，它的發明完全是參照人生和個體思想作用的本質，從開展到結局，跳接十分頻繁，而由這樣的情來勾勒事物的真實存在，非常的合理和自然，令人讀之如臨其境。由這種形式我們更知生命軀體和生命思想兩者導源於一的存在事實。

觀覽慕蓉在〈歌〉的結構亦相彷彿。但現在我們興趣在於他道出「我曾踏月而來，只因你在山中」後，他們是何種經歷的故事，其中描述情愫的種種，完全來自實際生活，但她的技巧卻有如另造美境，引起我們無上的嚮往。她唱著：〈給你的歌〉：

我愛你只因歲月如梭
永不停留，永不回頭
才能編織出華麗的面容啊
不露一絲褪色的悲愁。

這種人生的扮演，你我皆然，道出外在的追尋和內在的隱憂。人生如戲劇，幕前幕後，兩種身份和面貌，我們常遇在公眾前歡顏，孤獨時飲泣這回事；生而煩惱，就是為此感覺疼痛，不能如一。在〈十六歲的花季〉裡，她像某些人在十七歲一樣，是一種轉進，這裡能看出她心智的早熟，欣喜變成永不抹滅的警惕，未來的一切都向著十六歲的那一年看齊。以後是否重複或模仿，我想答案是肯定的，較佳的說法是邁向成長和成熟，但無疑真正的感覺生命是始自一塊豎立的紀念碑石。慕蓉對自己的情感，時日持續，不能竭止，如她所說的：

那奔騰著向眼前湧來的
是塵封的日，塵封的夜
塵封的華年和秋草

這些多情東西讓人目不暇接，當一個人煩思之時，真是一景接一景，一事交一事，無從數起，但如果忽然跳過二十年，那就更有好看的了。在這些詩的歌唱裡，我最喜愛右邊的這首、左邊的那幅題為〈暮色〉的詩畫：

回顧所來徑啊
蒼蒼橫著的翠微
這半生的坎坷啊
在暮色中化為甜蜜的熱淚

詩是女性優柔的寫法，很不錯，而讀之使人想要貼近古意的作風：

回顧所來徑
蒼蒼橫翠微

至於那一幅畫，是百合花的兩株花葉，花姿葉態很分開。從她特殊磨練的筆觸，在黑白的線形中，好像看到葉子和花朵的原本色澤，就是配給一種不相干的顏色，亦不失其結構涵義的雋永，從翻開封面到蓋合封底，都能看到，不止是因為它佳妙美麗，平凡卻含蓄著高貴，實在是代表著創作者本人的形態。

下一首詩〈邂逅〉，可看出作者文學的素質和修養，不是一朝一日新手的膚淺可比，當她點破人生時，有如莎士比亞般老練自然，也不像俗間一些人故作清高跳出域外，完全是表現我相是眾相，眾相是我相，大家一個樣，愁樂共體，無分軒輊：

你把憂傷畫在眼角
我將流浪抹在額頭
⋯⋯⋯⋯
請別錯怪那韶光改人容顏
我們自己才是那個化裝師

這是看得清清楚楚的邂逅，與一般迷亂邂逅煞有區別。在這一部份歌情的詩作裡，情感在而理性也在，要看透哀傷的事可不容易。省略了說不清的繁纏，事過境遷，一切只要一句「親愛的朋友」便涵蓋了過往和現在，包涵著思怨和尊重，擴大著邂逅的哲理意義。女作家常有她們現實的尖銳情感，流於偏狹和責怨，像慕蓉卻有大地之母的懷抱，使人放下重擔，回復自然和新生。像她這種勇敢之氣，明理的態度，可為女性的楷模，事實上也唯有如此，才可導入於更好的未來，而不必在人間老傷著和氣。她說：「我只是一棵孤獨的樹，在抗拒著秋的來臨。」抗拒是抗拒，卻不能倖免，人類世界，應該不要畏懼這種可由自然現象中看到的命運；因為堅毅和識命才會重生希望，在持續的生命時光中修正改進，創造佳境，而一切的物事猶如新生，才會珍惜而獲得充實，有如〈銅版畫〉中的自許：

如我早知就此無法把你忘記
我將不再大意，我要盡力鏤刻

實在是說到了身為美術家的使命。是的，我們為何不如此呢？為何人生不像藝術？我們豈不太笨太傻了，太過愚癡而找不到真諦。在〈舊夢〉裡，她便說出了那種愚蠢和苦相，而以誰都不會少有的現實生活去做對比。我們跟著可以清楚地看到，她選擇和掌握到目前的幸福生活，這在自由的天地裡，只要有智慧才能，並且不要有過份的貪婪野心，大概都能享受到這幅實在的美景：

我牽著孩子
走下山坡

林中襲來溫香的五月的風
我的兒女雙頰緋紅
夕陽緩緩地落下
摯愛的伴侶已回到了家
他在屋前向我們遙遙揮手
這黃昏裡的家啊
那樣甜蜜，那樣溫柔。

這樣就夠了，還有什麼奢求？何必美詞堆砌顯得不實在呢？一首接一首的詩句所出現的回顧和省思，心中的自許和顯現的眼前光景，就是這集〈歌〉輯中結構的意識流和作者本體。大多數人的人生經驗幾近相似，便不會對這種俗套太過誹謗；覺悟並非一次來便一切都順暢而沒有窒礙，芸芸眾生遙望學道的佛徒，以為理識開悟是他們的涅槃護身符，不會再有煩擾，這是高估和誤解，只要有存相，就不可能那麼了無牽掛；一位高僧在漫漫泛海中企求道悟，頂多是次數較多，一次比一次境界升高而已，絕不是完全沒有絲毫痛擾，因為生命在他仍然必須腳踏著這塊苦惱的土地才能轉進；人生世界是真真確確的，不可能沒有體認，甚至一隻白老鼠，都需要嘗試著多次錯誤，才能獲致報償，何況是萬倍艱苦的人生呢？任何人都需要經過重重疊疊的努力，才能獲致結果，這是一條不可能省略忽視的途徑。我們不可錯會我們不相識的意外事實。

是否我已經越份地揣想了大題？但無不可在此互相交換一些感知和經歷；品賞文學和美術品並不限在它的題目之內，更珍貴的是讓我們藉此機會馳思和隨想，不要狹限與它沒有相干；擴大創作品的品鑑範圍，更能估價作品的功效，有些低劣的藝術家不讓我們這樣想，或愚笨者只限定某種想法，可是老道的藝術家卻能讓我們隨便自由，也唯有自由世界，才會擁有好文學和藝術品，容許文學藝術家的存在。

歌已近尾聲，慕蓉提出一個質疑：「有誰在月光下變成桂樹，可以逃過夜夜的思念」，做為開始時〈山月〉的回應，這是她說「我為什麼還要愛你」的理由了。一切過往的歷程逝去，最後在自擇和努力安排下實現美麗的現實。〈新娘〉是歌中最終高頂的意象；透露一點慕蓉的私事，她和劉先生是在異地歐洲求學時相愛而成為夫婦，但是慕蓉並非穿了紗衣，步上禮堂，只求外在的美觀就好，她告訴科學家的夫婿說，她當他的新娘子是有條件的，有詩為證，也是歌聲的結束式：

愛我，但是不要只因為
我今日是你的新娘
不要只因為這薰香的風
這五月歐洲的陽光

請愛我，因為我將與你為侶

共度人世的滄桑
眷戀該如無邊的海洋
一次有一次起伏的浪
在白髮時重溫那起帆的島
將沒有人能記得你的一切
像我能記得的那麼多，那麼好
愛我，趁青春年少

集二：思

我所擁有的，只有那在我全身奔騰的古老民族的血脈。我只要一閉眼，就彷彿看見那蒼茫茫的大漠，聽見所有的河流從天山流下，而叢山暗黯，那長城萬里是怎麼樣地從我心中蜿蜒而過啊！

在這〈思〉集裡，全都是前面經由個人與藝術結合、與現實生活結合的情感抒發後，擴大的民族鄉土的懷念記憶，從她現在生活環境的台灣，奔馳在偉大工程的高速公路的意象出發，回走到童年祖籍的故園國土。從歌小我，到思大我，是這本《畫詩集》最具特色和見長的編輯，可以看到漸次高潮；不若一般人總是將偌大的題目自當招牌，誇口著在前頭嚇人，和有恃無恐地強詞奪理，把自己裝得腫脹和不實；而慕蓉腳踏實地的依理路編排，先剖析個體生命，再擴大追溯羣體的原有發祥地根源，頗使人信服其情感的實在性，這種技巧才能使人賞識和贊同，而不致倒生反感。現在激進份子的意識就是常常將事理本末倒置，不先健全個體，反倡要先強大羣體結合的幻象，受情緒的左右而混淆了概念和實體所代表的時空位置。譬如有一個站在街頭高聲唱著自己愛國指著別人不愛國的人，大多數人會為他這種表現所困擾，甚而畏懼躲避，覺得本來安份守己過得平順安靜的日子，卻為這樣的聲音騷擾得惶恐與不安；要是這種情態是有組織的，不止是一個人站在街頭，甚或利用各種的媒介到處散佈，心弱無知的人便在這樣的鼓吹下喪失自己而跟著去吶喊，覺得愛國的理想真偉大，個人的存在真渺小，無憑依；如果他是個還沒有人生閱歷的青年學生，便會忘掉了充實和保全自己生命的本份，不依自己的能力再理智地決定將來是否該貢獻社羣多少，竟野心勃勃地也跟著批判善惡是非，否定現有生活的價值秩序；遇到這種人，實在說，只要質問他到目前為止到底已經為國家社會做了什麼，他是否身體健康，經過這一考驗，他便應該自慚形穢了。現實不是由空洞的辯論形成而來，事實上自吹自擂的言論反而讓人看出偽詐，憑著膽大高論，其中大都有滿足私慾的作祟成份；凡事有關現實，如政治問題，應由政治績效證實之，否則不能置信。所謂理想架構，並非一天便能建造起來，繪聲繪影地說得天花亂墜，那都是海市蜃樓的幻影，現代有知識的人不應該再受騙，或故意做欺詐善良民眾的幫凶。愛國愛民族，可由文學藝術的創作去啟發鼓舞，擴大現實生活的理念情感；一種觀念的瞭解，必須經由一項存在於現實的物事的引導和啟迪。他們讀美國詩人惠特曼的〈自我之歌〉，完全可以見到個人佈置在羣體的時空之中，無一處不看到羣體是由一個一個充滿血氣的個體所組成，因此一件一件的事功被他們完成，一回一回的理想被他們的勤奮和努力而實踐出來；那發出於個人的有限聲音，匯集成大河高山般的壯闊宏大；到處可以聽到船塢碼頭的吆喝，聽到打鐵的叮噹聲音，修築鐵道的工人的歌聲傳得很遠；可以看見公務員走過街頭準時上班的腳步，看到農夫日曬的面貌，聽見時序的跫音，看見季節變換的景致；這一切都是由個人規律的心臟跳動來促成，而由這樣的節拍歌唱出為自由和愛而團結一起。這首自我代表美利堅意象的詩作，具體而實在，不容置疑，確實鼓舞著每一個心靈，可以做為我們的楷模。

慕蓉在〈思〉集裡，優雅地喚醒離開故國的中國人的記憶，盡到一個創作者的職份；在思念感懷中鼓動著我們的心靈，希望我們一步一步踏實地走回去，那裡有我們對未來的憧憬。如〈長城謠〉裡：

> 敕勒川　陰山下
> 今宵月色應如水
> 而黃河今夜仍然要從你身旁流過
> 流進我不眠的夢中

又如〈出塞曲〉，她毫不妥協地堅愛自己的塞外家鄉：

那只有長城外才有的清香
誰說出塞歌的調子都太悲涼
如果你不愛聽
那是因為歌中沒有你的渴望

記得我和她在師範藝術科修習的時候，有一次，我們排練著一部歌舞劇，叫《沙漠之旅》，慕蓉擔任幕後的吹笛手；另一些人在台上表演；她一個人站在進出場的布幕邊，由那處縫口，張大著眼睛，注視著商旅和姑娘的走舞，一面吹奏一面淚流縱橫；當我們退場，一個一個經過她的身邊而意外地看到她真情流露的情態時，都啞然肅穆起來，站在她的背後，等著她把笛聲延至最後的一個音符和落幕。她本來比我們的年紀都小，經由那一次的發現，不由得讚賞她的豐沛奇情，而刮目相看，不敢蔑視她是個蒙古人。她的才華不止繪畫一面，音樂、文學同樣並行成長，今天她能詩歌、美術專精同時展現，誠屬意料中事；一個人在成長中的成就是唯賴情感的秉賦，是外力無法阻擋的。我們都知道她的姐姐席慕德女士，亦同樣是才情超高的人，她在音樂歌唱界的成就，受到中外的讚譽。現在我們已知道慕蓉在〈思〉集裡深沉的內涵，已不必一首一首地加以瑣談，直接翻閱朗讀原作更能貼近她的感觸。我想應該轉往談她畫的一面，欣賞她在鋼筆功夫的表現；在我們的畫壇裡，這一門的獨到成就，似乎少之又少，有之不是流於格調低俗的漫畫，就是在報章雜誌上做為文章的不甚得當的插繪，能夠像正統的表現形式受到重視和同等評價的，只有慕蓉一人。當我一張一張翻閱品賞，不由得由心裡升起對她的讚佩，其中她注意到繪畫上不能輕忽的對工具的熟練操作，以及認識到工具的特性，給予無瑕的發揮。回顧去年她在美國新聞處的油畫大展，對她掌握油彩特性，表現出內涵的震撼效果的技法，我們還留有深刻的印象。這是一個畫家最為起碼的能力條件，不論她的表現有別於傳統或別於他人，重要的是要有純熟的技術，這一點由表現的主題是否能感動人而加以認定。技法與主題合成為內涵吸引到共鳴，是一個藝術創作品值得評價的準則，其他別無約定，以及受到思想和意識的框限，使一件成功的藝術創作品受到侮辱般的排斥和棄置。文學、音樂等許多藝術形式的創作亦然。文學藝術創作家不必孤心設想另外的奇技，單指這項戲法誇言，當他達不到如上述內涵吸引到共鳴時，我們不必迷惑於那徒增多餘的取巧；有如創作家實不需要單獨只就主題的材料去做辯護，博求同情，同樣當他沒有做到雙方的結合可以內涵吸引到共鳴時，不論他自認題材如何可取，只有讓人徒增嘆息而已。甚至做為一個文學藝術的評論家，當他身負責任去批評時，唯有捉牢這根不變的金尺，而無需顧左右而言他，自賤自己的神聖身份。在一個現實而動亂的時代，文學藝術的創作呈現著雜亂景象，有著個佔地盤排斥異己的為非行為，甚至受到政治情勢的指使，淪為工具，其評價便會像現實生活的社會情形一樣，有不公平的現象；藝術乃在知識的範圍內，此時應憑良知緊握金尺，像一個忠貞愛國之士，在存亡之秋，應有豎立不搖的精神。

就鋼筆這種確定無可輕率表現的「線」和「點」，如胸無成竹，很容易發現到不純熟現象的走樣，或表現不恰當，會形成糟糕而令人不堪入目的尷尬。它不能修改，或加筆，當一旦失手而弄髒，懊悔都來不及，只有換紙重來；尤其眼看從開始便順利漸近完成之際，要是受到突然的打擾而精神旁顧，使筆趣消失，格調前後不一致，那麼便會覺得難堪，只好前功棄盡，甚至會發一頓賭咒的脾氣。鋼筆繪畫技巧的優美之處，有如杜預屠牛，乾淨俐落，所到之處皆迎刃而解，否則便像受宰之牛，被搞得悽殘不全，痛苦不堪。慕蓉的操筆，雖屬細指功夫，但頗有我上述明淨灑脫的優點，筆筆清澈，有如滑韌的鋼絲，在滙集處絲毫不含糊混糊，讓人有清爽和條理分明之感。這種筆法，使畫面自然形成高貴和清秀，所繪出的不論人物或自然樹木，大致能獲致表達的效果。但有部份形體造形，尤其面部，未能準確表露內在涵意，而有呆板堅硬之嫌；因為這種只能靠線條表現的平面藝術，不能不在造形結構的選擇上，透過生活閱歷，求取美善，達到外貌顯現內在精神的精確密合。

如果分張品評，大都能獲得不同程度的喜愛，其中以〈暮色〉為題那一幅，如前所述，應得普遍的賞識。在〈歌〉集裡的那張〈銅版畫〉，則是一張上乘的佳構，與亂針刺繡，有同工之妙，非常脗合詩意內容。在〈歌〉集裡的畫幅，其表現受情感主題的約制，雖然在結構上頗為特殊，以及表現的十分奇麗，但我懷疑不會受到嚴格的品賞家的斤斤計較，有如在男人的世界裡那種苛酷挑選女性的態度，不是嫌棄智力不高，就是惋惜不夠性感，如果經久相處，就有些不耐看的牢騷。天下沒有一塊可稱完美無瑕的璧玉，甚至崇高無比的上帝，仍時有對他大呼不公平的人。任何的批評應是有益的，此後兩者之間便會自行調整，而獲致諧和。在〈思〉集裡，〈高速公路的下午〉一幅，最見她獨到的鋼筆功夫的性能，操作的正確使人激賞；還有那張〈出塞曲〉為題的較粗的筆線，使人深感其奇女的灑脫明快，而不致零亂失散，表示出條條思（線）路的來源和去處。〈植物園〉一張，我個人則不太喜歡，造形和情態有些失錯。總之，批評就是一種怪異矛盾的個性，就像我們說到某家的閨秀好高騖遠，雖暗心懷著愛慕，但口頭上還是散佈著微詞。

集三：線

從十四歲進入台北師範藝術科起，這麼多年來，偏愛的仍然是單一而又多變的線。這麼多年來，實際是十數二十年間而已，不是一生，還是有限，只能代表她現在的主觀說法；要去肯定她的創作，並不依據她個人的偏好。好像數個孩子中，父母最疼老二，但是在別人或社會的觀點，疼愛是一回事，並不同意這老二就是最有用，乃必須由孩子本身的作為來衡量批判。未來如何慕蓉或許會有改變，將來總觀自己的創作歷史，自然較理性地接近社會的觀點；所以當我們客觀地審查她「單一而多變的線」的成就，就可能要與她的偏愛牴觸了。但我相信慕蓉所說「線」的意思並不指此，而是表明她喜愛、深入，進而肯定的所謂藝術。

什麼是藝術？宇宙的存在就是藝術，單一而多變就是一種約簡的說明。那麼藝術品的評價，就可能非常冷酷現實，好則視為珍寶，受到無盡的寵愛，不好則看做糞土，不願去理睬。好壞之間，還有無數的層次，好似定有價碼，依形式內容的不同，讓人自由選擇購買；而這些伯仲之間的藝品，使評審煞費周章，使德性不高的藝評家的心思混亂了。藝術家在眾藝品面前，猶如掌握命運的主宰，但是他的評斷是來自深習的學術，廣大的人生閱歷，以及本身心智的健全。質言之，評鑑藝術品，是知性感性交合發揮作用的事。藝術品的鑑賞品好，隨各時代的風潮而異，但不要輕忽文化的歷史所留下的不可更改的存相，不言而喻地它自然產生自每一個人的心靈，去瞧見和擁懷那份喜慰和滿足，就像誰也無法搶奪他心許的愛情。這種微妙的感覺存在，不能憑肉眼看見，只能訴諸一顆至純至善的心；而每一個人如能勤於掃除凡世的滯重昏噩，那麼每個人都有福份受到它明淨的照耀。藝品的鑑識並非與心智無關，以為只要釐定標準就可覓至獲得，好比玩一場有規則的遊戲，在規則內得分最高便是勝者；但是不論規則如何，重要的是那參與者本身具備的道德能力。藝品本身並非真體，藝術品是一種手段和媒介的幻像，透過它去會見真理。相信唯物理念的人，認為藝術和藝品都是工具，背面有指使者和它們的目的，這是討論藝術問題時最常聽到的藉機贏取的反證，使靈肉共體的自然一分為二，進而泯滅了心靈存在，驅使生命進入苦役的域地。這是對於真理的懷疑而影響到評鑑藝術的標準。以達文西的蒙娜麗莎畫像為例，鄙薄和懷疑它的價值的人大有人在，因為他們信奉的人生真理（唯物的），正要迫不及待地剷除這種唯真唯善唯美的至高無上藝術，他們套套的現實理由可以迫使別人開不了口；但沉默底下，依然有良知的心靈，不肯信服那套威逼的說詞，還是深受和確認它的存在，甚至那些反對者在孤獨時，也會湧出至真的情愫去懷想。至於那個企盼的境界如何，現在我們幾乎無能用語言揭露它的存在神祕。

我現在特意要去相信慕蓉偏愛她的〈線〉的理由（前面已經說過與客觀的評鑑藝品成就不相關），以便去接近她從事藝術的心得。一個心有所獲得的創作家，幾乎已不再關心外界的評語，可以想見她擁抱和珍惜心得的情操；直截地說，她對藝術奧祕的發現，是一件她自認駕乎生命的重大事。透過千百萬條單一而多變的線的實驗，她從中獲致這份體悟。大家都知道許多事實說到創作家忘食廢寢而對藝術的執著，一旦發現愛上它，可以忍受窮困，可以放棄一切俗世的生活快樂，但就是不肯放棄藝術。我們檢視慕蓉在〈線〉集中的畫，極其容易地看出為何她會如此偏愛，甚至去貼近她的心得，而分享到類同的喜悅；一個外在的複雜形體，能夠經由幾條、或無數條線勾勒後，再現出一個類似的形體，豈不奇妙，而讓人著迷。從外在的客體轉變成內在的主體，這種神奇的作為，其愉快和慰藉的滿足，是不可言喻的，誰也不能加以否認。如果我們有這等的認識，也就不必懷疑慕蓉所說的偏愛了。

我已經無需像前面一一去瑣撰有關慕蓉每一幅畫的特色，我想讀者只要親自去觀覽品賞，便有自己的特別領受，甚至超過我用文字寫出的更多的微妙發現。很值得介紹的是，這本《畫詩集》，在皇冠出版社的企劃下出版，印刷十分清晰精美，不止在品賞時可以獲得很大的快樂，而且是雅好藏書的人士，書櫃中不可缺少的一本畫冊；我不是為商業行為說這樣的話，而是席慕蓉女士是我們這一代中很可重視和喜愛的畫家，從這部《畫詩集》裡，她毫不隱諱地呈現中華兒女的豐沛感情，她心中的歌和思是完全經由線（藝術）來表達，我們也是在這部《畫詩集》裡這樣認識她的；這樣夠了，不需要用過份誇飾不實的言詞去歌頌她的成就，她也不想有人這樣。

一九七九年十一月七日

老婦人序

我將此集獻給我的母親詹阿金。我想獻給她是她至今亦未能明白這種題獻的意義，以及她從來也不知道我從事寫作有何益處。她沒有讀過書，不會看字，但她學會許多謀生的事；她不但聰明，而且有毅力；她最大的品行是奉獻，無窮盡的奉獻自己的勞力給子女，給親朋。她今年七十三歲，和許多同年紀的母親們一樣，是我們這一代做子女的人所能認識的最末一代的典範母親，她們能自甘平凡而又能任勞任怨。她們生活在這個更替的時代而備嘗辛苦；從她們的口中時常說出這是她們的命運。在我的成長中，我先是在童年時聽從她，與她一起為生活幹活，然後我漸長卻遭遇種種挫折而離開她，現在我已屆中年，我在懺思中感激她。但是，不論我表現得如何頑劣，她始終視我為孩子，永遠關心我。她唯一的希望就是要我平安的活著，以及溫飽的過日；除了這個，我的其他表現對她來說都是不重要。在她的眼睛裡，除了日常順遂的生活，她再也看不到其他。她從來不會為我的一言一字感到驕傲喜悅，但她看到我能安居下來，就是她最大的安慰。這樣的母親，在我們生活地方，以前到處都是，幾乎每一個人都有這樣的一位母親。就因為我的母親不是家學淵源的閨秀，而是霧峰鄉下一個蕉農的最小女兒，不幸遇上一個被時代疏離又早亡的人，生下了我們，負起了責任，而至今年邁猶不卸下這習以為常的辛勞的承擔。除了基本的生活，她從來不要我奉上什麼給她。我不能說我有這樣的一位母親，才使我立下寫作的志願；可是我假如沒有這樣的一位母親，我相信將不可能長時從事創作的生涯。她對學術、藝術一點都不懂，可是她起碼也沒有阻礙我。她沒有向我索過養育的報償，因此給了我有自由的選擇，而不像一般有知識學問的父母，要求他們的子女依從他們的見解去追求輝煌的事業。她沒有見過大的世面和高尚的人在一起，她傳給我卑微的心，使我在這稍能思辨的年紀退居鄉陋，安於工作和過簡樸的生活。就是這樣簡單的理由，我題獻給她，我最親愛的母親。

武雄

一九八四年四月于通霄

（本文為一九八四年洪範版《老婦人》序）

給安若尼・典可的三封信

安若尼・典可：

我很高興你有興趣讀我的作品，你是我所知第二位想研究我的寫作的外國人，第一次是一對留華的法國青年夫婦 Amtouie Fiilet er Armelle，他們是經在台灣工作的外國神父介紹來的，而你是我所敬仰的詩人楊牧的弟子。首先我希望你能瞭解我的寫作是由於我個人生活的苦悶，以及對周遭環境的觀察。我並不覺得做個作家就特別感到榮耀，作家和一般人都是相同的是人，我盼望和期待超越現在的粗陋而強硬的理性層次到達感知和纖細的人生境界。我知道這必定要透過生活的痛苦經驗，尤其在東方的世界，許多人都必須經由這種考驗和劫難。我對現實並沒有做直接的辯論，可是現實依然有形、無形存在於我作品的文字之中，它們不是我直接要描述的對象，而是一種提引，是一條要進入路，經過它的鋪陳，去到另一個地域。我所以要這樣的告訴你，是希望你能避開某些讀我作品的批評家所做出的斷章取義的結論。當然我無法說出作品那些是真正的要旨所在，它們需要去感覺，而且有必要去選擇，從中感受或捨棄。

我對西方作家和他們的文學並沒有像學者們一樣有獨到的研究，我最先學習的是繪畫，而最早感動我的是音樂。據說我的父親是鎮上的一名鼓手，那是在日據時代，他死得很早，那時我不太懂事，只留有仰望他站在窗邊吹笛的印象。但我知道我的大哥是個精通各種西洋樂器的能手，他死時只有三十二歲，是很可惜的。他們痛苦悲傷的生涯，我想非常影響我的人生觀。我二十三歲寫第一篇小說時，根本沒有讀過多少所謂西方作家的作品，可是小說作品在我求學的年紀中偶爾涉獵到的幾本作品已深印在我的心田裡。德國史東的《茵夢湖》和美國的海明威的《老人與海》是我最先讀到的兩本書，我反覆地朗讀，直到像喝醉一樣。然後是英國的D・H勞倫斯的《查泰萊夫人的情人》，我最喜歡那本書前面勞倫斯親寫的序文。但讓我在某一段時間沉迷於他們的文體的是三位法國作家：蒙田、莫泊桑和莫瑞亞訶；這三個人正好代表著：思想、理性和情感。我當兵回來，離開小學教師的工作後，我的閱讀才真正的展開，所有在那時出版的西洋近代文豪的作品都看；假如我一一寫出來，你必定會笑。但我想最早讀到的是最重要的，像少年時的體能和技巧的訓練一樣，最後來一切能力發揮的基礎。但我不能不說有三位我佩服卻不能隨意模仿的俄國作家是托爾斯泰、杜斯陀也夫斯基和巴斯托納克。而讓我想到哲學問題的是柏拉圖、齊克果和卡夫卡。有四、五年的時間，我轉到歷史，看完剛逝世不久的美作家杜蘭的三十七冊文明史和湯恩比的歷史的研究。這些西方世界的思考方式是我用來觀察和記錄我個人和身邊環境的事物的一種方法。我想中國文字不應只是一湖死水而已，應該讓許多河流進來，使它活潑新鮮。而心靈的運作是唯一對它有用的根據。今日中國的世界心靈的自由活用。將來中國的文學要像世界各國一樣成為具有世界性和普遍的人類精神，端看心靈是否甦醒復甦了。

如果你不急於想馬上完成你的論文，我們或可在未來繼續討論一些更細微的問題。雖然我不能保證你有問我必答，以及是否我能回答。還有，我在此出版的十四本書，你都能在圖書館看到嗎？你想要，我願意贈送給你；你不要，我就不寄。那些書裡，有我寫的序文和年表，可提供你明瞭一些我的生活和寫作的概要，這是在信上無法詳細去說的。

另外，我希望你能請教王教授，向他學習中國的書法，他也是很好的書法家呢。每天花一個鐘頭寫毛筆字，這對你來說會增加你對中國字的注意力和樂趣。最後希望你能代我向王教授致意問好，並祝你學業進步心身愉快。

七等生

一九八二年十一月二日晚上

安若尼・典可：

我對筆名的陳述或許會使您覺得平凡，但我並不要為使您有驚奇感而另外編造一個。見過這個筆名的人都想問我為何要用這個筆名。我很不願意回答這個問題；迫不得已時我總是擇取整個事情的其中一段去回答，而不說出全部；我希望他們能有他們另外的對這樣的一個筆名所產生的不同想法，而不必依循當初我取用這個筆名時的幼稚心靈，雖然直到現在，無論從那一方面來說，它是能經得起任何考驗，因為它不是什麼了不起的學問，而是從生活中得來的。它不是最好，也不是最壞，也不在中間。它什麼都不是，但它是。我童年時的孤獨和無助，是因為家庭生活貧窮的緣故，幾乎沒有辦法在小學畢業後進入中學讀書；雖然我在繪畫和作文被稱為天才，可是老師看我家窮也不願幫助我，我去城市投考時沒有鞋子穿，赤著腳，而別的孩子們都穿最好的衣服和皮鞋，還帶許多吃的東西，因此我在火車上和旅館裡自卑得躲在角落暗暗流淚。我進入中學後，幾乎沒有朋友，我每個星期日在家用四開紙編寫一張週報，取名為《太平週刊》。有一天我路過一家私人醫院，看到牆上一張畫簽著「七等兵」的名，於是我回到家在自己的週報上署上「七等生」的名。這些刊物一共延續了有一年，我後來離家時把它們存放在櫃子裡，但六年後的一次大水災，房屋倒了，它們也流失了。當我再到台北讀師範藝術科時，我不知為什麼原因，那裡的教官和教師對於有自己的意思而不按他們的意思去做的人非常不高興，這也許與他們爭取成績有關係。那時我的繪畫作品就簽上這個筆名，我要開畫展，他們命令我把畫從牆上拿下來。我在這個學校受盡了永生難以忘懷的欺辱和痛苦。後來我發表第一篇小說，我想用這個筆名是為對我的童年和學生的涯的一種紀念。當每一次有人問及我的筆名時，我便會對這個筆名無由的去做無盡的思考。後來我所過的暗淡和飄泊落魄的日子，也使我一次又一次地去追認這個筆名的存在和意義。只要我從閱讀和生活多增加一些知識而深覺自己的渺小時，我就愈覺得這個不很好聽的筆名對我的合適，而現在我的思想、行為，一切的一切無不都是這個筆名了。

我早年熱中於繪畫和音樂，因此我並不熟知外國語言，只略識一點點英文，如果有一天我要到國外去遊歷，就只好學一點英語會話了。我所讀的書全都是翻譯來的。我甚至更喜歡翻譯的文章，我非常感謝那些翻譯法國作家史當達爾的《紅與黑》和莫瑞亞訶的《荒漠的愛》以及雷翁那圖・達文西的傳記《諸神復活》和蒙田的散文集的作者，他們完全採取直譯的手法以及保留原文真髓的精神，給我對文字的莫大啟示。除了中國古文外，我不喜歡當代中國文學創作家及文字，他們有的雖很簡潔，卻沒有多大表現。文學藝術是要靠表現的，有表現才合乎「美」。因此我要寄一份一位遠在倫敦的中國教授的論文給您，您會從這篇論文發表的討論我的作品的論文〈幻與真〉，附錄在《銀波翅膀》這本書的後面。以下我補述您要的年表。

民國六十七年（一九七八）四十歲：小林阿達、回鄉印象、迷失的蝶、散步去黑橋、夜湖、寓言、白日噩夢、歸途、雲雀升起

長篇：耶穌的藝術

散文：書簡、我年輕的時候

詩：戲謔楊牧

出版：散步去黑橋（遠景出版社出版）
民國六十八年（一九七九）四十一歲：途經妙法寺、銀波翅膀、夏日故事、河水不回流
詩：隱形人、無題
聊聊藝術——席幕蓉詩畫集品賞與隨想
出版：耶穌的藝術（洪範出版社）
民國六十九年（一九八〇）四十二歲：決定暫時封筆
銀波翅膀（遠景出版社）、楊牧的論文〈幻與真〉
民國七十年（一九八一）四十三歲：個人離家搬到坪頂山畔居住　寫生活札記（研習攝影和暗房工作）
民國七十一年（一九八二）四十四歲：十二月一日把鎮上的家眷搬來坪頂　老婦人、幻象、憧憬船、我的小天使、哭泣的壑丁門
馬森的論文：隱藏在本土的一塊美玉

劉武雄
一九八三年二月二日

安若尼・典可：

我的第一篇作品〈失業……〉發表於聯副即受到注意，之後連續發表十多篇，並且投稿給《現代文學》。我真正的失業不久，他們（尉天驄等）就邀我於鐵路餐廳談創辦《文學季刊》的事。在最初的一—五期，我都有實際參加編輯和選稿；我和老尉在他的政大宿舍一起工作，他去服役受訓時，我完全做那些瑣碎工作（跑印刷廠、校對、設計版面）。有一次大家去訪問兩位美國青年，一位是留學生，一位是地理雜誌的攝影和撰稿記者。那時是越戰和美國國內的學園反戰的時代。這兩位美國人向我們大談嬉皮和大麻煙的境界，以及放披頭四的歌並分析它們。由於陳永善設計的這次訪問的居心是想藉美國人來反對美國（他的作品可以看見這點，那次的訪問紀錄亦可證明），因此我在這次的訪問之後，內心即有所決定，不再和他們在一起。當然不只為了這樣的訪問，還有很多他們的言行，讓我看出他們內心的跋扈，當我發表〈精神病患〉、〈放生鼠〉時，他們都表稱讚；我隨著發表〈我愛黑眼珠〉、〈灰色鳥〉等作品，他們就搖頭，以為我走的路線不對，以為我沒有理想和使命感，而且不寫實。包括很多文藝界的人，都認為我是個人主義和虛無主義者，認為我病態。從此以後，我就不再和其他的作家有熱切的交往，只寫我的作品，過我自己的生活，從城市回到鄉下。

除了投稿給報紙有稿費外，我的大部份作品都沒有稿費。生活雖然窮困，但我還是寫，寫出我心裡想寫的東西，來安慰我自己。我從來沒有感覺到我的文學高峰在那裡，別人的觀感如何我不知道，我只是想要一次比一次有更高的境界來滿足我自己而已。有一天張恆豪突然來找我，表示他要編一本有關我的作品的評論集，我才知道那些論文有的對我有很深的誤解，有的很同情我，但卻不知怎樣去說。然後國外的學者才漸漸關切我，說了一些比較客觀和公平的話。在國內的批評界，他們就沒有這種智見和雅量。

參加《文學季刊》使我對寫作界有較廣的認識，也懂一點中國文人的某些可鄙的野心。我在離開《文季》後寫的作品更多更順手，更能表現我個人的風格。我一點也沒有感覺、沒有參加什麼團體會影響到我的寫作，反而覺得參加什麼團體一定會喪失很多個人的創見。所以有人認為我不是《文季》的人是完全正確的，那不是什麼光榮，反而是一個陷阱。我自由的寫自由的投稿不是很好嗎？我的稿被退的很多。有雜誌要創辦總是很熱切的邀我去，要我給他們稿子，可是後來總是把我的稿子退回來，像《中外文學》。又有些編輯因為我的作品而爭吵和辭職，有的為我的作品辯護，有的很膽怯，不敢用我的稿，像《純文學》。我投稿的辛酸很難盡訴，我並不想向別人訴說這有多大的不公平，但這一切不都是使我有所覺悟和選擇，以及迎接心境的和平嗎？順便一提，今年八月底我可能到美國愛荷華大學去住四個月。另外，我很高興我提供的東西有助於你的論文的進步，你不必感謝我，你應該感謝這個世界，如你們西方人所說的感謝上帝。

武雄

一九八三年三月二十三日

俄羅斯家變

氣候節令遞變，炎夏過了，入秋後早晚似乎能體會一些涼意。搬移桌櫃總會下點決意來清理和擦拭，也會發現意外的事物。一本十五年前的教師日曆手冊出現在雜誌散本和鏽屑中，撿起來打開一看，是當時閱讀帝俄末期杜斯陀也夫斯基的《卡拉馬助夫兄弟》所作的筆記。

這星期俄羅斯政變使我能守時觀賞電視新聞，看出這政變的韻律和節奏。杜氏的倫理鉅作，在六十年代的台灣讀書界常有人在關於文學的談話中提到，但僅止於那作者和作品名稱，似乎有一層神祕的氣氛不易穿透。這份感覺是我本身年輕閱事不多的緣故。

現在要談俄國文學的話，我感覺杜斯陀也夫斯基像個鬼，不像托爾斯泰像個神。這樣的意思是否有人在什麼地方什麼時間表示過，我不知道，從文學方面來看，俄國自普希金以降，由於巨匠文豪輩出，就顯得比其他各國來得迷人許多。所謂的迷人，不僅是通常形容的

「美」，而是深沉和嚴肅，但由於情節入扣人心，反不嫌厭，特別是這個鬼，就更令人不寒而顫。不料有幸，現今卻能睹見政變的高潮戲，有如漫長的交響樂那節奏明快而音響俱足的果斷結束。

無疑，近代以來，俄羅斯文學，一個銜接一個從不中輟的鑿手，把讀書人的心田刻得滿佈傷痕，對比著他們政壇上也是一個緊接著一個巨人。說不準，杜氏的卡拉馬助夫，反映的正是帝俄崩潰前的社會腐敗生活情態；《靜靜的頓河》裡也可以感覺共產黨黨員奪權的陰險技巧；他來了，你不知他什麼時候已經站在你身邊，也不知道他半夜什麼時走了，幾個月後，你看見他在什麼地方又出現了。還有，像齊瓦哥醫生那慢慢心碎的過程，因為共產黨的高幹把愛人奪走了，那裡去找這樣的文學，巴斯特那克竟然用鄉村風景來寫照；晚風吹來時，《白夜》裡，沒有人知曉和見證的愛情誓言。

記得那些年和愛寫作的年輕朋友在一起，大家一致喜愛把托爾斯泰和理想主義和共產思想連在一塊，推舉托氏打出托牌，然後歸結於馬克思思想的真理。問我怎樣了？我只能說：我實實在在不懂這些。我不守份，出來寫作，結果時時失業，去深山裡算了。我後來的觀點是：托氏的價值在文學本身而不是思想，他晚年分地產給農家一事，可能是心智衰竭和疲倦，他已不善管理，不分給人幹什麼？倒不一定要別人也這樣做，這當然也算是良知。托氏想的是帝國尊嚴，他是貴族，但不得志，有如《戰爭與和平》書中的安德烈，表示要是能重用他來改善俄國到處的不公平現象，那麼他會像安德烈一樣報效國家。可惜潮流所趨，要恢復那份帝國尊榮的精神已不能使力了，因為帝國早已由內部腐敗，宮廷中充滿了迷信和怪力亂神，在莫斯科撤退的場面，透過比雅的眼光，看到遺族的那份奢靡和自私。

這之前，杜斯陀也夫斯基寫出的費道爾、伯夫洛維奇、卡拉馬助夫的淫亂和不負責任就是一個真實象徵，兄弟間的爭執，便是像他們國內思想的分歧。我在筆記中這樣分條記載著：

「費拉龐特神甫與帕意西神甫的對抗，

阿萊莎離開修道院。」

宗教方面當然也拿不出堅信的能力來拯救社會了。

鬼比神更語重心長。《卡》書最精華部份出現在弒父案的辯論上，家變猶如政變，有相通之處，在這一層面上筆記寫著：

「父親的意義是什麼？光是生出來還不是父親。生出來而履行他的責任的才是父親。」

俄國政變有如一部電影，讓人在螢幕上看得滿過癮。政治是藝術，而藝術要意涵真情實事，也就是良知，是那良知在牽動劇情的演變，因此能成好戲。一個插曲發生了，俄國發生政變，像波灣戰爭時同樣，這兒的電視上把政治和戰略專家請出來，有如自己在打仗般熱烈，肯定那主角一去不回了，三天後人家回來了，這下恐怕專家們不好意思再回到螢光幕上來。

筆記的十一節第十條部份這樣寫著：

「『這是他說的，』阿萊莎來報告司米爾加可夫懸梁自盡，他到時，與伊凡對談的人消失了。

司米爾加可夫的字條：『由於自己的意志和樂意，消滅自己的命，與他人無涉。』

伊凡不斷發譫語，踱步，阿萊莎扶他入睡，自己睡前心想：『他不是在真理的光明底下升起來，便是在仇恨中幻滅，對自己和一切報仇，為了替他不信仰的事情服務。』」

俄國這回政變，幸好只犧牲了三個人民，而政變後陸續有政要自殺。讀文學作品的人必須切記，作品與現實是不相連的，情節的巧合只可從本質意義上去會意，而絕不是對號入座。何況杜氏並未在百年前預言這場政變，但可以瞭解的是：凡深入本質去探討的現象，它是會應合認同本質的，至於何時發生，這點倒沒必要深究，否則，文學作品或其他藝術品的功能和價值便不存在了。

不論政變或家變都可能要死人，是可以理解的事。人類文明的締造是靠人的犧牲，這層意義至明，藝術家累死、病死，各行各業的工作者也會死。死的意義就是替換，而留下一種承傳。不過所謂悲壯的事，不必太過慫恿或鼓勵；為真理正義行事，要行正直手段，才配稱。

一個人，一個家，一國之所以能脫胎換骨，不是偶然的。這是一種支持歷史的必然說。那為普遍人類反省的作家，他個人雖屬某個種族，來自某一家庭，生活於某個區域，只要是事物本質的反省，那麼他反映的就是全部，而且久遠都有效應，不只在他存活的當時。這類文學作品讀來便毫不隔閡。俄羅斯疆域的文豪在近代能顯赫輩出，乃是對強權不妥協，本身又甘冒生命的危險，來貫徹公平正直的秉賦。我們崇敬一個作家，就是因為他的心智，使人能真正看到或感到自己不易辨明的現實黑暗，有如開啟自發的光源，使黑暗之地恢復原本的清耀。俄羅斯政變後是好是壞，可能是屬於另一階段的歷史課題，與政變本身的意義要有所劃分；戈巴契夫自己是共產奶品育成的，而能坦誠道出共產主義實驗的失敗，這種大無畏的反省是常人做不到的。葉爾辛是戈巴契夫造成的大英雄，戈巴契夫將來的去留都不能影響他給人留下的不可抹滅的好印象，考驗的倒是葉爾辛正直誠實與否？若是另一種更可怕的野心家，那麼民主只不過是一塊招牌而已。我個人的疑問，無關事實的演化。這一切，目前呈現在我們面前的都像有好導演好剪輯，一切都還能令人激賞的影視作品。

讀杜氏書亦然，覓取到的是那恆久的心靈形象，不是他本人短暫的皮相。一個民族不斷地凝聚出良質心靈，表達在作品中，就像一份精細周詳又合情合理的美麗藍圖，其遠景是值得期待的。透過戈巴契夫的自承可以看出，他本身已經明白：真理思想的質地是必須表達在工作上的；他深深體會到，累積近百年的共產歷史的經驗，為理想而行強權所造成的深淵，付出的痛苦代價是不值得的，而且與真理無關。在俄羅斯，那痛苦的心靈情狀表明在文學作品中是不能否認和禁止的。回到《齊瓦哥》書中來，在它放逐的生涯中，總是停歇下來傾聽下層階級小人物的不幸身世和苦難遭遇的細訴，同情心懷與自己的愛情自憐是混合不開的，而結構出全書的普遍精神。

沒有普遍的心靈在前，必無偉大的人物在後，是可以確然的。如果我們能在某部戲中肯定某個人物，這個人物所代表的普遍意義，也是我們能肯定的。那麼我們往前去尋找某種同質心靈，它必然存在。出現那麼多傑出作家的國度，必然也會在後出現傑出曠世的政治家；在人間所有的工作和努力，如不落實於政治是沒有意義的。

筆記還有這一條：

「歷史的觀察，就是整個故事的簡扼說明。」

現在把它糾正過來，這樣寫：

「整個故事的簡扼說明，就是歷史的觀察。」

不論怎樣說或怎樣寫，對我而言，意思是同款。

上李登輝總統書

自中華民國在台灣以來，有半世紀了，與前半世紀日本在台灣的歲月相彷彿。日本的統治非我們所願意，而台灣光復卻是我們所迎迓和歡欣的；相較這時光相等的兩種不同政權，我們對前者由抗拒轉為馴服，對後者卻意外的由歡喜逐漸感到厭煩。政權的性質不同，殖民政治當然令人髮指，民主政治當然受人歡迎，效果卻兩相迥異，豈不令人返迴深思，再四究詰？其中最為淺顯而對在這兩個不同政權皆生活過的人來說，其評論的準則在於政府施政的效率；效率不彰，確是自己主政亦難從；效率彰顯，雖是異族統治尚能苟安。百年已過，事實已成為歷史，前述兩者事體只能供幾世人之參照，認知歷史軌跡和意義能產生智慧，想由劣轉優，由弱轉強，端視現今的人們能否借鏡而前瞻。

中華民國在台灣這五十年其實功績明耀卓然，竭盡所能改弊從良，經濟起飛，人民生活安定富裕有如世外之桃源。然而並不理想，依吾人之才智應可展現得更其優美，其令人不足而遺憾者，在於無一像宗教般之精神思想目標，無一像藝術品之可觀的象徵；前者可凝聚意識而有共識，後者可值運作而有自豪和自勵，進而自強不息。兩者實為一體，藝術為外在外觀，精神思想和意識為內在內觀，此事功的籌建，如能統合台灣現今所有之才智和財力，其作品自當美妙而非凡耶。

那麼到底有何事功可以凝聚台灣之所有，什麼藝術品可以在將來的歷史佔一席之位，子孫為之自豪呢？敬愛的李總統，像您這樣情操俱足的領袖，難道不日月盼望，不時刻籌思嗎？而生聚於此的所有同胞，事實上亦如您一樣在夢中縈繫盼待精神奮發的事體之來臨，冀望事實之呈現眼前，使平日因細瑣而爭論的情緒轉變為相勉而合作，群策群力而為共同的未來前途相親相愛，凌駕經濟奇蹟而更上一層樓，為民族之品質升級，使世界上其他民族為之注目喝采。中華民國在台灣乃歷史不容否定的事實，我們是歷史中的一個份子，我們自有其應負的歷史任務。那麼目前或前瞻未來，中華民國在台灣的歷史標誌不是空談和口號，而是為備用於將來世紀而開建的新行政特區，一如美利堅合眾國在二百年前為他們的國家所籌建的華盛頓行政特區相似，成為政治中心，而迎接未來的歷史的進展和挑戰；其外觀如藝術品，而體內則展現其運作功能；沒有這一所在，美國會散亂分歧；放眼世界各國，其國家民族之興而可敬者，莫不有其一如藝術品之行政省府，中華民國在台灣難道做不到這一奮發圖強的事功，立一歷史標誌，與世界各地區互為比美嗎？

當然我們不稱其為首府而稱為特區，以免在其籌建時即遭政治歧異的各方之詬病和阻擾，而要凝聚共識，則僅就現實需要，喚起在台灣的所有中國人認知其必要性和迫切性的目的。我不宜在這有限的信箋裡煩絮目前在台灣地區的各種複雜心理和情勢；就以生存在此的一份子而言，我只能淺顯的盡其所思，表達一份忠誠意見。建設一規模宏大、功能完整的行政特區，言則易，行則難，是全體人民和專家的心力結晶，我僅能就其非建不可的緊迫性和將來的適可性之理由闡述一二，而有待更精細思考者之後續響應。

新闢行政特區的觀念乃是為中華民國在台灣之歷史事實與日本在台灣之歷史事實同樣地皆有其代表性的行政所在和建築標誌而區別之。日本籌建總督府及市區之規劃諸事，建築學者已可為我們證明，其威嚴和治理之準則，從其外表上已足夠明白了。中華民國在台灣續用五十年頭，難道不覺得漸不合用，漸受其約制而深感不便嗎？畢竟是兩種不同的思想和做事的態度，為了邁向新世紀之新世界，資訊工具之使用完全是新式和新貌，這些新的軟體乃需要新的硬體之護置是不待權言，此其一也。

就市政而言，台北或高雄讓其專屬，中央不必混雜其中，一如當年美國不設聯邦政府於紐約或其他城市，而劃出一地單獨使用。一旦有朝一日，中央遷出北市，五分之一人口跟隨辦公移出，市區人口疏減，交通擁擠之情將可改善，總統府及相關之建築成為美術館或文化活動之使用，北市將可靈活扮演文化和經濟之國際大都會的角色，令人一新耳目，其美可想而知，此其二也。

新特區的建設是為方便將來中央行政系統指揮之用，並非藝術家或建築師之夢幻，亦非文學家或政治家的傻想。真正的實用仍然要歸於政治的前途之考慮而可行。台灣政府之前瞻，端視這一藝術品般的特區是否出現於世。過去五十年政治上之遭人詬病者，可比喻為頭痛醫頭，腳痛醫腳，沒有一舉而解決全盤之措施，以及存在苟安心態、退縮自閉，視台灣為一海島監獄，自生而自滅。近年來之革新，雖令人振奮，先開展經濟之實力，然政治精神之標誌如不出現，百業沒有上規可循，仍然是一片吵嚷和分歧，而不能產生共識和團結合作。新特區的建立的政治意義，必可讓生活在此地區者，感覺中華民國在台灣的真誠建樹，而一反過去排斥的心理轉為接受。在其如此巨大而坦明的目標之下，何人再有其指責和厭言呢？要是有人在大前題之下不能合作其間，其人必是思想和行為可鄙之徒。

統視在台灣的人才，菁英備集，有如滿盆之水面臨溢流，有如密聚之猛虎形成噬咬，過去之浪費已釀成互相猜忌之果，今日如能取用則如導水成河，壯觀和效用如似賞景與發電相同。新特區之建築，用人何止千萬，然個個英雄有用武之地，誰不趨前而效命之？僅就建築界而言，數十年來除了為經濟起飛而建的商業大樓外，沒有特殊建築設計而讓人歸心景仰。單就偏向為經濟和生活之需而建設者，拉拔經濟效益的結果，只能無情地導向拜金而不斷抬高物值，使人單向為利競求，顯出外表繁華而內在空虛之象。政府雖然獲得豐富的稅金，在世界上扮裝闊人，然其內部人民卻養成嗜物狎雅人氣市儈；在家豪指頤使，旅遊國外則遭人鄙俗；雖腰纏萬貫，仍不能脫卸二等國民之譏的醜譽。而且就台灣經濟形態而言，在繁華的外表下，隱藏著更大的危機，因為台灣資源貧弱，受制於世界經濟的搖擺，就商人的性質而言，重商輕義，一旦遭變則紛紛轉向。就目前與大陸的各種談判而言，我方雖是猛龍過江，但一入旱地，對方引誘深入，擒拿就綁，其結果不是雙贏，而是我方全盤皆失也。

五十年間所演變的複雜情勢，如不力謀新政，從思想精神給予救助，力挽狂瀾，中華民國在台灣不急於建設共識的指標，以新特區為始，為未來的存在奠基，時機一過，只有令後人徒嘆耶。而蓋新特區所需要配合的新政措施，猶如發現病症而開出的藥方，有效無效，我略述一二以就教於有識之士而呈獻上峰；雖是個人的淺見，然拋磚引玉，集思廣益，必能匯成主流，一旦人才效命，財力麇集，社會之防衛鞏固，工程的進展將無慮矣。

新政首重司法之獨立與公正。目前在司法的原則上雖讓人無異議，但在操守和執行上卻無明廉和做不到快決果斷，使司法的威權大打折扣。新官上任雖形象鮮明，下屬執行卻沿舊規，進展遲緩，與國民之期求節拍不合，好比觀眾看到樂團指揮者的手勢，卻等了半分鐘才聽到音樂聲音出來。司法是執政者的心靈，人民生活規範的準則，守法或犯法皆視執法是否公允和效率。過去偏重政治課題，侵犯人權，現在應該轉向處理百姓間的糾紛，使冤屈者投訴有門，裁定交通事故要速審速決。民主社會，民事應該重於刑事。一旦人民視司法如敬鬼神，執政者威信自然無堅不克，無遠弗屆。

談到鞏固國防必須鞏固新兵役制度與執行辦法。憲法雖明文規定國民應盡的義務，執行卻頗為不平等。靠權貴關係或以自瘦的方法逃脫兵役者比比皆是。應該試辦：即使合乎免除兵役者亦必須繳納義務金，或進訓練營鍛鍊身體以為收效。再者，收編社會上的遊勇（被稱為失業和流氓者），高薪募集敢死隊成為防衛上之最前線或應緊急之需所用的隊員。人性皆有善惡兩質，端視如何導向。我曾在校園將所謂的頑劣學生給予糾察隊員之職，其行為立即為其新任務所轉換，效果彰著。如此做來，既能減省警力又能保障國防；這種措施要先行開始，防範新特區建造時來自各方的曲解和猜忌，利用社會的混亂來打擊我們。

再談新經濟政策的制定，以挽回目前的脫韁之馬，扎實和固守將來的經濟能力。依目前的放縱措施，人人趨赴對岸，十年二十年後，經濟流失和崩解將難免也。其對策必須要有斷腕的魄力，抑制富人的財務膨脹，降低地價，對高收入者徵高稅比率增加，低收入者徵低稅比率下降，使現今嚴重的貧富差距不再越拉越大。地價低廉合理，勞力價格不再攀高，以各種福利措施招回不願從工的人口，減少外勞前來，那麼到對岸設廠者將會考慮回家來。然後施行嚴格的營造審查，去除國內非常腐敗的營造能力，提升品質，因為國內建設將隨新特區的開工而大新氣象，百業再展新貌，人心自然振奮向上，異志自然消弭不見。

以上略述司法、人力和經濟之革新是籌建新特區的首要具備條件。但是針對質疑新特區的象徵意義的一場政治辯論將勢所難免。政治之爭如再度上場，繞著新特區的主題衝來，此次反而有對台灣情勢的釐清機會，使雙方偃兵息鼓，尋求認同台灣存在的共識，像朝野都盼求重回聯合國的行動一樣的可愛。最後我要申明，新特區的構想不是為台灣獨立而設，反倒同情中華民國在台灣無一像樣和水準的建設標誌足供歷史的歌頌。民主經濟的活絡現象會隨時光起滅，但在土地上堅實建立起來的實體象徵卻不易消失，除非有意破壞。統獨的思想意識雖是此時期暗流明鬥的事實，各退一步則還能維持和平的現狀，太早摘下的果子必定不甜，為何不等些時候讓它成熟呢？明理於此，時光會自然的推演，而有效率的治理台澎金馬卻是刻不容緩的日課，政治上的統合和目標必須建立共識而互相競爭和勉勵。台灣的身姿要在世界上再度放光，必須徹底掃清各種污點，重組文化建設的新貌，展現自我治理的高度能力，宛若完美的一村一里的地方自治，才能與對岸或世界去談判各種問題，以迎接未來世界的來臨。知恥近乎勇，同樣五十年的統治，中華民國在台灣和日本在台灣相較，不可諱言的在形象上略遜一籌。當時明治維新，日本去西歐學成的建築師在台灣先期實習規劃，一舉而成為治理台灣的歷史不滅的標誌；日本現代建築史的前期空白，竟然要由台灣的總督府為首的建築群來填補。而美國華盛頓特區也竟然由一不名經傳的兵工起草，賓夕凡尼亞大道的長寬一度是歐洲權貴的笑柄，如今顯現的卻是無比的前瞻和遠大目光的證物。有鑑於此，請各方聖賢為台灣前景沉思和設想，創造歷史是不是應該操在自己的手中？希望中華民國長遠留在台灣這塊土地上，萬壽無疆。

七等生鞠躬
八十四年二月

中國文學討論會講辭

我的一位朋友曾提醒我說，你只寫了幾個短篇小說而已，並不算是什麼作家。他又說：你知道中國近代以來，因為種種內在因素，以及西洋知識的湧進，一切情形顯得相當的複雜，不易辨清一條應循的道路，在文學方面並沒有出現真正偉大的作家；即使可圈可點的作家也有幾個，但在這個世界上，因為受到語言的隔膜，因此也沒有怎樣地在世界文壇上受到重視。我聽到他的話時，感到顫抖、羞慚和憤怒。那麼今天的中國作家真的如他所指的那麼軟弱嗎？我想所有聽到這樣的警告的話的中國作家雖然相信這是個事實，但心裡一定的十分不服氣。他又說：不管你聽到後覺得舒服不舒服，你如果自認為是個現代的中國作家，你就得拿出東西來證實你是個作家。

我有時考量所謂作家的意義，常感覺十分的徬徨。所有知識範圍的工作都可以稱為作家；作家的意義像民主自由的思想是已經廣泛而普遍了。而文學創作者僅僅只是文藝的作家，它的涵義已由一個完全的整體轉變成為一個整體的部份，今天的作家誰也沒有那份權能來左右普遍人類的命運。

謙卑對文學作家而言並非是一件壞事，今天我們都能共同認識到個別生命體的重要，因此我們都非常重視個體生命的存在，不僅只是人類對待自己的同類而已，甚至要珍重自然界所有有生命的個體的存活權利，文學作家作品中的象徵意義的應用可以看出這個精神來；今天的作家所寫的作品的一點一滴不論事物的巨細大小都具有這等的象徵作用。因此今天的作家的職能，他在藝術的創造過程顯得非常的重要而不可缺少，這個創造過程的藝術部份幾可以決定他是否盡到了作家的職責。

近代的中國人普遍存在著兩種思想（西方知識和舊有的本土情感）難以協調的矛盾。這兩種想法間的辯論，私底下都不免有些生活情趣上的尷尬，但是相互的指責都想把國家民族的存亡責任推在對方的身上，喜歡強調除了自己本身是「愛國的」外，別人都是「不愛國的」。有些人曾嘗以西方作家的言論（譬如斯賓格勒的「西方的沒落」）來為自己的國家慶幸。其實，中國社會的振作復興並不需要端賴別人的衰萎而取得平衡或超過。今天的中國人經歷了種種歷史的劫難之後，最需要的莫過於像西方知識份子那種反省的道德勇氣。

我在二十多年前真正的學習興趣還是在繪畫和音樂兩方面，這兩件東西我是從小就能表現的才能。至今我還不能明瞭為什麼我會在二十三歲那年突然寫了一篇短小說發表在《聯合報》副刊上，從此走上寫作這條路。在半年之間總共發表了十多篇，還有一些散文。我在當兵的期間投稿給《現代文學》雜誌，時間維持得相當長，作品也很多。然後我認識了想辦《文學季刊》的人。在《文季》初期，一年左右，我辭掉教書的工作，寄居在二姐夫家裡，跟他們住得很近，我便和他們一同編輯、設計版面、校稿、跑印刷廠。後來我在咖啡館工作，我個人很憂悶和不快樂，想離開城市。我去住在高山族的地區有一年的時間，然後回到我出生的地方，我的兄弟姐妹都分散了，那裡還留有一間過去父親母親和我們小孩子生活的破舊房子，我把妻子和小孩安頓在那裡，我又開始在小鎮的鄉下學校教書，而且寫了許多作品。到今天為止，我總共寫了一百多篇長短的作品。另外有一些詩，分別集成十四本書出版。我並不確切明白這些作品對讀者有什麼用處；有的人似乎很喜歡我寫的作品，但有更多的人根本不喜歡，所以出現許多探討和批評。有人把那許多批評的文字出版成一本書，書名叫《火獄的自焚》張恆豪編，遠景出版社出版。後來海外的學者漸漸發表對我的作品肯定的文字，甚至有來自法國和美國的學生研究我的生活和寫作寫成碩士論文。事實上，這些作品也許對我比對別人更有意義。齊克果說過一句話：「免於朋友的忠告，卻是一種絕對的好處。」無論如何，即使我生活在中國的社會本身是中國人，我永遠不會去接受人家要我寫這寫那，如果我不去寫我自己想寫的，我就不寫。今天如果不是我能想說什麼，我就不說。我喜歡用我自己的方式處理問題，我的這種態度等於讓別人來孤立我，我也有意地要過孤獨安靜的生活。在初寫作那幾年，我曾廣泛地與文學藝術界的人交往，可是後來因為生活和個性的關係就沒了。我開始閱讀一系列歷史和哲學的書籍，近二三十年來，台灣的文學有很多的辯論會，也有很多的事件，可是這些事我都無權去參與，因為我住在偏僻的鄉下，上城十分遙遠不方便，有時我想去看個究竟，一路走一路想著這些事的現象和因果，常常來到半途就覺得累了，興趣也打消了，就折返回家。

輯三

耶穌的藝術

前言

一

今年（民國六十七年）六月三日，我心情萬分焦望，從通霄趕去台南，尋找童年時就與我分別的胞弟；我能獲得他的消息，是一位同鄉的老婦人前來告知的。幾日之前，她前往台南探訪女兒，她女兒的丈夫在那裡開一家租書鋪子，從女兒口中得悉屋後有一對母子，那個男孩常到書鋪來看書，相熟識後驚喜原來是同鄉人；他說他出生在通霄，年幼時送給做鉛工的夫婦做養子，經過二三十年的變遷，養父已死，服完兵役後，母子從新竹移居來台南謀生，從事木匠的工作。我抵達台南時已臨近深夜，預先在飯店訂一個房間，旋即僱車趕到胞弟的居家；不料他飯後外出，他的養母亦不知他何處去排遣。我回到飯店，洗身喫飯，想準備就寢；當我躺靠在床上時，思緒紛雜，對我的胞弟備覺思念，心中不免對幼年時代的環境感傷起來。那時我無法獲得安寧，疲乏的身體無法寄託於睡眠；我發現床頭桌上擺放著一本新約《聖經》，便伸手拿來翻讀；頃刻我便為其中簡潔詩體的文字所引導，越讀越覺興奮，心頭的焦慮無形中消遁，也獲得平靜。

翌日早晨，我與胞弟終得晤面，傾談之後，我特地向飯店服務生問詢，是否可以購買我昨夜閱讀的那本《聖經》；他請示主管後，笑容表示可以相贈，使我大喜過望。回家後，我日夜研讀，將此緣份之書視為寶貝。

二

近十幾年來，工作之餘，讀書寫作，對一般書籍日感乏味，思想變得厄困阻塞，苦惱萬分。得此《聖經》後，再度打開我的心性，經文中闡揚的生命之理，深得我心的喜悅。

三

我不是基督徒，亦未深切研究過宗教神學，僅以一個平庸的現代人的有限知識做瞭解，其筆記的文字並不是純粹詮釋經文的工作，只希望從我的瞭解中，揭顯我個人的無知。我亦不在偽裝信仰，卻希望在生活的諸樣煩雜的理念之外，找尋另一個榜樣，再做一次虔誠和有益的學習，盼能在懷疑的思想中，尋獲內心的信仰。

四

以下的分章筆記，僅僅有關〈馬太福音〉的部份，是耶穌誕生，至被釘十字架，死後復活的故事。我沒有蓄意要得罪基督教信仰的人士，也沒有奉命為基督教作宣揚。本質上，我認為福音是可理解的知識，和現實事物息息相關，因此，凡有踰越的陳述皆應視為我個人的揣想，不能當為鐵定的事實去相信。信仰問題是個人自我選擇的權利，原則上，可做進一步的討論和瞭解，不應任意加以干涉。我對經文的章法和意涵十分欽慕，因此將我的筆記名為：〈耶穌的藝術〉。

第一章　誕生

亞伯拉罕的後裔，大衛的子孫，耶穌基督的家譜，這樣的開頭，往後要一章一章有序地敘述耶穌一生的行為，無不令人肅然起敬，使我頃刻而直接地生起了莫有的信仰。但是，耶穌的母親瑪利亞是先懷孕再嫁給約瑟，他畢竟不是約瑟的種；不是約瑟使瑪利亞懷孕，耶穌在血統上便不是亞伯拉罕的後裔，大衛的子孫了，只是名份上屬是而已。因此以這樣的偉大血統的家族，冠在耶穌的名份上，實在是一件嚇人的作法，也必定有驚人的用意。撰寫《聖經》〈馬太福音〉的人的用心非常的使人敬佩，他說從亞伯拉罕到大衛王是十四代，從大衛到約西亞帶領二個兒子移居巴比倫是十四代，從移居巴比倫到約瑟是十四代，這是有意作巧合的安排，以說明一種不容抗辯的天意，以阻止人的懷疑。可是，這個高貴的家系，到了約瑟也就完結了；耶穌根本不是這個血統下的人，理想上也是個大異端，不可能符合這個家系的期望。看《聖經》的人約可分為二類：一類是普通的信徒和不很經心的讀眾，一類是神學家和學者。《聖經》要給普通的信徒和讀眾一種直接生信的印象，要神學家或學者考量宗教的品質。我應該算是一位普通的讀眾，我要記錄我讀〈馬太福音〉的感想，就像記日記一樣，是最近我對其他的書籍甚感乏味；我現在披讀〈馬太福音〉是居於中間人的位置，寧可採取懷疑的態度；一個普通人無論站在那一個觀點來讀福音書，都有其缺漏和表現可笑之處，好在我並不計較得失，只管以輕鬆的情緒來排遣。有識之士看到我的筆記，請不要在這開頭就生厭煩和指責的心理，就好像我們求學問的做法，未到全部完成，不做輕率的結論。我這數石頭的工作，過程中一定會情緒繁生，我不是經過教堂註冊的基督徒，胡言亂語在所不免。

耶穌名份上雖屬於亞伯拉罕族系，事實上他是個私生子，真正的父親也許是瑪利亞的一個情人，無從考查耶穌的真正父親是誰，所以在後世的崇拜上，把瑪利亞稱為聖母，其他的一概放棄崇拜。在這樣的情形下，說是從聖靈懷了孕，是很聰明得體的說法；所以凡是人間的私生子都應該驕傲，他們的存在也是從聖靈而來，不必因為在戶籍和名份上有空欄而感到自卑。說真確的，人和萬物都是造物主上帝創造的，只要是存在便會具有聖靈寓居其中的資質。關於耶穌的出生，情形是這樣的：約瑟知道未婚妻瑪利亞有身孕，便非常的氣憤。任何人遇到這樣的事，都會受不了。經上說，她丈夫約瑟是個義人，不願意明明的羞辱她，想要暗暗的把她休了。這是說的極為實在的事。我想，瑪利亞必定是非常美麗的女人，也唯有美麗的女人，才能讓愛她的男人寬諒她的過錯；設若是一個笨醜的女人，她不論表現得多麼貞德，難免遭到男人的卑視；因為，普天下的男人愛的是美麗而不是善德的女人。唯一能撫平約瑟的心，就是設想瑪利亞的身孕是從聖靈來的，從這一點，就可稱讚約瑟智能的不凡。他愛瑪利亞，也要瑪利亞所生的孩子；男人表現這種道德勇氣，必能深獲女子的傾心。約瑟的博愛和容忍的情懷，必定使耶穌在童年習染這種氣質；從耶穌早年的教育上設想，他是道地的亞伯拉罕的族系，其中大衛王是他心目中的英雄偶像，因此他有強烈的民族意識。他成年以後的革命運動，也順理成章地以自己是神的兒子自居。這一切都是來自有因，從約瑟寬慰自己迎娶瑪利亞後，便種下了後果。在羅馬帝國君王統治下的猶太地區，約瑟由於自己身世的不凡，必定是受人注目的人物，他本身也必定對政治抱有濃厚的興趣，所以他的願望便化身為耶穌的品格，耶穌本身的感性和知識化的教育融合一起，使他成為一位懷有政治理想的技巧家。耶穌的誕生已為他的死規劃好一條應行的宿命之路，這一切的事成就，是要應驗主藉先知所說的話，說，

Behold, the virgin shall be with child, and shall bring forth a son, And they shall call his name Immanuel; which is, being interpreted, God with us.

「必有童女，懷孕生子，人要稱他的名為以馬內利。」

（以馬內利繙出來，就是神與我們同在。）

他（約瑟）將要有一個兒子，要給他起名叫耶穌，因他要將自己的百姓從罪惡裡救出來。這不是十分的明顯嗎？約瑟的政治意識使他培養出耶穌這樣的人物，這是自有人類以來最具有理想的計劃，我們與其譏誚他，不如對他加以讚美，因為他畢竟有個高貴的理想：將自己的百姓從罪惡裡救出來。

雖然所有的政治理想大都具有相似的口號，有如現今巴勒斯坦人的奮鬪一樣。有趣的是，耶穌這個人，他不是約瑟的親兒子，不流亞伯拉罕、大衛王的強烈血液，他所採取的步驟，大為違背一般革命激烈戰鬪的原則，他以個人外表柔弱，內心仁慈的資質，超越了世俗革命的範疇，進行了神權與王權之爭。這種表現，我們可以料想他的外表一定顯得呆癡木訥，不像一般革命領袖或政治家有明銳敏捷的外表和行動力。最後，約瑟必定對他失望透

了，因為耶穌不會領兵，沒有世俗性統御的稟賦，來組織羣眾，完全不像是大衛王子孫的樣子。不論是否有人反對我這樣的解釋，我還是要先將俗世的可能情形做一描述，經文中誠實可見的句子也都符合我的想像，因為我們如不能試圖做這樣的瞭解，我們也幾乎完全不能進一步對經文做另外瞭解。所謂神學和宗教，並非艱難不可解的學問，只要對其系統和觀念有所掌握，也就能憑一般的知識去做初步的透視。當初撰寫〈馬太福音〉是要給猶太人看的，藉耶穌的死，以便鼓起愛國的情潮；所謂天國的福音，是藉信仰而成為一股團結的力量，猶太復國在當時並沒有成功，要到二十世紀之後才實現。當時的目標沒有達成，卻漸漸演成而成就了另一個更遠大的目標，不止將自己（猶太人）的百姓從罪惡裡救出，更推展到為全人類，基督教成為一股服務人世的精神標誌，每一個時代都有顯現基督精神的動人故事，如聖・芳濟，如近代的史懷哲醫生。這種精神完全以耶穌的高貴人格為榜樣，我們將要一章一章的讀下去，瞭解他的一生事蹟，同時做為瞭解自己的一面鏡子，也許可以做到自我的評價，把它視為認知的一種必要的工作。晚安。

第二章　逃去埃及

當希律王的時候，耶穌生在猶太的伯利恆，有幾個博士從東方來到耶路撒冷；說，那生下來作猶太人之王的在哪裡？我們在東方看見他的星，特來拜他。希律王聽見了，就心裡不安；耶路撒冷城的人，也都不安。從這裡我們察知了某些事實的真象；猶太人在醞釀推翻征服的統治者，他們的工作中心集中在約瑟的家族身上，這件事早就傳播到外地去了；猶太人有他們的歷史傳統，和政治意識，追懷大衛王，使猶太人能夠藉著象徵而復國，猶太人自古以來就信仰上帝，約瑟是個聰明而有計謀的人，他蓄意要復國運動能夠藉傳統的信仰來達成。因此傳言滿天飛，所謂東方的博士，也許就是外地資助此一復國運動的贊助人，因為從他們帶來的三件東西裡有黃金，就是一項事實證明。有猶太人的王要降生，對猶太人來說是一件大喜事，如果大家能體察這是愛國復國所必須的，這個傳言（或迷信）是值得同情和讚許的。難怪希律王聽見了，就心裡不安。但現實和勢利成性的猶太人，並不贊助和鼓舞，反而害怕引起戰亂而喪失現有的私自利益，所以耶路撒冷全城的人，也都不安。希律王召集了祭司和民間的文士，問他們說，基督當生在何處？他們回答說，在猶太的伯利恆；因為有先知記著說：

And thou Bethlehem, land of Judah, art in no wise least among the princes of Judah: for out of thee shall came forth a governor, which shall be shepherd of my people Israel.

「猶太地的伯利恆啊！你在猶太諸城中，並不是最小的；因為將來有一位君王，要從你那裡出來，牧養我以色列民。」

先知是觀察情勢說出未來可能的事實以造成事實者。像上面這樣動人的話語，便能夠聚合人的心靈，而成就了意義。在當時民智不彰的時代，有心而又具有智識的人，便假藉著天象，來啟示一般的民眾。現代則不然，各種智識十分普遍，小學生都知道太陽系和恆星的事；每年天文台都會在報紙上告知一般人，來觀賞各種的天象奇景；登陸月球後，月球已不再神祕，慧星的出現亦不再感到恐懼了。古時的先知，就是現在的科學家，和研究各類知識的博士；但今日與昔時的先知性質大迴其異，因為現在博學的人，不再拿知識來做為恐嚇，或製造事端的工具，不為政治提供服務。那麼現在的先知，性質還和古時相似的，就是杞人憂天的詩人和小說家了。古時將知識做為勸善，或為愛國的理想，是值得我們讚賞的，而其中以告慰猶太人說，一個收養我以色列民的王要降生，這件事就更為感動人的肺腑了。

希律王心懷計謀，表面禮待著三位博士，細詢那星出現的事體，就差他們往伯利恆去，要他們仔細尋訪那小孩子；尋到了，就來報信，希律王也好去拜他。我小時學習下象棋，我哥哥告訴我，王不能見王。我們憑常識知道這件事是不可能的。希律王不是要去拜那小孩子，是要藉著博士的拜訪，獲得真確的情報，要把那傳說中的猶太王給予除滅。三位博士動身時，又看見在東方所看見的那星，在他們的頭上，引導他們到達小孩子的地方。如果我能夠看到那星出現的這等景象，我也將跪下來，直呼榮耀歸於主。這三位博士何其榮幸，看見那星，就大大歡喜；他們是有智識且膽大的人，一般無知之輩，恐怕就要當場嚇死了。他們進了房子，看見小孩和他母親瑪利亞，就俯伏拜那小孩子，揭開寶盒，拿黃金乳香沒藥為禮物獻給他。真實的事體恐怕是來和約瑟議計，當時情勢看來很急危，恐怕希律王的兵已跟隨著博士的腳後跟而至，要不趕快逃逸，就要性命不保，於是三位博士便從別路回本地去了。約瑟得到博士的勸告，認為走為上策；那時約瑟在危急中的機智表現，經文說是他在夢中得主的使者的指示；無論如何，這是同一件事的兩種說法，表示《聖經》宗教神學的觀點，和一般事實常識的觀點。經文說，起來，帶著小孩子同他母親，逃往埃及，住在那裡，等我吩咐你；因為希律必尋找小孩子要除滅他。由這件事，我們可以相信思想或靈感，是一種和神的交通。上面的故事情節，和我國民間傳說或戲曲，有關奸臣要害太子的情形相似，神仙總是出現在他們逃亡的危急困難中，然後經過多少年的苦難和奮鬥，得到英雄豪傑的幫助，斬除奸臣，班師回朝，恢復太平日子。古今中外所有的政治故事都是如出一轍，唯有耶穌的復國故事結果不一樣；事實上耶穌的故事未完，不知要再延長多少千年；因為他不甘失敗，死而復活，硬說還要再降臨；也許他說的對，我不知道如何評斷；也許有一天，他的故事會和我國那些短篇故事一樣，得個圓滿的收場，做一次總算：壞人得砍，好人得償，好叫人心快慰。

三位博士為了自己性命的關係，耍了個迷魂陣，叫希律的兵士沒有跟蹤到，於是就在伯利恆城裡亂殺亂砍，把凡兩歲以下的小孩子都殺盡了。我不知道希律的兵士有沒有分性別，女孩子是否也同樣遭殃？耶穌為人類贖罪似乎是應該的，因為他甫降生就使千萬小孩子為他而死。撰寫者硬說這是應了先知耶利米的話，說：

A voice was heard in Ramah, weeping and great mourning, Rachel weeping for her children;
And she would not be comforted because they are not.

「在拉瑪聽見號啕大哭的聲音，是拉結哭他兒女，不肯受安慰，因為他們都不在了。」

我大哥亡故時，我母親也不肯受安慰，雖然大哥是肺病而死的，何況那些無緣無故的伯利恆城的天真的小孩子，不是因病而死，而是因為政治陰謀而受禍害。製造事端者約瑟家族，倒自己先逃掉了。歷史裡充滿了這種的事。所謂先知耶利米的話，是安慰人用的，意思是天意如此；我想，很可能是馬後炮，不是先知。不過，說真確的，這句話也倒說得很動人心惻，到底該恨希律王無道，或責怪約瑟這班人，是其次追究的瑣碎問題，事實上追究是無效的，所以現在我們只有欣賞這句用語的精妙了：

And she would not be comforted because they are not.

「她不肯受安慰，因為他們都不在了。」

約瑟一家人在埃及也是以隱密的身份躲藏著，要是讓別人知道他們就是希律王要找的人，恐怕埃及的當局政府也不肯容留他們，與現在的世界政治情勢沒有什麼差別。希律王終於死了。這期間局勢一定顯得混亂，約瑟他們動身回來，看看是否有機可乘。雖然經文中說是有主的使者，在埃及向約瑟夢中顯現說：起來，帶著小孩和他母親往以色列地去；因為要害小孩子性命的人已經死了。約瑟常常做夢，我們是不難瞭解其夢中的含義。他們回去時，局勢又穩定了，亞基老是個頗不平凡的角色，繼承他父親希律做了猶太王，繼續通緝約瑟這一班人，所以約瑟怕往那裡去；又在夢中被主指示，便往加利利境內去了。他們定居拿撒勒，以木匠維生，把耶穌養大成人，也做個木匠，以後便稱耶穌為拿撒勒人。當他依循教養的意旨，起來行事時，他是一個沒有自我的人，在他以後的行蹟裡，處處以超我自居；但他是個不同凡響的角色，像個東方世界的忍俠，大出一般現實觀的人的想像之外。晚安。

第三章　約翰大兄

那時，有施洗的約翰出來，在猶太的曠野傳道，說，天國近了，你們應當悔改。施洗的約翰是誰？他的出生如何？為何他要出來傳道，為人施洗？〈馬太福音〉裡沒有交代這些事，他在本章開頭出現，就是一個頗完備的姿態，但翻到〈路加福音〉，卻有說到約翰出生的事。他出生和耶穌有點大同小異。當猶太王希律的時候，亞比雅班裡有一個祭司，名叫撒迦利亞；他妻子是亞倫的後人，名叫以利沙伯。他們二人，在神面前都是義人，遵行主的一切誡命禮儀。沒有可指摘的。只是沒有孩子，因為以利沙伯不生育，兩個人又年紀老邁了。撒迦利亞按班次，在神面前供祭司的職份，照祭司的規矩掣籤，得進主殿燒香。燒香的時候，眾百姓在外面禱告。有主的使者站在香壇的右邊，向他顯現。撒迦利亞看見，就驚慌害怕。我甚不明白，為何一個虔誠信神的人，當神的使者顯現時，會露出害怕的神色？虔信不是一件很明顯的事嗎？何況他是一位祭司，應該甚明道理，沒有害怕反要喜悅才是。不論如何，他是看見了，天使對他說，撒迦利亞，不要害怕；因為你的祈禱已經被聽見了，你的妻子以利沙伯要給你生一個兒子，你要給他起名叫約翰。他的妻子以利沙伯真的懷孕了，隱藏了五個月，說，主在眷顧我的日子，這樣看待我，要把我在人間的羞恥除掉。現代的人可不管不生育是一件羞恥的事，要是在年老的時候才懷孕生子，恐怕就會覺得難為情。再說，到了六個月，天使加百列奉神的差遣，再往加利利的拿撒勒去，到一個童女那裡，是已經許配大衛家的一個人，名叫約瑟，童女的名字叫瑪利亞。天使對她說，妳要懷孕生子，可以給他起名叫耶穌。瑪利亞認為她還未出嫁就生子，甚為難為情。天使又說，況且妳的親戚以利沙伯，在年老的時候，也懷了男胎；就是那素來稱不生育的，現在有孕六個月了。瑪利亞聽天使的話後，急忙往撒迦利亞的家，問以利沙伯安。他們同住約有三個月，就回家去了。以利沙伯的產期到了，就生了一個兒子，到了第八日，要給孩子行割禮；並要照他父親的名字，叫他撒迦利亞。他母親說，不可，要叫他約翰。那孩子漸漸長大，心靈強健，住在曠野，直到他顯明在以色列人面前的日子。這一段敘述裡，我們清楚了許多事：約翰比耶穌大六個月；他們是親戚；一個是年輕未婚懷孕，一個是年老久婚才懷孕；兩個孩子都是感應聖靈而來的。真正的事實如何呢？破除自然律以聖靈懷孕是可能的嗎？我們應該相信這件巧合的奇事嗎？加百列如果以肉體顯現，他應該是他們的情人；瑪利亞到以利沙伯家住了三個月，就因為兩人都懷了聖靈的胎。這麼多的巧合，約翰和耶穌同出於聖靈，直至長大成人才會合，這是一幕戲，百分之百的杜撰故事。

所以我以為大衛家的人，為了要造就耶穌，才安排約翰出來，由約翰扮演報幕的人，經由他把耶穌介紹給羣眾，經文有這樣的記載：

For this is he that was spoken of by Isaiah the prophet saying, The voice of one Crying in the wilderness, Make ye ready the way of the Lord, Make his paths straight.

「這人就是先知以賽亞所說的，他說：在曠野有人聲喊著說，預備主的道，修直他的路。」

施洗的約翰的身份就此昭然若揭了。如果不依據上面摘錄的，約翰和耶穌出生的種種巧合關係，在同一性質的事業的競爭上，約翰斷不可能謙讓於耶穌，且自貶身價，讓我們猜測他們兩人是事先具有同謀。不論如何，我們再往下看看，約翰如何將耶穌捧上至高的位置。

那時，耶路撒冷和猶太全地，並約旦河一帶地方的人，都出去到約翰那裡。約翰的裝扮怪異，像是演一場真戲；這約翰身穿駱駝毛的衣服，腰束皮帶，吃的是蝗蟲野蜜。他對前來受洗的法利賽人和撒都該人說，毒蛇的種類，誰指示你們逃避將來的忿怒呢？這是政治的謾罵，非常獨特的民族主義的色彩；因為他說，有亞伯拉罕為我們的祖宗；我告訴你們，神能從這些石頭中，給亞伯拉罕興起子孫來。他又說又恐嚇他們說：你們要結出果子來，與悔改的心相稱；現在斧子已經放在樹根上，凡不結好果子的樹，就砍下來，丟在火裡。然後預告出耶穌來：

I indeed baptize you with water unto repentance: but he that cometh after me is mightier than I, whose shoes I am not worthy to bear: he shall baptize you with the Holy Ghost and with fire.

「我是用水給你們施洗，叫你們悔改，但那在我以後來的，能力比我更大，我就是給他提鞋，也不配；他要用聖靈與火給你們施洗。」

約翰這個人，是自人類以來，表現最為謙卑，犧牲小我，完成大我的人。人類的本性本非如此，尤其在政治利益，或爭名中，往往是殘殺或誹謗。我想在民族主義的運動中，效法約翰的作為是有用的。於是一個重要的戲劇情節展現出來了，有點像中國古代那個黃袍加身的故事，給趙匡胤成就了宋的天下。當下，耶穌從加利利來到約旦河，見了約翰，要受他的洗。約翰想要攔住他，說，我當受你的洗，你反倒上我這裡來麼？耶穌回答說，你暫且許我；因為我們理當這樣盡諸般的義（或作禮）；於是約翰許了他。為了世界的愛和和平，大家應該效法這句話：

for thus it becometh us to fulfil all righteousness.

「因為我們理當這樣盡諸般的義禮。」

這個儀式做了；約翰的奇形怪狀招引了許多人前來，就是為了要表演這一幕給大家認識；那麼耶穌受了洗，隨即從水裡上來；天忽然為他開了，他就看見神的靈，彷佛鴿子降下，落在他身上。從天上有聲音說，這是我的愛子，我所喜悅的。這些話可說得動人，也合乎撰寫者的主旨，但我們不免要問：同是聖靈投下的肉身，應具有不凡的身手，這些儀式不是多此一舉嗎？或是為了將來立下榜樣，成為將來入教的法規呢？晚安。

第四章　試探

當時，耶穌被聖靈引到曠野，受魔鬼的試探。魔鬼是反抗上帝的勢力；如果上帝是善，則魔鬼就是惡。人是處在善惡兩方之間。古中國時，孟子主張人性本善，荀子則主張人性本惡；在古希臘哲學的時代裡，亦分成兩派主要的哲學：即斯多葛的禁慾主義和伊壁鳩魯的快樂主義。佛教認為人生是虛幻的，它的特徵是無神論，如南無阿彌陀佛，與基督教的上帝唯一神論形成對比的特色。可是在宗教儀式和神殿的崇拜上，卻很迷惑我們；唯一神論的基督教聖堂中無偶像存在，佛堂中卻供奉著觀音和許多羅漢的神像，民間的廟堂裡神像的名目更多，有些面目猙獰，使人感到害怕。達摩到中國來傳教，教中國人修禪，禪否定一切神，不立言教；修禪者的行止態度怪異而不可捉摸，與一般人立見分別。從以上的知識，我們瞭解到人類的世界裡，無時無刻，無處不有，都有互相對抗的勢力，形成一種制衡的均勢；在美學上這是對比和均衡；在自然現象中稱為光明和黑暗，晝與夜；在色彩中黑白、紅綠對比；在物種中稱為雄與雌；在人的視野裡形成遠近高低和內外的分別；在宗教觀念裡分成極樂世界和地獄。耶穌要受魔鬼的試探，這在他未來的永恆事業中是重要的開始步驟。未受到試探之前，耶穌和一般平凡的人一樣，不屬於魔鬼，也不屬於上帝，也可以說屬於魔鬼，也屬於上帝，是善惡不分，沒有定性，到底完全屬誰，沒有定論。上帝與魔鬼，這兩種觀念的存在，無時無刻不在我們的心場中形成交戰，有時魔鬼居優勢，有時充滿上帝的榮光。由於人類是善惡無始終和歸屬，耶穌代表人類站在屬於至善的上帝的一方，魔鬼便前來挑戰，考驗他是否真善，或只是偽善；如果他受不住考驗，那麼耶穌便要代表人類歸屬於魔鬼了。

首先，耶穌禁食四十晝夜，這種忍受飢餓的能耐，就非常人可比；平常人一天不吃便要整個精神崩潰，要是一個人正處在忠貞考驗的境地，他可能變節。有些人自稱他曾有幾天沒有吃飯，一點影響都沒有，這是騙人的，因為他不吃米飯，卻吃其他的營養品，喝牛奶，打維他命針，吃補劑。我記得小時候聽過，有一個日本人禁食二三十天，但他卻需要喝水；近聞一位道教的術士禁閉修煉，結果餓死。我們相信精神力可以克服飢餓，但總是有限度。修禪的人最後是不吃不飲，像石頭禪師最後圓寂，這種境界是精神力的最高表現；這種境界是生死不分，陰陽不劃分界限。但耶穌只有四十晝夜，撰寫經文的人不敢寫一百晝夜，或更長的日數；四十晝夜是不多，也不少，讓人對耶穌的能耐的表現徘徊在可能與不可能之間。不論如何，他終於餓了。那試探人的進前來，你若是神的兒子，可以吩咐這些石頭變成食物。意思要叫耶穌如果餓的話，吃石頭好了。耶穌當然不那麼硬傻，為了要人相信他是神的兒子，就吃那些石頭。耶穌卻回答說，經上記著說：「人活著，不是單靠食物，乃是靠神口裡所出的一切話。」這個意思是說，與其吃石頭充飢，不如忍耐，培養精神力；精神力是神口裡所出的唯一食糧。魔鬼無話可說，耶穌也通過了這道關。魔鬼看耶穌引經文，感到非常不平，彷彿沒有學問的人對滿口經學的人生氣一樣，就帶他進了聖城，叫他站在殿頂上。對他說，你若是神的兒子，可以跳下去；因為經上記著說：「主要為你吩咐他的使者，用手托著你，免得你的腳碰在石頭上。」魔鬼這一次也懂得賣弄學問，引出經典，因為在上一道關口這方面吃過虧，所以出爾反爾地試探耶穌。小孩子都知道這一下可還得了，只要跳下去，必定是粉身碎骨，那裡還能腳不碰在硬石頭上。耶穌明白，剛才餓昏了，差一點吃了石頭，這一次他頭腦轉得極快速，有如現代的電腦，把方程式推進去，解答就在幾秒鐘內送出來了。他說，

Again it is written, Thou shalt not tempt the Lord thy God.

「經上又記著說：不可試探主你的神。」

好棒，打得魔鬼面目模糊，羞愧難當。撒旦本來也是上帝手下的一名天使，現在雖是一個反抗的勢力，畢竟上帝還是他的舊主；耶穌再度引經據典，要把魔鬼的口嘴封住，依照

他的觀點，不能對主試探；雖然主會吩咐他的使者保護他，但明知故犯，將得不到主在未來的寵愛。魔鬼的用意，無疑想破壞耶穌對上帝的信仰，他的詭計沒有得售。上面互相引經比鬥，有如中學生互相爭誦孔子的論語，但多讀經書，看來也是蠻有用處。魔鬼不再和耶穌談那些虛虛實實，摸不著邊際的信念，知道和耶穌比學問，反見自己的拙笨，最好拿出實際的事物，以利誘他。魔鬼帶他上了一座最高的山，將世上的萬國，與萬國的榮華都指給他看，如是我們見了，必定心嚮往之，魔鬼對耶穌說：

All these things will I give thee, if thou wilt fall down and worship me.

「你若俯伏拜我，我就把這一切都賜給你。」

這有如指著一箱箱的真珠寶石對一個女人說，只要妳順從我，這些都是妳的一樣；我們相信大多數女人都不會拒絕，尤其是那種自認聰明而又美麗的女人，絕不擺出猶疑的姿容。俗間的男人也不會拒絕。不要說這整個國家都歸他管，只要叫他做個縣長，他就會跪下頂禮膜拜一番。可是耶穌不為所動，清淡地說道，撒旦退去罷；因為經上記著說：「當拜主你的神，單要事奉祂。」耶穌是個死記住書本的呆子，除了上帝，他不相信別人。但依我想，耶穌是自明沒有能力經管萬國的，而且魔鬼說要給他，可不一定真的給他。有如失貞的女人一樣，財寶只是做為一種誘勾，最後還不是讓那壞男人花掉，這種女人最後總是悲慘下場。魔鬼離了耶穌，證明耶穌是個老頑固，他寧可找別人去，以便將來利用另一個人來除滅他。

耶穌聽見約翰大兄下了監，就退到加利利去。中東之地，不只是現在，在古代就是一個是非之地，互相你爭我奪，猶如先知以賽亞的話所說的：

The land of Zebulun and the land of Naphtali, Toward the sea, beyond Jordan, Galilee of the Gentiles, The people which sat in darkness Saw a great light, And to them which sat in the region and shadow of death, To them did light spring up.

「西布倫地，拿弗他利地，就是沿海的路，約旦河外，外邦人的加利利地，那坐在黑暗裡的百姓，看見了大光，坐在死蔭之地的人，有光發現照著他們。」

從那時候，耶穌就傳起道來，說，天國近了，你們應當悔改。耶穌也收了四個門徒，他們是稱呼彼得的西門，和他的兄弟安得烈，還有西庇太的兒子雅各，和他的兄弟約翰。他們都是在海岸打漁的，耶穌對他們說，來跟從我，我要叫你們得人如魚一樣。當下，有許多人從加利利，低加波利，耶路撒冷，猶太，約旦河外，來跟著他，漸漸形成他以天國的神權對抗人世的王權的行列。晚安。

第五章　山頂上的訓言

至上的幸福，八福之訓，是耶穌在山上垂訓的一部份，在本章的第三節至第十節。是什麼樣的人有福了呢？是虛心的人有福了；因為天國是他們的。是哀慟的人有福了；因為他們必得安慰。是溫柔的人有福了；因為他們必承受地上。是飢渴慕義的人有福了；因為他們必得飽足。是憐恤的人有福了；因為他們必蒙憐恤。是清心的人有福了；因為他們必得見神。使人和睦的人有福了；因為他們必稱為神的兒子。為義受逼迫的人有福了；因為天國是他們的。耶穌說，人若因我辱罵你們，逼迫你們，揑造各樣壞話毀謗你們，你們就有福了。這種價值觀是與世俗的人所追求的現實價值大相逕庭的；因為心屬退讓和稚弱無法在生活中獲得具體的報償，只能在心裡暗暗懷著未來的希望；而在人世的觀念裡，根本沒有天國這個奇妙的場所；人世的觀念裡，地下亦沒有所謂可怖的地獄。要人瞭解天國與地獄是十分困難的，因為要溝通這種觀念，沒有具體實物可尋，只有依賴某種境遇產生神祕的接觸，不是人人都能體嘗而加以普遍肯定的存在；尤其不能經靠知識去求得，而知識裡可能根本反對如此的說法，只有經歷生活中的特殊遭逢，敏銳的心眼在困苦和絕望中產生它的廓貌。或許耶穌的訓言可安慰窮苦而受屈辱的人，使他們在絕望與懦弱的心靈中，產生堅決的生活力量；但對優沃而具有役使別人能力的人而言，是否也有制衡和嚇阻的作用呢？我相信對任何種人而言，依照類似的目標加以抑制自己的情緒和慾望，他們會獲得較為佳妙的處世效果，不論是否要不要在心中懷有天國的觀念。天國的報償無疑可以建立高貴的操守，如無天國亦能幫助我們共同和平地生活在這唯一的人世上。我們知道，天國不是耶穌個人的發明。猶太人的祖先早有上帝的存在觀念，其他民族也有類似的崇拜。當耶穌對那羣貧賤的跟隨者說這些話時，他是要透過他們的形象和處境，傳達給另外的一些人，這些人就是他要在現實的革命事業裡，要加以對抗和打倒的權勢階級。所以他的垂訓之言，成為他革命的特性和質的，也是他特有的溫和手段。耶穌深遠的眼光和理想，成為後世崇拜他的宗教，卻並不合乎當時安排他出來的人的願望；他的表演獲不到當時應有的鼓掌，卻帶給後世最好的做人的榜樣。天國是當時以色列復國的一項口號目標，但耶穌對天國的號召注入了他的真實感情；他應該是個清醒而理性的革命舞台的演員，但是他把自己的生命貫徹了這個使命，除了這個真情外，他自認他沒有其他和另外的俗世生命。所以天國成為他真正相信的生命寄居之處，人世是暫短的寄留，談到賞賜或生活的幸福，也唯有天國是最大而豐富的。

Ye are the salt of the earth.

「你們是世上的鹽。」

這使人想到人生應有的效用和操守。耶穌又說：

Ye are the light of the world.

「你們是世上的光。」

他繼續說城造在山上，是不能隱藏的。人點燈，不放在斗底下，是放在燈台上，就照亮一家的人。你們的光也當這樣照在人前，叫他們看見你們的好行為，便將榮耀給你們在天上的父。耶穌是個演員，但不似在台上演法官，在台下過貪婪淫佚生活的雙重性格的人，是個完整人格的真實人物。

最高的義理，是本章的第二個大主題。前一個主題是認知的觀念和態度，這裡要談應做的行為。他說，莫想我來要廢掉律法和先知：我來不是要廢掉，乃是要成全。我們不難瞭解，猶太人之亡國，受外族的統治，遵行外族的律法，但耶穌是要猶太人保持他們古老的猶太律法，即使現今散居世界各地的猶太人，依然遵循他們的老法律。所以無論何人廢掉這誡命中最小的一條，又教訓人這樣做，他在天國要稱為最小的；但無論何人遵行這誡命，又教人遵行，他在天國要稱為最大的。他說，我告訴你們，你的義，若不勝於文士和法利賽人的義，斷不能進天國。所謂文士和法利賽人，乃是指為統治者做差使工作的人，又叫作形式主義者，重虛禮的偽善者。以上耶穌的敦促，意義十分明顯。基督教愛鄰人的觀念，是由此處衍生而來的：耶穌說：

That every one who is angry with his brother shall be in danger of the judgement; and whosoever shall say to his brother, Raca, shall be in danger of the council; and whosoever shall say, Thou fool, shall be in danger of the hell of fire.

「凡向弟兄動怒的，難免受審判；凡罵弟兄是拉加的，難免公會的審斷，凡罵弟兄是魔利的，難免地獄的火。」

我們小時候也有某些的禁忌，如用手指指蛇，指端將生蛇頭：我想還有許多人記得小孩子時候的事，如遇有蛇，必把手繞到背後藏起來；這個最重要的涵義是，不要因忿怒動手打蛇，我們不去觸動蛇，蛇亦不會無端咬人。耶穌又說，所以你在祭壇上獻禮物的時候，若想起弟兄向你懷怨，就把禮物留在壇前，先去同弟兄和好，然後來獻禮物。我時常觀察某些鄰居和鄰人，他們平時的所作所為都非常不利於他人，常心生貪念與他人爭吵，搶奪土地和誣告別人，可是他們卻常遵循古禮法，殺雞鴨煮豬肉，在舊曆初一、十五、到廟堂或土地祠去拜拜；我真不懂某些奸邪和陰惡的人，他們拜神的用處何在？難道拜神是為了堅持他們內心對人世的堅硬和刻薄的態度嗎？由上面基本的義理，耶穌進一步勸人不可殺人，他甚至要人不要行姦淫，因為姦淫最可能引發人與人之間的忿怒和殺害。

人世間到處充滿了敵對的意識，人們常引用《聖經》說，以眼還眼，以牙還牙，這是錯的；耶穌說，不要與惡人作對；有人打你的右臉，連左臉也轉過來由他打。有人想要告你，要拿你的裡衣，連外衣也由他拿去。這些在人世裡是任何人也做不到的，但耶穌要我們非這樣做不可。甚至不可背誓，違背人與人之間建立的信義；我們常遇到有人說到自己如何有信譽，但凡事都對天起誓的人，其人必不是個真正的好人；因為這很明顯，他是為了要行欺詐。不論如何，起誓而後背誓，必遭到嚴重的內心的責罰，不可能會依他的誓言遭到雷斃，雖一時在人世生活中獲得便宜，必會演到自絕於人，最後走投無路之境；因為人世生活必然在人羣中找路走，這種因果必不可能假。最高義理的貫徹，在於捨己為人，有求你的，就給他，有向你借貸的，不可推辭。可是人世的哲學並不然，大家都可能經驗到，借貸給人，財貨或朋友兩者都失掉了。但假如我們能施捨給真正貧困的人，不記他的帳，受施捨的不忘恩，則近於耶穌的道理的實踐。人世中常說，當愛你的鄰舍，敦親睦族，但必須正視和恨你的仇敵，耶穌對後者一項大為反對，他說，要愛你們的仇敵，為那逼迫你們的禱告。有些為現實利益的理由，或現世政治的理由，反對別人的作為，自認自己所做的是真理，指摘別人虛無不愛國；這是明顯行偽善，與法利賽人的作法無異。耶穌說，這樣，就可以做你們天父的兒子；因為他叫日頭照好人，也照歹人，降雨給義人，也給不義的人。人是沒有資格去評斷另一個人的；定罪和獎賞之權不在人，而在天國中的父親。耶穌說，你們若單愛你們的人，有什麼賞賜呢？就是稅吏不也是這樣行麼？你們若單請你弟兄的安，此人有什麼長處呢？就是外邦人不也這樣行麼？所以你們要完全，像你們的天父完全一樣。許多人或許感到不明白，在此環境中很不服這種說教，我想，讓我們多走一些路，再看感想如何。晚安。

第六章　信仰

有多少人能夠做到謙卑立誠？人生在求知和實際生活經歷中，常讓我們感到做人的矛盾；因為求知是為善，而實際生活卻是為惡；不自私，不爭奪，不偽善，不誹謗別人，不宣揚自己，就難能獲有一席之地。所以耶穌的訓言能相信和履行麼？因為他叫我們默默無聞，忍受屈辱，並且喪失一切的所有，要是如此，我們最好立即就死，以便讓這世界的一切給別人，這樣才算是真正的基督徒了。我這樣做，天國真的會接納我這樣忍讓的人嗎？我們如何建立這等的信仰，僅憑著耶穌的訓言就能做到嗎？不論如何，信與不信均無所謂，在此閒暇，何不再聽聽他說了什麼，繼上章他說到的不可殺人又不可犯姦淫之後，他又要求我們這些凡賤的人，做些什麼不能做到的事？要是他說的甚為合乎我們的脾胃，有何不可試試做著看呢？我深信經過營營的實際生活的勞累和慘澹之後，心靈必定充滿了虧乏和渴求，正想多方尋找安慰；當人世之責未盡，家與子女還需我們的維營和養育，我們正在覓求維繫心志的藥方；此時正值潮流的風氣，致使我們更感厭煩和疲勞之際，從未在人世中獲得庇蔭，這部福音，西方古老的靈糧，是否能稍微消除我們心中的無聊？

「你們要小心，不可將善事行在人的面前，故意叫他們看見；若是這樣，就不能得你們天父的賞賜了。」

從這開頭的一段話，就叫我們忍受不住，甚感莫名其妙。在人世生活中，任何一點一滴的作為，都是要向他人表現出來的，如何叫我們為我們的作為保持沉默，要是所做的有一點兒對他人有益，不是更要宣揚一番麼？做善事不為人知，做它為何？難道我們付出一，不是想撈回十倍麼？因為財富，名譽，和權力是人生的主題，是人生努力的方向，不叫人知，我們如何獲得報償的願望呢？天國的父，他是誰，我們如何能無由地相信一個從未認識的他？誰不知，如不在人世裡獲得報償，人死了是什麼也沒有了；天堂與地獄是不會有的，我們的愛戀全在人世，而不是在那根本沒有人知道，和證明有過的地方行愛惡。我盼望耶穌，或有誰，能回答我說：

「你這樣做了，這就是你在人世的報償。」

我感覺到了麼？我記得我過去有些微的感覺，我現在是感覺到了，我是如此深信我的感覺；只要這樣做，我充滿了心靈的滿足；只要我離開人羣，孤獨地想這一切的問題，我就更加確信它是事實；我為此而感動得流下眼淚，因為我看見我這樣做到了，假如我未曾看到別人這樣做，我卻看到我自己這樣做了。這比什麼都震盪我，有如有一次我上台去指揮合唱，我從掌聲中知道我盡了全力，我自信必定獲獎，我是為某一件過錯用此表現來加以彌補，所有評分的人都給我最高的分數，只有一位故意以零分來摔碎我的願望，我失意而痛苦地在黑暗的走廊走過，走進一間無人的教室，那時許多人都為慶祝和其他的事走開了，我看到黑板上寫著表示為我抱不平的語句，還寫著：「你是天才」，我強抑的淚水潰決了，我真正的傷心了；我本來很倔強很驕傲，我不要接納任何人的安慰，我決心要走我孤獨和寂寞的路，只有這樣，反而讓我滿意多了。所以我相信，不論有沒有天父的賞賜，我將緊守這條做人的原則。雖然我在別的知識裡獲得上帝的觀念，知道宇宙有個造物者，但對耶穌所說的天國的榮耀之類的景致，還是持有懷疑的態度；不論如何，我不依憑現有的知識，或宗教信仰來處置我的行為，而是憑我的內在的感性；這種感性是內在的一種綜合的判斷，單純的知識和宗教信仰，都包括在這複雜而微妙的機體之中。

耶穌說，你施捨的時候，不可在你前面吹號，像那假冒為善的人，在會堂裡和街道上所行的，故意要得人的榮耀；不要叫左手知道右手所做的；要叫你施捨的事行在暗中；禱告的時候，不可像那假冒為善的人，愛站在會堂裡，和十字路口上禱告，故意叫人看見；你禱告的時候，要進你的內屋，關上門；你們禱告，不可像外邦人，用許多重複話；所以你們禱告，要這樣說：我們在天上的父，願人都尊敬你的名為聖，不叫我們遇見試探，救我們脫離凶惡，因為國度，權柄，榮耀，全是你的，直到永遠，阿們。如不加上天父之名，這些行為都合於我的秉性要做的。難道有人不贊同麼？或許根本不用有人來贊同，我們不是也想祕密地做某些事麼？我們不是盼望能自由麼？所以我認為有沒有天父在天上注視都無所謂，最好沒有，我們是要自由行事的，因為我深信能經由內在的判斷所行的事，都必為善。

禁食是他們宗教生活中的一件事，如是我們，誰也不願在三餐中少一餐，可是在這弱肉強食和不公平的世界裡，雖然不必行禁食，卻有因貧窮而遭到飢餓的事存在。在人生的逆旅裡，許多人都曾有此經驗。耶穌說，你們禁食的時候，不可像那假冒為善的人，臉上帶著愁容；因為他們把臉弄得難看，故意叫人看出他們是禁食；我實在告訴你們，他們已經得了他們的賞賜。他們到底得到什麼賞賜呢？是好事或壞事？必定是壞事罷，他們內心正因為虛榮而受到飢餓之苦。如果禁食的意義，是要為無糧者省些糧米，以便賑濟給窮人，那麼再裝成愁眉苦臉是不對的，不厭去做的事何不要做更好，這是不好的壞事。但禁食應該是好事，體嘗飢餓同情飢餓者，視他人的飢餓為自己的飢餓。耶穌要人在禁食的時候，要梳頭洗臉，不叫人看出你禁食來。如我們在人生的逆旅中，一時遭到不好的運道，求職不得，或我們做的工作沒有獲得應有的報酬，我們不要因為挨餓或匱乏而哀傷，可視為宗教的禁食。其實我們是在人生中行禁食，像日常的日子，不要散髮垢面，以求取他人的同情；應該整潔自愛，不可隨意露出目前的窘境，樂觀求進取，度過難關，不屑與現世中驕奢淫佚或欺詐的無賴漢為伍，過一種中庸的生活罷。

你的財寶在那裡，你的心也在那裡，這是事實；耶穌說，不要為自己積攢財寶在地上，地上有蟲子咬，能鏽壞，也有賊挖窟窿來偷，這也是實在的事。但如何能叫人不在生存的地上積蓄點錢財呢？未雨綢繆是人類進步的經驗，生命雖短暫，卻可為子孫留些遺產，做為教育之用；四季之中有風寒和雨暴，有爭戰和災禍，為何能不有所積存以備不時之需呢？他說只要積攢財寶在天上，天上沒有蟲子咬，不能鏽壞，也沒有賊挖窟窿來偷；說的是蠻有道理，但誰能明瞭天上在哪裡，那裡的情形就是如此輕易麼？這道理是行不通的，只要我們的財富是來之有義，而非不義之財，是勤勉工作積存得來，我正可利用這些財富來度老年的時光，還有剩下也可以行善救濟別人；人類中有人有理財的才能，應該讓會理財的人來替大家保管，而不是佔有，那麼在地上或在天上積攢財寶都是一樣的。

但是，我們這樣一路讀下來，豈不永遠在做背反的辯論，我們必須瞭解一件重要的事實，耶穌垂訓的目的，是要我們產生信仰，後來的宗教神學家為這信仰的問題，提出了各種不同的解釋途徑，那是一個寵大而無休止的學問，窮盡我們平凡的一生，也沒有辦法全覽其境，好比天國的景致，僅憑我們簡單的幻想，是無法欣賞所有可能的奧妙。那麼對信仰的事，最好不必尋做不到的途徑去，僅憑我們貧弱的心智，在福祉的範圍內，去盡我們對造物者的敬畏，過大的報償根本不是我們平凡人的意願，只可祈求讓我們在這一生中，能夠謹慎工作，平安而自由地生活著，我們在此範圍中去信仰，就是我們最大的責任了。因為全無信仰，猶如無知，而無知是根本無法保障自己的安全，我相信傾聽耶穌的垂訓，必然能加增少許有用的智慧。他要我們領會的不是經由腦的作用，而是由我們的心靈直接去接獲這些重要的信息。注意聽他以下的寓言，他說：

The lamp of the body is the eye: if therefore thine eye be single, thy whole body shall be full of light. But if thine eye be evil, thy whole body shall be full of darkness. If therefore the light that is in thee be darkness, how great is the darkness!

「眼睛就是身上的燈；你的眼睛若瞭亮，全身就光明。你的眼睛若昏花，全身就黑暗；你裡頭的光若黑暗了，那黑暗是何等大呢！」

他又說一個人不能事奉兩個主，不能事奉神，又事奉瑪門（財利之意），不要為生命憂慮。吃什麼，喝什麼；為身體憂慮，穿什麼；生命不勝於飲食麼？身體不勝於衣裳麼？雖如此說得有理，但我們乃有疑問；因為今日我們吃什麼，喝什麼，穿什麼，正是為我們的身體的保全著想，生命和生活全都混合在這個軀體之中，使我們不能只談生命，不談生活。他說，你們看那天上的飛鳥，也不種，也不收，也不積蓄在倉裡，你們的天父當且養活他；你們不比飛鳥貴重得多麼？如我是飛鳥，我是會快樂的，如耶穌說天父無所不眷顧他；但可惜我是人類，天父遺棄我，使我一切必唯賴自己；人類的存在與萬物同等，並不比飛鳥更貴重。他又說，你們哪一個能用思慮使壽數多加一刻呢？今日的醫學就能證明可以長壽。他說，何必為衣裳憂慮呢？你想野地裡的百合花，怎麼長起來；他不勞苦，也不紡線；然而所羅門極榮華的時候，他所穿戴的，還不如這花的一朵呢！真是這樣嗎？這是極不同的價觀，也許有一部份的人羨慕百合花純潔，但必定也有一部份的人，喜愛所羅門的榮華富貴。世事真難以定奪：上帝歸上帝，凱撒歸凱撒，有人這樣主張；百合花和所羅門，正是魚與熊掌不能兩得的選擇。在此，我們面臨著上帝的天國，與人世的王權的兩種勢力的選擇；這事不容我下判斷，連我自己也不知道要選擇，投靠哪一方呢；因為現今的人類，具有心與腦兩種功能，用心去迎接天國的福音，和用腦去承認人世的王權，這兩者是凡有智慧的人都希望加以融合銜接的工作，我們心智平庸的人，只有耐心的等待。晚安。

第七章　權柄

在上章，耶穌指出人的小信，野地裡的草，今天還在，明天就丟在爐裡，神還給他這樣的妝飾，何況你們呢？要我們不要憂慮喫什麼，喝什麼，穿什麼，要我們先求他的國，和他的義，不要為明天憂慮；因為明天自有明天的憂；一天的難處一天當就彀了。他說，引到永生，那門是窄的，路是小的，找著的人也少。為何窄門是永生，而寬門是亡之路呢？為何大眾趨向滅亡，而少數人獲救呢？為什麼？前面他要我們信仰神的國，認識神的國度，權柄和榮耀；他自認是神的兒子，他在地上承接這份權柄，引導眾人道向永生，他的訓言是為此而發的；本章的銜接是要論述這權柄的緣由，因為沒有這份權柄，他便無力啟示眾人脫離人世的厄困和窘境，人類無法直視天國的和平景致。信仰和行善是進入天國的必備條件。耶穌之後的神學家分歧為多種派別，有主張只憑信而得救的，有認為行善是唯一的門徑；但也有認為上帝的檢選是早就注定的，行善並不能改變命運，也認為信仰不足為憑，做一個基督徒只須救助苦難和博愛的人格，至於有神無神就讓庸人去自擾了。我們知道，權柄是一種統御的象徵，眾人能聽從和做到他所說的話，他便是具有權柄的人。在他們原初的復國計劃裡，擁護耶穌，大衛王的子孫以色列王是一件首要的工作，為使以色列人相信和團結在他的統領之下，他們直接承繼以色列傳統的信仰，上帝是天國的父神是大家所共認的，但世俗教會是迎合懈怠鬆散的人性，甚至迎合異國的統治者的威武勢力，變成只重形式而偽善的機關，只關注某些階級的利益，使信仰徒具空有的外貌。耶穌想從信仰的重整出發，是極聰明的辦法，不會直接牴觸統治者，雖然我們可以相信，最後的目的是要趕走異族的統治，復興以色列國。前面我已經做了揣測，認為耶穌後來的演出是大出導演人的意料，他的本質和秉性亦非亞伯拉罕，大衛族系嘗欲王權的格調，這和他的成長教育，和對當時自私的以色列人的觀感有關；他不是一個雙重人格的人，他相信他就是神直接派來地上的兒子，單一為天國預報福音才是他的職志，甚至要為此犧牲；這種取向也促使他的行為態度變得柔弱，而不似一般革命家，具有敏捷而實際的思考和行動，有如創立回教的穆罕默德兩者得兼；雖然有他亦會遵照依先的設計，脫口說出只為以色列人著想的話，但他的理想目標已漸漸拓展為對全人類了。以色列復不復國，對他而言，已不再頂重要的事了，而全人類品格的改造，才是他最終的理想。舊約《聖經》是以色列人的民族歷史，但新約卻展現全人類希望的可行的門徑。在這裡耶穌是所有有知識和智慧的歷史人物所共認的榜樣，不論他現在是否只為天國，或為做為以色列復國的王，他那權柄的獲有的邏輯，是一段蠻有趣味的撰述。

Judge not, that ye be not judged.

「不要論斷人，免得你們被論斷。」

從兩個否定句來肯定一件事體是頗有重量的。這句話已經在預示對他自認為神的兒子一事，不可行猜疑，只須信；他是唯一有這權柄論斷的人。他說，因為你們怎樣論斷人，也必怎樣被論斷，用什麼量器給人，也必用什麼量器量給你們。這是說明人與人之間的對待的等量關係。譬如，為什麼看見你弟兄眼中有刺，卻不想自己眼中有梁木呢？你自己眼中有梁木，怎能對你的弟兄說，容我去掉你眼中的刺呢？要先去掉自己眼中的梁木，然後才能看得清楚，去掉你弟兄眼中的刺。他是準備為人世犧牲的，他就具備了這種論斷的說法；因為他是唯一神的兒子，只有他有這份權柄。然後他罵了一些人，說不要把聖物給狗，也不要把你們的珍珠丟在豬前，恐怕他們踐踏了珍珠，轉過來咬你們。其意明白，那些假冒為善的法利賽人和文士就是狗和豬，要人們提防他們，不要去阿諛他們，反而受到他們利用和陷害，而他將以身試法做給人們看，以便為眾人犧牲，作為大眾的警訓。他的廣大和無我性，有如天

國的寬廣和富有，他說，

Ask, and it shall be given you; seek, and ye shall find; knock, and it shall be opened unto you.

「祈求，就給你們；尋找，就尋見；叩門，就給你們開門。」

對法利賽人或文士的請求，是反被利用而會無所獲得；因為人世中，對掌權階級的請求，是須要行賄的，而行賄的目的是為了自私，佔有他人的權益，人們這樣做，是一種剝削，互相構害和仇恨。反觀天國，凡所祈求的，就得著；尋找的，就尋見；叩門的，就給他開門。天國的寬懷正與人世的窄胸對比；他說，你們中間，誰有兒子求餅，反給他石頭呢？求魚，反給他蛇呢？你們雖然不好，尚且知道拿好東西給兒女，何況你們在天上的父，豈不更把好東西給求他的人呢？而在現世求人，如無代價，總是碰一鼻子的灰泥。他要改善人世對待的不平衡，他要人們謹守這黃金的律法：

All things therefore whatsoever ye would that men should do unto you, even so do ye also unto them: for this is the law and the prophets.

「所以無論何事，你們願意人怎樣待你們，你們也要怎樣待人；因為這就是律法和先知的道理。」

這種律法和道理，和中國孔子所言，己所不欲，勿施於人，是相通的。這樣黃金的律法是一個極大而重要的前提。

由上面的前提，使世象的真偽得以辨識。耶穌說，你們要防備假先知；他們到你們這裡來，外面披著羊皮，裡面卻是殘暴的狼。在那時與耶穌互相標榜的人，恐怕不在少數，有如現代的潮流和風氣，互相競賽和爭論；在施洗者約翰歸依耶穌之後，耶穌是最大的先知，他的對抗勢力無疑指向當權者的階級。當權者的富國利民論，往往是一種騙局，當時的教會是當權者的利用工具，那些祭司，法利賽人和文士的謊言利誘，就是耶穌所稱要防備的狼。從現實利益的觀點去立說，他們的門是寬的，路是大的，進去的人也多，但那是互相利用，總是冷酷無情的滅亡之路。所以耶穌自稱到永生的門是窄的，路是小的，找著的人也少，來說明人類眼光的短淺。他進一步指出，憑著他們的果子，就可以認出他們來。荊棘上豈能摘葡萄呢？蒺藜裡豈能摘無花果呢？這樣，凡好樹都結好果子，惟獨壞樹結壞果子。好樹不能結壞果子，壞樹不能結好果子。這樣的辯論是否獲得我們的心服呢？我不知道，可是這樣的辯說是指當權的政府而言，不是充滿了趣味麼？在他天國的神權對抗人世王權的事業裡，指摘人世的惡端是必然的，否則如何顯現天國無疵的光景呢？他下命令了：

Every tree that bringeth not forth good fruit is hewn down, and cast into the fire.

「凡不結好果子的樹，就砍下來，丟在火裡。」

在王權的統治下，不能使人民安居樂業，各有所用，各有所歸，充滿了暴戾和貪污，充滿了爭權奪利的傾軋，使民不聊生，這種政府是像一棵長壞果子的壞樹，應該打倒的，革命流血是一個必然的途徑。這一點是為當時的以色列而說的，把外族的勢力驅逐出去，建立傳統的以色列國。所以耶穌說，憑著他們的果子，就可以認出他們來。

現在他要引到他自己的權柄的結論；他預先說明白：凡稱呼我主啊主啊的人，不能都進天國；惟獨遵行我父旨意的人，才能進去。有如我們的一般認識，那些高言闊論，大聲呼叫愛國的人，並不一定都是真正潛心愛國的人，掛羊頭賣狗肉者多的是，政府當局常依此口頭標準獎勵這些人，給他們優厚的待遇，有時真叫有心人傷心透頂。耶穌對此事看得最清楚：他說，當那日必有許多人對我說，主啊！主啊！我們不是奉你的名傳道，奉你的名趕鬼，奉你的名行許多異能麼？他坦白地說，我就明明的告訴他們說，我從來不認識你們，你們這些作惡的人，離開我去罷。愛國愛鄉是一個生存的本份，不必為了愛國強調愛國，因為這樣說的人，無異於排斥別人，認為除了他愛國外，別人是不愛國的；但愛不愛只須考查一個人做了什麼事，他的品格如何，便清楚了；他們的作為莫不是為了自我的私利而混淆視聽，大都潛心愛國者都是奉公守法，謹守原則和自愛的人；而一個不明的政府，常豢養一批豬狗，這些人就是耶穌要以色列人提防的法利賽人和文士。他說，凡聽見我這話就去行的，好比一個聰明人，把房子蓋在磐石上。雨淋，水沖，風吹，撞著那房子，房子總不倒塌；因為根基立在磐石上。凡聽見我這話不去行的，好比一個無知的人，把房子蓋在沙土上。雨淋，水沖，風吹，撞在那房子，房子就倒塌了；並且倒塌得很大。現在我們都知道，知而行之是最大的要旨，無論什麼事都如此。你們以為耶穌是像有權柄的人，還是像人子呢？晚安。

第八章　代替和擔當

耶穌垂訓完畢下山時，就有許多人跟著他，有如一位神采飛揚的大學教授，在課堂授完他的精彩課程後走出教室，就有許多男女大學生，前呼後擁地跟著走下石階，吵嚷著要接近他，相和他說幾句親近的話。有如我童年在街頭看到的披紅氈散髮的瘋子，以手中所緊握的木杖，身掛的花飾，甚至他那憂患的面目表情，都引起一羣好奇的童子的興趣，從街頭到街尾，迎他來到我們的小鎮，住在土地祠內；幾天後，又送他出小鎮；至今我腦中的印象，猶然深刻不能忘懷。這個不幸世界，充滿奇奇怪怪的人；我深自懷疑，我是否也是其中的一個？所不同者，耶穌憑著他天生的秉賦，從天國獲得了極大的權柄；而我無一依恃的能力；那位大學教授，憑著好學和毅力，追求學問，成為眾弟子的導師；而我至今不學無術，空蕩無知，有如小獸；那位瘋子是遭難的形象，集人類的醜惡於一身；而我無勇氣步其後塵，自以為一身潔淨。我是一個平庸的人，追逐生活，不知從何而生，死時應歸於何處，昏昏一生，沒有職志；世界不會因我生而歡耀，不會因我死而悲泣；宇宙不因我的生存死滅而有所變異。我不是聖人，天才，或瘋子；我只在一個環境的界限內苟活，像蟲子，一生除了慾望的蠕動外，沒有超凡的飛越能力，沒有思想的光，沒有捨棄的超脫勇氣，沒有生命奮發爭取的自由，是天國的神和人世王權所忽視遺忘的一粒沙塵；我在此生命的中年，已變得意態闌珊，厭煩之心，日與驟增，不覺空自徒嘆，想在絕望的祈求中，盼獲一絲希望的降臨，為我著附魔障的心靈，掃除乾淨，為這軟弱的軀體，盼求健康。

　　耶穌走下山後，有一個長大痲瘋的，來拜他說，主若肯，必能叫我潔淨了。耶穌垂憐地望著他，伸出柔軟而有神力的手，摸他說，我肯，你潔淨了罷；他的大痲瘋立刻就潔淨了。這是何等的慈愛啊！對於一個平常自以為乾淨衛生的人，如遇到街邊的一個骯髒的乞兒前來求援，必定趕快加緊腳步走避，即使能掏出一塊錢幣給他，也必站在幾步的距離，拋丟到乞兒的錫盒裡，不敢將錢親自交到他的手，深恐被其沾污而染患疾病。那位中世紀義大利佛羅倫斯的芳濟先生，在未受聖靈感召之前，遇到患痲瘋的病人，也遠遠的避開；最後他悔悟了，轉回來擁抱他，把他的財物給他，為他服侍。同樣為聖靈感召的英國大主教貝開特，平日與乞兒同席吃飯，為他們洗腳。世俗的現實世界，與幽冥的心靈世界，是何等的對比呢。再說，耶穌進入迦百農時，有一個百夫長進前來，求他說，主啊！我的僕人害癱瘓病，躺在家裡，甚是痛苦。耶穌答應前去醫治他，但那百夫長回答說，主啊！我不值得你應該親到舍下，只要你說一句話，我的僕人就必好了。耶穌聽見就希奇，對跟從的人說，我實在告訴你們，這麼大的信心，就是在以色列中，我也沒有遇見過。為此，耶穌對亡國的以色列人，大為憤慨地說道：我告訴你們，從東從西，將有許多人來，在天國裡與亞伯拉罕，以撒，雅各，一同坐席；惟有本國的子民，竟被趕到外邊黑暗裡去；在那裡必要哀哭切齒了。這件事對中國人亦同；因為中國人對本國人都施用欺凌和狡詐的手段；當時以色列人的自私，與今日中國人一盤散沙的性質是相同的。耶穌就對百夫長說，你回去罷！照你的信心，給你成全了。那時，他的僕人就好了。事實是否如此？我們心中明白這事體的意義，雖然不會用言語加以闡述，那是沒有關係的。

耶穌有了權柄之後，他就無往不利，將他的異能展發出來，為疾病的人減輕痛苦，而不是為自己的利益行拐騙，縱恣私慾，不像現今台灣的神棍，藉神之名詐取財物，並使婦女失貞，相比之下，其間的操守，有千里之距。再說，耶穌到彼得家裡，見彼得的岳母害熱病躺著。耶穌把他的手一摸，熱就退了；她就起來服事耶穌。到了晚上，有人帶著許多鬼附的，來到耶穌的跟前，他只用一句話，就把鬼都趕出去；並且治好了一切有病的人。經文說，這是要應驗先知以賽亞的話，說：

Himself took our infirmities, and bare our diseases.

「他自己代替我們的軟弱，擔當我們的疾病。」

這樣揭破說出，在我們曖昧的心中就悟解了這事體的意義；先前我們不會用簡潔的言語加以闡述，現在就甚清楚了。

這時，耶穌見許多人圍著他，就吩咐渡到另一邊去。有一個文士來對他說，夫子！你無論往哪裡去，我要跟從你。耶穌說，狐狸有洞，天空的飛鳥有窩，人子卻沒有枕頭的地方。這句話我覺得意義極為重大，凡天下為文生活的人，都要自我省悟和警惕；耶穌拒絕的，是認為這種文士具有阿諛的卑賤性格，不能自立，須靠一個主人而生活，人子謙卑地回絕他的請求；因為天下文士大都貪利好名，卑賤沒有氣節之故。又有一個門徒對耶穌說，主啊，容我先回去埋葬我的父親。耶穌說，任憑死人埋葬他們的死人，你跟從我罷。前者與後者正是一個對比，耶穌取人以德，是偽善與誠實的比喻。後來的聖•芳濟在改革基督教會時，亦如此的作為效法耶穌，不喜文士那種繁文褥節的形式，而代之以簡樸的生活，和服務的精神。

現在且讓我們再看耶穌權柄的威望。他上了船，門徒跟著他。海裡忽然起了暴風，甚至船被波浪掩蓋；耶穌卻睡著了。門徒來叫醒了他，說，主啊！救我們，我們喪命喇！耶穌說，你們這小信的人哪！為什麼膽怯呢？於是他起來，斥責風和海，風和海就大大的平靜了。眾人希奇說，這是怎樣的人，連風和海也聽從他了？就我們而言，也要表示驚奇和懷疑。本來人的威望，只能達於人世，可是我們中國人有一句話說，一個人的德性可以感動天地，有如諸葛亮借東風一樣，其中涵有奧祕，或許不必假我的淺薄知識加以煩撰；研讀經文只可用心，不可用腦；因為用心就感其有，用腦就知其無，其中的知識甚有分別。人類的理性在啟蒙的時代，是不相信《聖經》中所記載的奇奇怪怪的事體，斯賓諾莎說，《聖經》是寫給一般人讀的，是為了信仰之故；但理性發展到高點時，會對理性的有限性質產生懷疑，又會回到信仰的感性來。

耶穌坐船渡到另一個岸邊，來到加大拉人的地方，那裡有兩個被鬼附的人，從墳塋裡出來，迎著他，極其凶猛，甚至沒有人能從那條路上經過。他們喊著說，神的兒子，我們與你有什麼相干？時候還沒有到，你就上這裡來叫我們受苦麼？這時，離他們很遠，有一大羣豬喫食。鬼就央求耶穌說，若把我們趕出去，就打發我們進入豬羣罷。耶穌說，去罷！鬼就出來，進入豬羣；全羣忽然闖下山崖，投在海裡淹死了。放豬的驚訝逃跑，直奔城市裡去，將這一切事，和被鬼附的人所遭遇的，都告訴人。合城的人，都出來迎見耶穌；既見了，就央求他離開他們的境界。試問，如此能行神蹟，治病，使風浪平靜，趕鬼救難的人，為何加大拉地方的人要求他離開他們的境界呢？這事甚為奇怪，我不能明白，除非耶穌的行為，早就為人傳誦與政治有關；他原是為以色列復國運動而出來傳教的，如此一個危險人物，即使他能解脫人的種種苦痛，大多數人依然對他有敏感，不喜歡他立足而產生某種影響，那麼叫他走路是很自然的了。或許別人有其他高明的看法，能叫人從另一方面瞭解耶穌的權能，這事我相信必將眾說紛紛，我將特別尊重他人的意見；因為我們如要學習耶穌的為人，就要選擇其中好的榜樣；今日假藉耶穌基督精神的人，莫不是想利用宗教的特殊性，賺贏個人優沃的生活；只有史懷哲醫生堪稱為真正的現代基督徒。晚安。

第九章　赦罪

耶穌走遍各城各鄉，在會堂裡教訓人，宣講天國的福音，又醫治各樣的病症。他看見許多的人，就憐憫他們；因為他們困苦流離，如同羊沒有牧人一樣。在古代，一般人的生活，總隨著謀生而遷徙，攜帶著家眷和零當。步行於山野路途；他們的臉目憂愁，衣衫襤褸，疲乏困頓，不但叫人同情，而且像是些無政府的棄民一樣。我相信這是耶穌當時對他們動了憐憫心的真實情形。在現代生活中，過去那種流浪的生活方式，也許少見，但並非沒有；越南亡國時的難民，從中國大陸奔至香港的難民，其狀更慘。如不是這樣，他們就要被關禁和局限在一個地區辛苦的工作，失掉了生命的自由和創造。古代或現代，東方或西方，痛苦的行狀，大致相同。宗教對苦難的人是有意義的，儘管優沃生活的階級人士，不相信鬼神之說，但救主的福音，對其他艱苦的生活者，是一種安慰力量。我們一路讀下來，具備有現代基本知識的人，並不相信耶穌能行神蹟治病，但如果就此否定基督教的意義，則顯然失之於淺薄和草率的思想。耶穌治病趕鬼的行蹟，是他的精神表現的具體實像，其意象本身是一種圖像語言，其目的在呈現耶穌人格的高貴，從而對其博愛和憐憫的精神，給予一種價值的認定。總而言之，要否定耶穌的行蹟是極容易辦到的事，只稍不去相信就行；但是要去確認他那份最高價值的人類精神，卻要經由某種特殊的生活遭遇，而給予一一的應證，從一種悟道的情緒去贊同宗教的神祕的啟示力量。追尋宗教生活不需被動，因為相信《聖經》或不相信也罷，是絕對沒有人會力以干涉的；但是我確認一個現代人，不論其知識智慧如何高等，如果沒有他個人認可的宗教意識和宗教生活，我不會相信他的所作所為是有價值的。

耶穌具有的神授的權柄，與世俗王權，其性質的對比差異，在於耶穌教人產生自我的信心而自救，而世俗王權的威力，是迫其統御下的人受其奴役。因信心得救，在本章裡會顯出一番明晰的景象，要是我們不感厭煩其治病趕鬼的一派胡言，就會從其邏輯的演述中，得到更為動人的印象。

耶穌上了船，渡過海，來到自己的城裡。有人用褥子抬著一個癱子，到耶穌跟前來；耶穌見他們的信心，就對癱子說，小子，放心罷；你的罪赦了。這是什麼意思？耶穌赦癱子的罪，到底癱子犯了什麼罪呢？這是一種透視的說法，現代精神病學確認，病因是由心理的種種情緒所主導，就耶穌的說法，病就是罪，其道理相同。我想有些人會反對這樣的解釋，正像當時的文士心裡說，這個人（耶穌）說僭妄的話了。耶穌明察秋毫，知道他們的心意，就說，你們為什麼心裡懷著惡念呢？或說，你的罪赦了；或說，你起來行走；哪一樣容易呢？但要叫你們知道人子在地上有赦罪的權柄，就對癱子說，起來，拿你的褥子回家去罷！那人就起來，回家去了。眾人看見都驚奇，就歸榮耀與神；因為他將這樣的權柄賜給人。現在的人倒不驚奇，因為他們知道神同樣將權柄賜給某些心理醫學家，和科學家。現代的人總都明白個人的命運，由自己開創和抉擇，自我是自己的神明；但對古代無知的苦難之輩，其心智十分薄弱，需要別人的扶持；前面經文中的涵義，正是為此而發明的。有一個女人，患了十二年的血漏，來到耶穌的背後，摸他的衣裳繸子；因為她心裡說，我只摸他的衣裳，就必痊癒。這位女子對生命的痛苦和絕望感，使我們不忍卒睹。耶穌轉過來看見她，就說，女兒，放心，妳的信救了妳；從那時候，女人就痊癒了。

為什麼會這樣神奇呢？當苦難的人都信了他之後，他就能集合他們團結起來，實行驅逐外族的復國運動麼？我們知道，耶穌的誕生是大衛王後裔的約瑟策劃的復國運動，可是，這事對耶穌來說，並不比單純的傳教，恢復個人健全的信心更重要；一個國家的建立，不比人類從罪惡感中獲赦更為迫切。耶穌從那裡往前走，看見一個人名叫馬太，坐在稅關上，就對他說，你跟從我來；他就起來跟從了耶穌。耶穌在屋裡坐席的時候，有好些稅吏和罪人來，與耶穌和他的門徒一同坐席。法利賽人看見，就對耶穌的門徒說，你們的主人為什麼和稅吏並罪人一同喫飯呢？耶穌就說，康健的人用不著醫生，有病的人纔用得著。他說：

But go ye and learn what this meaneth, I desire mercy, and not sacrifice: for I came not to call the righteous, but sinners.

「我喜愛憐恤，不喜愛祭祀，這句話的意思，你們且去揣摩；我來，本不是召義人，乃是召罪人。」

這幾句話，其意甚明。對耶穌精神的闡述，一般的知識就夠了，並不需要深奧的神學理論，和演述冗長的宗教歷史，來擾濁涵義，也不需要在此確立什麼嚴肅的不朽文字，加以宏論一番，只求我們心懷的溝通就夠了。

耶穌以先知地位說教，不免有自大的口吻，他說自有先知以來，施洗者約翰是最大的先知，而他比約翰更大，約翰自謙連為他提鞋都沒有資格。他是神的獨生子，其實是人的私生子；就真理而言，推究至根源，無人不是神的兒子，因為人和萬物都是上帝所創造的。對具有平等自由觀念的現代人來說，耶穌的自大，自以為有天國的神的權柄，非常刺激我們的感情；因為現代人莫不以人為主位，有如尼采宣佈上帝的死亡，是現代人反對基督教的最大理由；因為自耶穌之後，所建立的神聖教會的無上權柄，其所導演的殘忍和貪婪淫穢，使人非常痛恨和不齒；只有耶穌本人和後來的聖徒，維繫了真正基督教的精神。為了瞭解以下的一段記載，我預先做了說明。

那時，約翰的門徒來見耶穌說，我們和法利賽人常常禁食，你的門徒倒不禁食，這是為什麼呢？耶穌對他們說，新郎和陪伴之人同在的時候，陪伴之人豈能哀慟呢？但日子將到，新郎要離開他們，那時候他們就要禁食。耶穌自己比喻為新郎，禁食只能為了紀念他的離開；這個離開的意思是指後來他的十字架上的犧牲。耶穌的做法是，在否定別人的權柄中，建立自己更大的權柄，並要人相信這一事實。為什麼呢？他的理由正如他說的：沒有人把新布補在舊衣服上；因為所補上的，反帶壞了那衣服，破的就更大了。也沒有人把新酒裝在舊皮袋裡；若是這樣，皮袋就裂開，酒漏出來，連皮袋也壞了；惟獨把新酒裝在新皮袋裡，兩樣都保全了。這是耶穌死後，新教會建立的基礎；上帝雖是古猶太人就有的觀念，但基督教經過使徒的努力建立後，是有別於古猶太教的新興宗教，以致在當時被稱為異端，使耶穌走上了十字架犧牲的命運。

耶穌在回答約翰的門徒說了那些話的時候，有一個管會堂的來拜他說，我女兒剛才死了，求你去按手在她身上，她就必活了。耶穌便起來，跟著他去，門徒也跟了去。到了會堂的家裡，看見有吹手，又有許多人亂嚷；顯然要辦喪事了；就說，退去罷；這閨女不是死了，是睡了；他們就嗤笑他。眾人既被攆出，耶穌就進去，拉著閨女的手，閨女便起來了。於是這風聲傳遍了那地方。

信心能得救，必先產生自信的力量。現在精神醫學相信自我痊癒的效能，其只要基礎建立在病心能否經過開導後，產生對自我生命的延續信心和意志。相同的，一個原本健康的人，要是喪失生活的意趣，對生命的事實懷疑和絕望，則會漸漸步上枯萎和死亡。以下又是一個明顯例子：耶穌拉起閨女之後，從那裡往前走，有兩個瞎子跟著他，喊叫說，大衛的子孫，可憐我們罷！耶穌進了房子，瞎子就來到他跟前；耶穌說，你們信我能做這事麼？他們說，主啊，他們信。耶穌就摸他們的眼睛，說，照著你們的信給你們成全了罷。這事說來多少帶有他復國的祕密使命的意味；他要人相信他，要他們張開眼睛看。然後有人將鬼所附的一個啞巴，帶到耶穌跟前來。鬼被趕出去，啞巴就說出話來；眾人都希奇說，在以色列中，從來沒有見過這樣的事。這是耶穌鼓勵以色列人發言抗議的例子。由於政治意味甚濃，法利賽人批評說：

By the prince of the devils casteth he out devils.

「他是靠著鬼王趕鬼。」

法利賽人說這句話，有點道理，富幽默感；站在他們的立場，他們的眼睛是明亮的，他們的腦中便想著要如何來除滅他。由於耶穌親臨目睹以色列民流離失所，疾病悲苦，以及沒有自信和抗議的勇氣，他憐憫他們，視他們如同羊沒有牧人一樣；於是說了以下的話，為下章引出十二門徒出來；他說，要收的莊稼多，做工的人少；所以你們當求莊稼的主，打發工人出去，收他的莊稼。晚安。

第十章　十二門徒

耶穌叫了十二個門徒來，給他們權柄，能趕逐污鬼，並醫治各樣的病症。耶穌將他本身的能力，直接傳交給他的十二個門徒後，他們就真的能夠施行像耶穌一般的能力麼？醫治各樣的病症須具有相當的知識和經驗，這種技術能夠在瞬間口頭上做到傳授麼？我們根本無法接受這份瞭解。但上帝賦給耶穌的權柄是一種靈異能力，不是知識；而耶穌給門徒的也是靈異的本能，實質上是一種信心獲得的手續。我們一路讀下來，耶穌所行的神蹟是指信仰心而言；一個人的附鬼和患病都是意指心靈的畸狀。所以，這份權柄的傳授，像世俗間的頒發的委任狀，得到這份委任狀就是具有世俗間辦事的威權，一般人知道他有這份委派的權能，自然就服從他的指使，接受他的命令，心靈的信仰亦有同等性質。但十二個門徒獲得這份權柄後，他們仍然迷惘；因為這些人身處在以色列瀰漫復國運動的狂潮裡，他們明白信仰上帝只是這復國運動的團結精神，而耶穌一步一步朝向純宗教改革的資質，使他們感到無可適從；與其認他為真神的兒子，寧可視他為復國運動的領袖，他們都有這等祈願；其中將來會出賣耶穌的加略人猶大，便是做這等想法的人，他聰明而有理想，認為人不可能有神性，尤其是純然絕對的神性；他熱心追隨耶穌是為了復國理想，最後也將因這份狂烈的情感而出賣耶穌。從下面一段耶穌對門徒的吩咐，就能辨別出質地來。耶穌差十二個人去，吩咐他說，外邦人的路，你們不要走；撒瑪利亞人的城，你們不要進；寧可往以色列家迷失的羊那裡去。隨走隨傳，說天國近了。這是極明顯的，目的在復國；天國是一句暗語，可指復國後以色列自主權的景觀。可是因為環境的關係，耶穌並不直接像對將來可分配到政治利益的親信一樣，對他們明白的指出是為復國；他根本不和他們建立世俗間的部屬關係，他只和他們行主和門徒間的神聖關係。信仰上帝是整個復國的基礎，在這個基礎上，沒有利害關係，只有犧牲。因此他說：你們白白的得來，也要白白的捨去。耶穌的高貴精神，對當初的門徒而言，只產生曖昧的印象，他們心裡對耶穌持著半信半疑的態度，對天國或俗世，無法做肯確的選擇和依從。

不論如何，耶穌照講他的話，他要門徒腰袋裡，不要帶金銀銅錢；行路不要帶口袋，不要帶兩件褂子，也不要帶鞋和拐杖。這是什麼意思呢？我們知道，一個擁有俗世間統御權柄的人，總是想獲得一切俗世間的優厚待遇，且欲所為滿足自己的慾望；但耶穌並不希望門徒是這種人，他們充其量只是信仰的使徒，在人世上他們並不比其他人有更多的權利；當人世上的人做工時，他們也要參與做工，耶穌說得很清楚：因為工人得飲食，是應當的。關於居住的問題，他也吩咐要這樣做：你們無論進哪一城，哪一村，要打聽那裡誰是好人，就住在他家，直住到走的時候。進他家裡去，要請他的安。那家若配得平安，你們所求的平安，就必臨到那家；若不配得，你們所求的平安仍歸你們。凡不接待你，不聽你們話的人，你們離開那家，或是那城的時候，就把腳上的塵土跺下去。他說：我實在告訴你們，當審判的日子，所多瑪和蛾摩拉所受的，比那城還容易受呢。這句話對一般人而言，或許毫無意義；但這句話的深遠意義，也是相當的明顯。

耶穌交給門徒的是神聖使命，並不希望他們的行為舉止有如到處享特權的流寇，反要他們虛懷若谷，要和一般勞動的百姓模樣相同，戰兢小心以保護他們自己的身體的安全。這一點顯示耶穌愛他們如愛自己。他說，我差你們去，如同羊進入狼羣，所以你們要靈巧像蛇，馴良像鴿子。你們要防備人；因為他們要把你們交給公會，也要在會堂裡鞭打你們；並且你們要為我的緣故。被送到諸侯君王面前，對他們和外邦人作見證。你們被交的時候，不要思慮怎樣說話，或說什麼話；到那時候，必賜給你們當說的話，因為不是你們自己說的，乃是你們父的靈在你們裡頭說的。並且你們要為我的名，被眾人恨惡，惟有忍耐到底的，必然得救。在俗世權利的爭奪交戰中，是沒有人顧慮法則和倫理，有如耶穌所說的，兄弟要把弟兄，父親要把兒子，送到死地；兒女要與父母為敵，害死他們。我們考查耶穌之後的歷史記載，無論東方或西方，在王權和諸樣利益的爭奪裡，完全顯現著耶穌所預見的殘酷人性。他要門徒遇到逼迫時，就由這城逃到那城，不要輕易做傻瓜，未到死期，不要死。

上帝高高在上，無所不視，門徒在傳播福音時，即使逢到上述種種艱苦的危難，耶穌要他們不要害怕；他說，因為掩蓋的事，沒有不露出來的，隱藏的事，沒有不被人知道的。我在暗中告訴你們的，你們要在明處說出來；你們耳中所聽的，要在房上宣揚出來。他強調那殺身體不能殺靈魂的，不要怕他們；惟有能把身體和靈魂都滅在地獄裡的，正要怕他。維護靈魂不死的例子，在歷史上很多，古中國雖未有基督教精神的影響，但凡敬畏上帝，感知天上神靈存在的人的表現，大致相同。史可法就是極好的代表。耶穌證明說，兩個麻雀，不是賣一分銀子麼？若是你們的父不許，一個也不能掉在地上。就是你們的頭髮，也都被數過了。如果真是這樣，豈不叫人毛髮肅然，但誰能說不是這樣呢？所以不要懼怕；你們比許多麻雀還貴重。人比麻雀貴重，這顯然是極主觀的人類想法，就像我們對愛人所說的「你是我最親愛的」，用到最高級以強調他的重要。但是我們不得不考查，耶穌對門徒的訓言，不是普遍的真理，他只強調和重視他們之間的倫理性，對門徒好言幾句是無可厚非的事。所以，本章和第五章對羣眾的訓言，就是極大的性質的差別。

在當時要成為耶穌的門徒，耶穌的要求十分嚴格，甚至極近不合情理；他說，愛父母過於愛我的，不配做我的門徒；愛兒女過於愛我的，不配做我的門徒。這種精神要求，對現代的人來說，是不可能的；今日世界雖趨近系統化，但兒女私情卻更顯示重要，使人人都有隱私權，甚至為了愛父母子女和妻子而拋棄重要的工作，這種情形與古代不顧一切的精神正好相反。但是我認為耶穌的要求，其觀念是絕對正確的，因為做使徒就得專心做使徒的工作，有如他堅持自己是神的唯一兒子，是為罪惡的人類預告福音，他將為此而犧牲，毫無他顧。夏禹治水，十年間三次走過家門而不入，其精神與使徒相彷。耶穌說，不背著他的十字架跟從我的，也不配做我的門徒。那麼跟隨耶穌的唯一好處是什麼呢？顯然不是復國後可以分得政治利益，如果門徒中有人這樣想便錯了。猶大後來因失望出賣耶穌，不外是他的熱忱的現實理想遭到幻滅，使他感覺跟隨這位瘋子奔走是他莫大的羞恥，是他理性與知性的一大諷刺；耶穌在他眼中，只不過是個滿口神靈的胡說騙子，在現實世界的價值觀上，沒有分毫的取向，以致全盤不得落實的結果；他的民族意識十分強烈，也可見到他的個人慾望和野心，早先約瑟的復國謀略，能夠樹立像猶大這樣的人，或許還有些希望；而耶穌在這場教養中，卻成了神經兮兮的廢人，稚弱而充滿幻想，沒有具體和現實真確性格，倒叫有知識的愛國的猶太人萬分失望；他既然盼望犧牲，最好成全他，把他出賣掉了。在當時的現實環境，大概就是上述這等樣子。不過耶穌對門徒的報償，不是沒有，只有這麼簡單的一句話：得著生命的，將要失喪生命；為我失喪生命的，將要得著生命。這是純然的神經病者說的話，如果想做為他的門徒的，會覺得滿意麼？能理解他說的話麼？

所以，現在我們能夠見到，基督教的倫理系統，是依循這樣來的，那就是耶穌對門徒所說的，人接待你們，就是接待我；接待我，就是接待那差我來的。人因為先知的名，接待先知，必得先知所得的賞賜；人因為義人的名，接待義人，必得義人所得的賞賜。他說，無論何人，因為門徒的名，只把一杯涼水給這小子裡的一個喝，我實在告訴你們，這人不能不得賞賜。善待門徒，這些話是對我們說的；他的門徒來，我們要虔誠善待他們。晚安。

第十一章　爭名

在當時的情勢裡，對施洗者約翰和耶穌兩人，孰高孰下的議評，眾說紛紛，似乎不一定有肯定的結論，為了這一點，再闢出這一章來加以討論。先前第三章，雖然已經大略地說到施洗者約翰，是為耶穌的出來鋪路的角色，他說過他用水施洗，但說耶穌是用聖靈與火施洗，說耶穌的能力比他更大，就是給他提鞋也不配的話。不過，我相信一般民眾可能是皈依和信仰約翰甚於耶穌者在，他被下監牢後更引動一般人的景仰，大家想到他的怪異模樣，和耶穌斯文的形貌一比較，可能更使人好感，他又比耶穌先出來，也能給人先入為主的印象。這一些都能使約翰的名聲大過耶穌。為此，本章要將這兩者的主從關係再加以論述，確立永久的結論。

耶穌給予十二個門徒權柄和做一番語重心長的吩咐後，就離開那裡，往各城去傳道教訓人。那時約翰在監裡聽見耶穌所做的事，就打發兩個門徒去，問他說，那將要來的是你麼？還是我們等候別人呢？這兩句問話，是在表明約翰本身信心的動搖，與先前他引介耶穌給眾人時的態度產生矛盾麼？是約旦河的一幕本應完全確定的事，此時他在監裡顯得沉不住氣麼？或者未見救兵解放他出來，而氣惱要悔約前言呢？或是表示一種驚訝，疑問耶穌真是他始料不及的人子？耶穌回答說，你們去把所聽見所看見的事告訴約翰：就是瞎子看見，瘸子行走，長大痲瘋的潔淨，聾子聽見，死人復活，窮人有福音傳給他們。這些事，對約翰而言，是稀鬆平常，不覺新奇和滿意的。這等事，有如現在舞台上的魔術表演，所謂利劍插口，殺人種瓜，箱鋸美人，逃遁等節目；也有如餐館中點菜，所謂一魚兩吃，龍虎鬪，螞蟻上樹，滿漢全席等好菜。重要的是耶穌最後回答的一句話；他說，凡不因我跌倒的，就有福了。他回這句話給約翰，有如他引經據典駁倒前來試探的魔鬼，表明他高超俯視的姿態。於是約翰的門徒得到回答走的時候，耶穌就對眾人談論約翰說，你們從前出到曠野，是要看什麼呢？要看風吹動的蘆葦麼？你們出去，到底是要看什麼？要看穿細軟衣服的人麼？那穿細軟衣服的人，是在王宮裡。我們會覺得耶穌的脾氣也真壞，懷疑到他的身份的事，就像我們一般人一樣會大發雷霆。他又說，你們出去，究竟是為什麼？是要看先知麼？我告訴你們，是的，他比先知大多了；經上記著說：「我差遣我的使者在你的面前，預備道路。」所說的就是這個人。他指他自己而言。施洗者約翰和耶穌這兩者在人們心中，有如某些人物在小孩子心中，到底那一個比較大。耶穌說，我實在告訴你們，凡婦人所生的，沒有一個興起來大過施洗約翰的；然而天國裡最小的，比他還大。他誇讚施洗者約翰，等於從他處確立自己的更崇高的地位。他又說，從施洗約翰的時候到如今，天國是努力進入的，努力的人就得著了。因為眾先知和律法說預言，到約翰為止。意思是說，約翰以前的先知和律法的一切效用僅到約翰為終止，以後的將由他（耶穌本人）來統領。所以耶穌宣佈說，你們若肯領受，這人就是那應當來的以利亞。以利亞就是耶穌本人。他要眾人不用懷疑，要他們有耳可聽的，就應當聽。他批評那時的人的心態說，我可用什麼比這世代呢？好像孩童坐在街市上，招呼同伴說，我們向你們吹笛，你們不跳舞；我們向你們舉哀，你們不捶胸。他說，約翰來了，也不喫，也不喝（約翰只喫蝗蟲野蜜），人就說他是被鬼附著的。人子來了，也喫也喝，人又說他是貪食好酒的人，是稅吏和罪人的朋友！但智慧在行為上就顯為是。耶穌與約翰大兄之間的爭名事件就到此結束。至於一般人的感受如何，大概可以想到他們還是依然故我，不為所動；我不知道現今的人的感想是否也是這樣？

一般人的無動於衷，致使耶穌大發咒言，指責他們頑蠻無知，不知災禍降到他們頭上。因為他在諸城中行了許多異能，那些城的人終不悔改，就在那時責備他們說，哥拉汎哪！你有禍了；伯賽大阿！你有禍了；因為在你中間所行的異能，若行在推羅西頓，他們早已披麻蒙灰悔改了。這有點像在街頭市場上打拳賣膏藥的人，看到圍觀的人看完他的精彩表演後，在他準備開始推銷膏藥時，就紛紛走開了，於是對他們的態度甚為不滿，認為沒有體念和同情他蒞臨的目的，給他沒有好面子看，於是甚為動怒，指著他們不懂得他的真貨。如果耶穌的目的是指向復國運動，其與賣膏藥的情形就沒有兩樣，根本是騙人的，古代的人對於這一套大概吃了不少苦頭了；現代的人的愛國思潮也是滿天飛揚，從人類的史實看，許多是私人背後有其野心的目的。如果是為天國的最後真理，就讓人為那些旁觀者可惜；但天國的觀念何其深奧，如何叫人去理解呢？因為天國的景致讓人拿不到，也看不到，到底有多少人在夢中遇見呢？即使耶穌恐嚇他們說，當審判的日子，推羅西頓所受的，比你們還容易呢。畢竟不是眼前的事，要叫人相信是很難的，現在和古代不都是一樣麼？

我們一路讀下來，總會懷疑《聖經》所說，是依照耶穌的立場來安排情節，其不合理性是把耶穌當為主角做主觀的陳述，目的是要人去相信他的所作所為，成為一個基督的信徒，並不能讓人瞭解到當時的真實環境，沒有半點客觀的描寫，使我們可以在思想上做點比較，使閱讀的樂趣可以加增。我在動筆記這段感想時，我的腦中就做了這種疑問，但經過我一路笨拙地依照章節秩序敘述下來時，就是我一面略述情節，一面做我個人粗鄙的思想時，我便覺得經文使人的瞭解並不是那樣的單純。首先我幾乎不知憑著什麼靈感，猜想當時猶太的環境是瀰漫著濃厚的復國氣氛，《聖經》裡並沒有隻言半語提到約瑟的陰謀；這是一部福音，而並非猶太民族的歷史，可是這福音的字句裡面，卻呈現著一幅一幅當時環境的光影和輪廓，彷彿一張浸水浮字的紙張，每個字或每句話都是另有涵義的暗語，使人在讀它時，心裡有另一層默契，對猶太人而言那是太重要了，而這重要的一層是指著他們的現實世界。事實上，天國的事並非與人間毫不相干；確切地說，天國與人間是種對比的形式，隱涵著種種人世的陰暗和悲痛。天國和人間就猶如一個人的外在和內在，有如一個人的思想和行為；當耶穌疾呼著，當審判的日子，所多瑪所受的，比你還容易呢，假如我們能夠憑著想像，瞭解那時這幕真實戲劇，到底要叫我們同情耶穌呢，還是同情那些掉頭走開不理睬耶穌的人眾呢？

這是頗難怪的，現代人和古代人對事物的反應，是沒有不相同的；今日我們重遇耶穌，在街頭巷尾疾呼人們悔改，宣說世界末日已經到了，說他是唯一神的兒子，要大家跟隨他，我們的心裡一定大起疑惑和反感，認為一個人如何能自認充滿神性，豈不荒謬；因為我們所想到的是人性的真處，會疑問他到底是誰，其言行的目的何在，站在政府的立場，必定判他妖言惑眾，將他捉到監牢裡，要對他加以拷問，追查是否有反叛的陰謀；但如果他表現的很逼真，很真摯，看不出一點作假，那麼我們又會把他視為瘋子，因為凡與現實世界不切入的言行，是叫人難以瞭解和接受的。老實說，經文無不處處顯示人的心跡，有充足的文學性；如果說，耶穌的言行是神的指示，那麼我們便從這文學性裡學習到神性的知識，而體會到人神是一體的，進而知道宇宙萬物也是一體的。

從現代的心理學看，耶穌看到人們並不理睬他，他那疾痛的心懷，便要轉到自尋安慰的處所，使自己的激動情緒能夠獲得平靜；所以他便這樣自我慰藉地說道：父啊，天地的主，我感謝你，因為你將這些事，向聰明通達的人，就藏起來，向嬰孩，就顯出來。所謂聰明通達的人和嬰孩之間的接受方式，是明顯不相同的，耶穌這樣說的意思，便叫人容易明白他所指為何了。所以他又說，父啊，是的，因為你的美意本是如此。他又說，一切所有的，都是我父交付我的；除了父，沒有人知道子；除了子和子所願意指示的，沒有人知道父。現代有知識的人都能明白的辨識，凡一個得不到別人回應的人，他總是朝著自我去尋得補償，大家叫這種人為自戀狂者。耶穌的所作所為得不到生活優沃的知識人的理應，他便轉向到一般勞苦階級去說；他說，凡勞苦擔重擔的人，可以到我這裡來，我就使你們得安息。我心裡柔和謙卑，你們當負我的軛，學我的樣式，這樣，你們心裡就必得安息。因為我的軛是容易的，我的擔子是輕省的。但是，試問，所謂勞苦擔重擔的人會相信他麼？我想，並不可能，如果給這些人實際的麵包和衣物，他們是會雙手伸出來接受的。所以我看到初期來台灣傳教的聰明教士，總是按期發放麵粉和衣物給一般需要的民眾，以贏得他們到教堂來，那時教堂裡都是婦女和小孩居多，現在教堂變冷清了，為什麼呢？因為現在對某些人來說，已不再需要接受有點受侮式的救濟物資了；因為人活著是件極單純的現實，並不需要使思想變得複雜，整日胡思亂想。晚安。

第十二章　自由與愛

俗世的法規綁縛人的手腳，控制人的心靈，使人喪失自由和愛的本性。人類的真正不幸是從生活中演變成統治階級和被統治階級兩類別，而使少數人來統治多數人，顯見多數人心靈的愚昧和矛盾，給予少數人所利用和操縱。由此我們知道人類在生活中喪失自由權，是完全居於本身自己的心靈沒有開放，瞧不見自然的真理，失掉了原有純真的本質。上帝是宇宙萬物和人類的創造者，上帝之下的天使分成善惡兩大勢力，撒旦代表反叛上帝的惡勢力。同樣是上帝意志下的產物，善惡兩大勢力便有其為進步的理由，而形成相抗的情勢；這對壘的形勢不只是相互破壞，也有互補的作用。人類是他們同類聚集生活所須的法規的創造者，是為著人類的利益而發明的；這種法規猶如我們一手做成的麵包或米飯，原是為充飢保持和增加體力，得以繼續存活而吃用的，是完全的善。可是人類的存活，是存在於時間和空間的意義之中，麵包會受到時空的考驗，昨天它被製成時是新鮮的，今天它已經稍有酸味，到明天它就會發霉腐爛，人們到明天還吃昨日的麵包，一定得不到營養，反而要害疾病。所以人類活著的一天，便要每天勤於製出新鮮的麵包，並且要依照人類的數目，做出麵包的數量，有覺得不合口味的，要求改進，增加喫食的快樂。所以，昨日的法規恐怕對明日有不適用的情形，因為昨日死了一個人，今天出生了三個人，人站立的位置和情緒都受到了更變，必須將法規調整或修改以適合現在的情勢，否則那原先制定的法規，便要使某些人受害；原有的人會越來越少，新增加的人會越來越多，少數人想獲得更多的優惠，便以長老的身份抱持原有的規定，想出種種辦法對新生的人施以約束性的教育，使人類原有的良知逐漸泯滅，而貫滿了種種約定的意識，迫使他們屈服威權，作為威權者的支使工具，使新生者意識到他們的存在完全得之於威權者的施給，把生命的自然意義轉換為人類自己設定的意義，把上帝給予生命的意志，變成人自己本身的意志。生命體的退化作用，原是一種讓給新生生命的自然現象；成全新的生命，是一種自然而無償性的義務。可是人類卻產生違逆自然的意志，反要新的生命體擔負重軛；而人類從此一代一代相承舊有的法規，其目的不是為了人類日日演化的新景象，反而成為久積的污垢；人類沒有永恆不輟的新理想和希望，只為了在暫短的個體生命中，獲得基本慾望的滿足；由於陋規的存在，形成世界分配的不平等，由於人性的墮落，形成人類本身的不自由。這是魔鬼的惡勢力，在人的內在場所中，獲得完全佔有性的現象。如果上帝派耶穌來人間施行拯救，其意義便是要趕除魔鬼，那麼這個神聖使命，使得原初猶太復國的使命褪色和變化；天國的福音，在當時是一語雙關，並且到後來耶穌的死具有政治的色彩，但復國運動在他越來越神化的生涯裡，恐怕已沒有絲毫痕跡，與貝開特最後受神召反抗英王亨利的意味相同。法利賽人在當時批評耶穌的行為，就說過這樣的話：這個人趕鬼，無非是靠著鬼王別西卜啊！兩方面在爭辯時，常用詞高妙，但所指何事，是異常明顯的。耶穌的革命的重大意義，我相信是革除舊有的法規，因為舊有法規只對少數把權的統治階級有利。他要使人類的行為法則恢復到自由和愛的純真的立場，本章有極精彩的辯論，它帶給人的認知興趣，遠超過對他行異能的神蹟的理解，我們希望藉此進一層認識他。

那時，耶穌在安息日，從麥地經過；他的門徒餓了，就掐起麥穗來喫。法利賽人看見，就對耶穌說，看哪！你的門徒做安息日不可做的事了。所謂安息日應該做什麼或不應該做什麼，這就是一種控制人的行為能力和心靈自由的法規；這與我們民間各種神教的迷信和禁忌，等同性質。耶穌聽到法利賽人的話，非常火大，因為法利賽人總是引經據典來約束民眾，耶穌也用這法寶來駁斥他們；他說經上記著，大衛和跟從他的人饑餓之時所做的事，你們沒有唸過麼？他怎麼進了神的殿，喫了陳設餅，這餅不是他和跟從他的人可以喫得，惟獨祭司才可以喫。在中國禪宗興盛的時期，有一位丹霞禪師，在寒冬的日子抵達北京城，他奔進了一座廟宇，躲在神龕下避寒；到夜半實在忍受不住，便伸手捉了桌上的神像下來，起火烘暖；廟宇的住持知道了這事，前來觀看，指責他不該如此侮蔑神像；丹霞只顧認真地用火筷在火堆中撥翻尋找，沒有理會，住持便問他尋找何物？丹霞才開口回答說：「除了舍利子，還為啥？」住持認定他是個瘋和尚，再度罵他說：「神像是木頭做的，哪會有舍利子可得？」丹霞正色道：「既然是木頭做的，有何不可燒火取暖？」而且在當時律法上規定祭司在殿裡犯了安息日是沒有罪的，耶穌非常生氣地說，我告訴你們，在這裡有一人比殿更大。他說：「我喜愛憐恤，不喜愛祭祀。」你們若明白這話的意思，就不將無罪的當作有罪的了；因為人子是安息日的主。

耶穌離開那地方，進了一個會堂；那裡有一個人枯乾了一隻手。有人問耶穌說，安息日治病，可以不可以？意思是要控告他。耶穌明白了他的意思，就是，你們中間誰有一隻羊，當安息日掉在坑裡，不把牠抓住拉上來呢？人比羊何等貴重呢！所以在安息日做善事是可以的。

當下有人將一個被鬼附著，又瞎又啞的人，帶到耶穌那裡；耶穌就醫治他，甚至那啞巴又能說話，又能看見。眾人都驚奇，說，這不是大衛的子孫麼？講到耶穌是大衛的後裔，便可能牽連到政治問題了。法利賽人聽見，就說，這個人趕鬼，無非是靠著鬼王別西卜啊！耶穌知道他們的意念，就對他們說，凡一國自相分爭，就成為荒場；一城一家自相分爭，必站立不住。若撒旦趕逐撒旦，就是自相分爭，他的國怎能站得住呢？耶穌心中甚不喜政治問題，既然聰明的法利賽人要談它，他也就不吝口舌，滔滔不絕地分析教訓他們一番了。他說，我若靠著別西卜趕鬼，你們的子弟趕鬼，又靠著誰呢？這樣，他們就要斷定你們的是非。耶穌以牙還牙，反駁法利賽人對他的曲解。現在他才正言道：我若靠著神的靈趕鬼，這就是神的國臨到你們了。這意思是使人的心靈從羈絆桎梏中獲得自由。

他指出邪惡的世代，有如一個污鬼離了人身，就在無水之地，過來過去，尋求安歇之處，卻尋不著。於是說，我要回到我所出來的屋裡去；到了，就看見裡面空閒，打掃乾淨，修飾好了。便去另帶了七個比自己更惡的鬼來，都進去住在那裡；那人末後的景況比先前更不好了。我想，現代人的景況，也莫不是如此。

耶穌還對眾人說話的時候，不料，他母親和弟兄站在外邊，要與他說話，有人告訴他說，看哪！你母親和你弟兄站在外邊，要與你說話。他卻回答那人說，誰是我的母親？誰是我的弟兄？就伸手指著門徒說，看哪！我的母親，我的弟兄。凡遵行我天父旨意的人，就是我的弟兄姐妹和母親了。以上關於心靈的自由和博愛觀念，耶穌的意思表明的甚為清楚，有人會堅持認為耶穌違背禮教和倫理嗎？晚安。

第十三章　撒種的比喻

我是膽小的人，自幼害怕黑暗，懼怕對廟堂的神像注視，又常聽到許許多多的民間的傳說，對鬼神更加恐懼。到底有沒有神和鬼這種精靈，有很長的一段時間，我抱著半信半疑，半敬半畏的態度；後來我讀了許多有關宗教，哲學和歷史的書籍，依然在「有」與「無」間徘徊，不敢下定論。我發現人們普遍都具有信仰，各類的人都分別信奉對他們有利的神，因此與人們的生活相關的神，種類非常繁多，這些神都有他們不同的特殊屬性，也都具有表象，被供奉在神桌上，唯獨基督教敬仰的上帝，沒有人知道他是什麼形象。有一種理論認為上帝依照他的形象造人，這話不是太過主觀嗎？要是其他動物和植物也表明出上帝是依照他的形象造動物和植物，那麼上帝也就像獅，像貓，像鳥，像魚，像榕樹，像玫瑰花了。唯一合理的說法是上帝具有普遍的真理和公義，並且無所不在。現在的人類思維，已經能從理性上承認上帝的存在，由自私心操縱所建立的巫術和偶像神明，會隨著科學和知識的啟發漸漸消滅，人類的未來會終遵奉唯一創造萬物的神；現在流行的無神論，是人類面臨自己處境的絕望的呼號，是一種淨化作用的過渡時期，它有積極的效用，能消除繁雜眾多的不同信仰，最後人類唯一共同的信仰，會從一片虛無中升起，上帝之國在人生活的土地上呈現和建立。

我做這樣的想法，是我看到了基督教文明所努力的方向，在人類歷史的發展中，他們付出了巨大而殘酷的犧牲代價，但像勇士般一波一波前仆後繼，卻令人感動，當我讀到聖．芳濟的事蹟一節時，我的眼淚磅礡，他的精神打動我的心坎，當我到讀阿奎那的神學哲思時，我服膺於他證明上帝存在的邏輯，他們具有信心和希望，而其他紛雜信仰的國度，則呈現死亡的跡象，因為其他的信仰未能建立合理的知識，他們停滯在人為的自私階段裡，缺少合理和正義，雖然尚能夠維持一種和平的狀態，但比較之下，他們的信仰無法消除野蠻和建立普遍的理性，對人類的未來並不具有深遠的希望。如果上帝是人自己假造出來的，基督教文明卻要想盡辦法來證明他的存在，這種思想產生追求的無窮活力；而實際的人本思想，使人類墮落在現實具有的滿足中，其本身不能產生知識文明，追求普遍的真理，只有逗留在生死的有限時空，千萬年一式，沒有延展和永恆的存在精神。

上帝是神學認知透過哲學邏輯辯證和科學追求所普遍承認，是無形而無所不在的造物主。耶穌提出天國以對抗俗世的王權，那麼天國是什麼？天國是神的國，是人類仰慕的所在，是美麗的，也是善的；俗世的王權造成不平等和不自由，是少數人詭計操縱和奴役愚昧的人，是人類生活所厭煩的所在，是醜陋的，是惡的。所以在我們純潔的心靈裡，從小自然產生敬愛神而懼怕魔鬼的感應力；所以神鬼這種東西在我們的直覺感性裡是存在的，是我們心靈直接的產物，正待我們的認識和努力，從這種神和鬼對抗的爭戰中做一最終的選擇。到底要服從上帝，或屈服魔鬼，是人類共同的大抉擇，這項真理的辨明工作也要付出人類殘酷犧牲的代價。耶穌說，你們不要想我來，是叫地上太平；我來，並不是叫地上太平，乃是叫地上動刀兵。那麼人類就這樣平白的犧牲了麼？沒有代價的犧牲誰願意去幹呢？不如屈服魔鬼貪得一世的舒服算了，何必去為真理公義毀壞了生活的快樂呢？但有知識的人必然能從人類歷史的經驗裡獲知，屈服魔鬼並不能獲得一切慾望的如意滿足，因為良知的批判與生俱來，永遠駐紮在人類的心中，受魔鬼的引誘反生矛盾和不平靜，常是悲慘的下場；而信仰上帝有一個保證，即在審判的日子，可以獲得復活，那時由天使引領進入天國，而不是被打入地獄。但是人們不免要質問，自古至今誰進入天國了？而且審判的日子其期限如何？我不知道；但可參閱《但丁》的神曲。我想，人在此世活著的時候，總有機緣感悟到天國的景致，信仰便能產生瞧見的功能，彷彿盲者能見，聾子能聽，啞巴能說話，癱瘓的人能行走，染大痲瘋的能潔淨。信則能獲救，便是這個道理。但人們要如何產生信仰心呢？像我這樣自古以來只重人本現實的中國人，是不太容易瞭解和接受的，如有利誘，便做些表面的儀式；因為抽象的東西是口說無憑的，一方面難以理解，一方面又要受苦，實在有點為難人。但要是覺得現實的一切也叫人不滿足，現實的生活世界也叫人乏味，何妨聽聽耶穌怎樣說；因為神國要在地上建立起來，就是要改造現實世界的意思；這樣說起來，不是也頂實際和現實麼？對實際和現實的中國人而言，明白了此中道理，不是也頂適合我們的國度麼？

當那一天，耶穌從房子裡出來，坐在海邊。有許多人到他那裡聚集，他只得上船坐下；眾人都站在岸上。他用比喻對他們講許多道理，說，有一個撒種的出去撒種；撒的時候，有落在路旁的，飛鳥來喫盡了。有落在土淺石頭地上的；土既不深，發苗最快；日頭出來一曬，因為沒有根，就枯乾了。有落在荊棘裡的；荊棘長起來，把它擠住了。又有落在好土裡的，就結實，有一百倍的，有六十倍的，有三十倍的。門下進前來，問耶穌說，對眾人講話，為什麼用比喻呢？耶穌回答說，因為天國的奧祕，只叫你們知道，不叫他們知道。他說，我用比喻對他們講，是因他們看也看不見，聽也聽不見，也不明白。在他們身上，正應了以賽亞的預言，說：「你們聽是要聽見，卻不明白；看是要看見，卻不曉得」；因為這百姓油蒙了心，耳朵發沉，眼睛閉著；恐怕眼睛看見，耳朵聽見，心裡明白，回轉過來，我就醫治他們。我想，關於一般百姓在生活中的模樣和態度，耶穌是說的十分正確。關於撒種的比喻，耶穌自己作了如下的解釋：他說，凡聽見天國道理不明白的，那惡者就來，把所撒在他心裡的，奪了去；這就是撒在路旁的了。撒在石頭地上的，就是人聽了道，當下歡喜領受；只因心裡沒有根，不過是暫時的；及至為道遭了患難，或是受了逼迫，立刻就跌倒了。撒在荊棘裡的，就是人聽了道，後來有世上的思慮，錢財的迷惑，把道擠住了，不能結實。這說的很對，我們一般人大都有心向善，卻沒有聰明才智尋找一條途徑；或是找到一條途徑，卻沒有毅力決心貫徹到底。他又說，撒在好地上的，就是人聽道明白了，後來結實成果。

耶穌講完了信仰的事體，現在他又要用比喻來說什麼是天國。他說，天國好像人撒好種在田裡；及至人睡覺的時候，有仇敵來，將稗子撒在麥子裡，就走了。到長苗吐穗的時候，稗子也顯出來。田主的僕人來告訴他說，主啊！你不是撒好種在田裡麼？從哪裡來的稗子呢？主人說，這是仇敵作的。僕人說，你要我們去薅出來麼？主人說，不必，恐怕薅稗子，連麥子也拔出來。容這兩樣一齊長，等著收割；當收割的時候，我要對收割的人說，先將稗子薅出來，捆成綑，留著燒；惟有麥子，要收在倉裡。

他又設個比喻對他們說，天國好像一粒芥菜種，有人拿去種在田裡。這原是百種裡最小的；等到長起來，卻比各樣的菜都大，且成了樹，天上的飛鳥來宿在它的枝上。他又對他們講個比喻說，天國好像麵酵，有婦人拿來，藏在三斗麵裡，直到全團都發起來。這都是耶穌用比喻對眾人說的話；若不用比喻，就不對他們說什麼；這是要應驗先知的話，說：「我要開口用比喻，把創世以來所隱藏的事發明出來。」創世以來隱藏了些什麼事呢？單指人類的罪惡而言是不夠的，這句詩話，似乎只能意會，無法言傳了。

前面講到的田間稗子的比喻，耶穌在門徒的要求下作如下的解釋：他說，那撒好種的，就是人子；田地，就是世界；好種，就是天國之子；稗子就是那惡者之子；撒稗子的仇敵，就是魔鬼；收割的時候，就是世界的末了；收割的人，就是天使。將稗子薅出來，用火焚燒；世界的末了，也要如此。人子要差遣使者，把一切叫人跌倒的和作惡的，從他國裡挑出來，丟在火爐裡；在那裡必要哀哭切齒了。那時義人在他們父的國裡，要發出光來，像太陽一樣。

那麼我們如何迎接天國呢？耶穌也用比喻來說明；他說，天國好像寶貝藏在地裡；人遇見了，就把他藏起來；歡歡喜喜的去變賣一切所有的，買這塊地。天國又好像買賣人，尋找好珠子；遇見一顆重價的珠子，就去變賣他一切所有的，買了這顆珠子。天國又好像網撒在海裡，聚攏各樣水族。網既滿了，人就拉上岸來；坐下，揀好的收在器具裡，將不好的丟棄了。

耶穌說完了這些比喻，就離開那裡，來到自己的家鄉，在會堂裡教訓人，甚至他們都希奇，說，這人從哪裡有這等智慧，和異能呢？這不是木匠的兒子麼？他母親不是叫瑪利亞麼？他弟兄不是叫雅各，約西，西門，猶大麼？他妹妹們不是都在我們這裡麼？這人從哪裡有這一切的事呢？他們就厭棄他。耶穌對他們說，大凡先知，除了本地本家之外，沒有不被人尊敬的。耶穌說的這句話，我相信我們生活在這塊土地的人，也能明白這是什麼意思。晚安。

第十四章　約翰之死

在希律王的宮殿裡，正在舉行為世界之王凱撒從羅馬派來的使節的宴會。一個被命為禁衛軍長的敘利亞青年，稱讚著希羅底的女兒沙樂美公主在晚上多麼美麗；從一口青銅井圈圍著的古井裡，發出野獸似的叫喊；他們在爭論他們宗教上的問題，法利賽派說天使是有的，撒都該派就說天使是沒有的。兵士在談希律王有三種酒：一種是從撒馬賽萊斯島運來的，像凱撒大將的袍一樣的紫；還有一種是從一個叫賽普魯斯城運來的，像黃金一樣的黃；第三種就是西西里的酒，那酒紅得像血。囚禁在古井裡的約翰的聲音這樣說：在我之後，會有一位能力比我更為偉大的人來，我是連替他解鞋帶也不夠資格。等他一來，淒涼的地方會變成快活，會像玫瑰花一樣的爭奇鬥豔。瞎子的眼睛會重見天日；聾子的耳朵會復變聰明；還有吃奶的孩子會探手到蛟龍的巢窟，又會牽著獅子的鬣毛而出來。敘利亞青年不斷在讚美沙樂美，她好像一朵在風中搖曳的水仙花。約翰的聲音又說：看哪！主來了，人之子來了，人馬怪都藏到河裡去了，川澤女神都離開了河流，去躺在森林的樹葉底下了。沙樂美想和約翰說話。他從古井被帶上來時，沙樂美看他多麼憔悴，像一個瘦削的象牙雕像，又像一個銀鑄的像；她看他更仔細時，他像月亮一樣的純潔，像一道月光，又像一枝銀箭。約翰說：回去，巴比倫的女兒，不要走到主的寵兒的近邊來。妳的母親曾經用她罪惡的呼聲，甚至已經傳到了上帝的耳裡了。沙樂美認為他的聲音真像音樂。於是她愛上了約翰，愛上他像沒有刈過的田裡的百合花一樣白的身體，愛上他就是森林的寂靜也沒有那麼黑的頭髮；然後她要親約翰的嘴。那位敘利亞青年自殺了。約翰說，我聽見宮裡有死神在拍翼膀，淫婦的女兒，只有一個人能夠拯救妳，就是我說過的那一個人。他是在加利利海的一隻小船裡，在和他的門徒講話。沙樂美堅持要親他的嘴。約翰又說，被詛咒的東西，妳這亂倫的母親的女兒啊，妳要被詛咒了。希律王要求沙樂美跳舞，發誓答應給她願望的東西。猶太人在爭論先知依利亞有沒有看見過上帝，認為依利亞是最後一個當面見過上帝的人。上帝怎樣工作，沒有人能夠知道，他的方法很神祕，也許我們所稱為惡事的反是善的，我們所稱為善的反是惡的，我們一點也不知道。希律王害怕把死人救活的事，至於把水變為酒，把患痲瘋病和盲人醫治好，他不反對；他說實在這些我也認為是好事。約翰不斷地說：啊！蕩婦啊，妖女啊，有金色眼睛和金色眼瞼的巴比倫的女兒啊！主上帝這樣說，讓許許多多男子起來攻擊她，讓人拿石子來打她，讓軍隊裡的將領用他們的劍來刺她，讓他們擊倒她在他們的盾底下，使她粉身碎骨。希羅底聽到說，不，這是可怕的；我是不相信什麼預兆不預兆，他說話像一個醉漢。希律王說，也許他喝上帝的酒，喝醉了。希羅底問道：上帝的酒那是什麼酒？從那個葡萄園裡採來的葡萄做的？在什麼榨酒機裡可以找得到？兵士看希律王的態度很憂愁；沙樂美赤足跳七紗舞；希律王答應給她半面江山，給她連她的母親也未曾見過的寶石；但沙樂美跳完時要求將約翰的頭放在銀盤上給她。她從劊子手拿著的銀盾上搶過來約翰的頭，希律王把衣袖掩面，希羅底笑著揮扇，拿撒勒人跪下來禱告；沙樂美說，啊，約翰，好，現在可以親牠了，我要用我的牙齒咬牠，像一個人咬熟果子一樣。以上是英國作家王爾德戲劇的情節；約翰是這樣為希律王砍斷頭的。

本章的經文簡潔地這樣寫著：起先希律為他兄弟腓力的妻子希羅底的緣故，把約翰拿住，鎖在監裡。因為約翰曾對說，你娶這婦人是不合理的。希律就想要殺他，只是怕百姓；因為他們以約翰為先知。到了希律的生日。希羅底的女兒，在眾人面前跳舞，使希律歡喜。希律就起誓，應許隨她所求的給她。女兒被母親所使，就說，請把施洗約翰的頭，放在盤子裡，拿來給我。王便憂愁，但因他所起的誓，又因同席的人，就吩咐給她。於是打發人去，在監裡斬了約翰；把頭放在盤子裡，拿來給了女子；女子拿去給她的母親。

如此，就帶給戲劇家極好的靈感，做為戲劇的取材；這個故事對今日的人，從文學作品或戲劇電影中，已經十分的熟悉了。但是考查這部《聖經》撰寫的邏輯，這部經文的意志，是必定要把施洗約翰除掉的；他是比耶穌先一步來的先知，為耶穌鋪路，預告人子的降臨；耶穌已經降臨，取代約翰傳播天國的福音，約翰似乎要隱退去，否則就要演成競爭，人們便無可適從。為了成全耶穌，他的死是義不容辭的，可是我們萬萬想不到他的死是這樣富有一番嫁禍於人的戲劇性。希律像我國的紂王，成為暴王的總稱；前面談到的那一位希律王，在耶穌降生時，殺盡了伯利恆從降生到二歲的嬰孩；這位希律王現在又殺了施洗約翰。耶穌單獨留下來做為對抗強權暴力的象徵，這是合理的，依照經文的意志，這個世界除了耶穌外，沒有第二個人有資格向人間的強權挑戰。施洗約翰的死，像伯利恆那批無辜的嬰兒的死，都使我們傷感；因為他死前的行為是謙卑的，但他死時反不為義，讓人感到憐惜；他的死留在我們的心底一個印記，他絕不為什麼，必定只為成全耶穌而犧牲。

而耶穌聽到約翰死的消息，像個懦夫逃走了；先前耶穌聽見約翰下了監，就退到加利利去；這種印象，給我們很不好的感受。這場天上對人間權柄的爭戰，約翰的功勞何其大；他預備主的道，修直他的路時，只穿著駱駝毛的衣服，喫的是蝗蟲野蜜，這是何等的辛勞。他甚至謙卑地尊耶穌為大，把他所建立的勳業拱手讓給耶穌，比起人說耶穌是貪食好酒的人，是稅吏和罪人的朋友，何等的高貴和純潔。當然耶穌還有更遠大的使命，不能責怪他沒有想法解救約翰大兄。那麼耶穌退到野地裡去做什麼呢？除了醫治勞苦的疾病的眾人外，這一次他要做出一個大花樣來，與希律殺約翰這樣富戲劇性的事相比照。

天將晚的時候，門徒進前來說，這時野地，時候已經過了；請叫眾人散開，他們好往村子裡去，自己買喫的。耶穌說，不用他們去，你們給他們喫罷。門徒說，我們這裡只有五個餅，兩條魚。耶穌說，拿過來給我。於是吩咐眾人坐在草地上；就拿著這五個餅，兩條魚，望著天，祝福，擘開餅，遞給門徒；門徒又遞給眾人。他們都喫，並且喫飽了；把剩下的零碎收拾起來，裝滿了十二個籃子。喫的人，除了婦女孩子，約有五千。

依照這種事實而言，是沒有人能夠去相信的；現代舞台上的魔術師，在他那頂禮帽的底部，可以拿出鴿子，花朵，衣物和兔子，甚至在他穿著的禮服內裡，可以拿出上百件的東西，一塊錢可以變成千萬元；我們知道全是假的，魔術而已。但上段記載的涵義，並不是一個單純的神蹟，此神蹟是匯集了五千人的渴望意志；這種眾人的意志力量，使一個物品的數量由少轉化為多。我相信他們是吃飽了，如我在場我也以為我吃飽了，且覺得滿足，因為我和他們一樣處在野地裡，是不可能回去取食的；精神使他們意為滿足。或者是經過耶穌的門徒的安排，有可能由他們去供給眾人的食物；因為出現了籃子，就很可能早就準備帶來喫的東西了。但我知道這樣的說法，一定有人反對；事實上我這樣說也許合乎實情，但我也不喜歡這種說法；我更喜歡對神更做一番的詮釋。

在古代，人們對超自然的事，是很表驚奇，甚至去相信它的存在；就像現在還有人對某種神靈或法術還具有深沉的恐懼感。下面是我親身的遭遇：有一天晌午，我前往士林訪友；未著，我走到廟堂前的攤子吃麵；一張桌子坐著幾位互不相識的人，各自點食；其中有一位半醉的中年男子，無故對我攀談，張著銅鈴般的眼珠盯住我，說他有法術可使任何人依照他的詛咒行動。他說曾使一位騎腳車兜賣布匹的人出不了村子，在鄉村的路子繞轉不停，只因為那賣布的人不相信他。當他比手劃腳得意地形容那位騎車賣布人，默默而木僵如傀儡般繞走村道的模樣時，像是千真萬確似地，而使周圍傾聽的人點頭稱是，而我卻低頭產生恐怖的寒顫；他說，如我不相信，他現在也能使我定身不動，或站，或哭，或笑，或脫褲子滿街跑，或在地上如禽獸爬動；問我要不要試試看。我的天啊！這是怎樣的遭遇，顯然我被他的問話嚇住了。我心裡雖不喜歡他，想反抗他，但我不敢在他面前鐵齒說不相信；如果他真讓我在那大庭廣眾之下獻醜，我真不知如何是好；或和他起言語的衝突，我是個外出人，像那位賣布人一樣，也許對方使出了暴力。於是我未交一語，匆匆不快樂地走了。不論是神蹟或法術，如果醜惡的臨到自己的身上是非常的難堪的。但如果是好神蹟，莫不使人深覺安慰，尤其是得不到現實滿足的貧病的大眾，莫不心生嚮往。以現代而言，奇蹟到處都是，反而不覺得有什麼神奇了，因為每天都能看到天上飛行的機器，在電視上看到人的表演，衛星轉播，在電話中聽到遠方人的聲音，甚至有人登陸月球。所以從神蹟的意涵上來講，由於眾人的渴望意志產生了一致性的意願，我承認那五個餅二條魚供五千人吃飽，是千真萬確的事實。晚安。

第十五章　真髒

本章一開始耶穌就和幾個從耶路撒冷來的法利賽人和文士鬪了幾嘴；那時有法利賽人和文士，從耶路撒冷來見耶穌說，

Why do thy disciples transgress the tradition of the elders? For they wash not their hands when they eat bread.

「你的門徒為什麼犯古人的遺傳呢？因為喫飯的時候，他們不洗手。」

我們知道吃東西要不要洗手，這是純私人的事，與他們官家有甚相干呢？這種干涉個人權益的事，有如現在的觀察捉到留長頭髮的人，就處以違警一樣，認為敗壞風俗。到底中國

人要不要留長髮的問題，有識之士必能贊同適度的留長頭髮，總比僅在頭頂留一叢毛或理光頭美觀而有用；因為頭髮的存在可以緩衝意外的打擊，或避免猛烈的太陽曬。我為那些青春活潑可愛的女學生被迫剪成鴨屁股式的短髮而難過，在教育上造成師長和學生間的不愉快和仇恨。如果像法利賽人一樣處處為了傳統的理由找人麻煩，試問，我們的頭髮和衣飾該遵何樣傳統？漢朝式的，宋朝式的，明朝式的，清朝式的？現今的民族主義者和悲憤的鄉土派，應該發誓永生不穿西裝，不吃西餐；如到外國旅行，也要堅持吃米飯，否則寧可餓著肚子；並且應該組隊把清華大學的原子爐破壞掉，把氣象台搗毀；不坐汽車，只剩牛車，不看電影只許看京戲；自我嚴格約束，不能越軌。如有這種龍種，我們也誠服欽佩了；但是我想，他們未必能做到純粹。耶穌對前來無理取鬧的法利賽人和文士回嘴道：

Why do ye also transgress the commandment of God because of your tradition? For God said, Honour thy father and thy mother: and, He that speaketh evil of father or mother,let him die the death. But ye say, Whosoever shall say to his father or his mother, That wherewith thou mightiest have been profited by me is given to God; he shall not honour his father. And ye have made void the word of God because of your tradition.

「你們為什麼因著你們的遺傳，犯神的誡命呢？神說，當孝敬父母；又說，咒罵父母的，必治死他。你們倒說，無論何人對父母說，我所當奉給你的，已經做了供獻；他就可以不孝敬父母。這就是你們藉著遺傳，廢了神的誡命。」

耶穌又說，假冒為善的人哪！以賽亞指著你們說的預言，是不錯的；他說：「這百姓用嘴唇尊敬我，心卻遠離我；他們將人的吩咐，當作道理教導人，所以拜我也是枉然。」現在應該明瞭《聖經》裡的對抗形式，永遠是神權對抗人世王權；但誰勝誰敗，還沒有分曉；可是神權的觀念確立了宗教信仰的產生，這是我們都明白的事。披讀《聖經》有如觀賞一部角色明銳的戲劇，並不是看一次就滿足的；因為它的精彩內容，使我們想到時就要重看一次；而且每一次看都會有加增印象的感受。這部改革史的情節，也並不全然很合理，但它讓我們看出破綻而培養不少我們的理性，尤其談到思想的問題時，使我們產生種種不解的疑惑；但要是現今的人肯相信今日人類的成就，都是經過神靈的啟示而後創造發明的，把一切的榮耀歸於神，對於經文中的神蹟的不合理性，就不以為意了。有人說，科學的工作是為了消除對神的迷信，科學與信仰形成對立，這種說法是將邪惡的法術混淆了宗教所崇拜的神，也是一種表面淺顯的看法，只求證於眼前細小的事物，而沒有深遠的洞識；因為造物者的存在是曾經過許多智慧人物的邏輯思考證驗的，凡我們眼見的自然現象的存在，都能證明有一個最高主宰；只要我們懷疑眼見的事物都是從何而發生的，最後都能推演和指出一個造物主的存在；科學本身的涵義是一種求證的方法，所謂科學精神與信仰意涵是相似的，它的最終極的目的，是為了探求自然的來源，為尋求造物者的存在所建立的繁複和縝密的使命工作。在這個信仰的形上思想上，我們也許可以做個初步的瞭解，人類的存在是被付託有返回膜拜造物主的使命。我應該停止談論這方面深奧的問題，因為先前的智慧大師和後來的智慧之士，都能為這問題提出讓人滿意的解釋；我的認知亦不過是拾人牙慧而已，只是我現在有興趣披讀經文，叫我想到這類形上的事，而將感想一併記下來，看到這筆記的人，一定能諒解我的無知和淺薄。《聖經》對我的益處，目前是解除了某些生活和思想中遭到的困厄，我想藉此而增長生活和思想信心；那麼由我本身有限的智識作出發，去解釋這部奇妙的史實，必然地不能合乎其他人的口味；可是我確信有人能夠原諒我此時的無聊，把披讀經文用來填補虛無的時間；所以我的目的純粹是為了好奇，和個人的理由，絕對不是想向權威做挑戰。剛才法利賽人和文士指問耶穌說，他的門徒的行為犯了古人的傳統，耶穌駁說，他們的傳統犯了神的誡命。無疑，法利賽人指出他們吃飯不洗手，意思是指他們很粗鄙和沒有教養；因為麵包對人類來說是神聖之物，是活命所必需；小時候我母親也告誡我們，不可將米飯粒丟棄於地面上。可是在耶穌的理念中，一個人的習慣粗鄙是一件小事，是私人的事，而真正最嚴重的是為自己的貪欲而侵犯別人的自由，並且違背良心。耶穌這樣說：

Not that which entereth lips; But their heart is far from but that which proceedeth out of the mouth, this defileth the man.

「入口的不能污穢人，出口的乃能污穢人。」

彼得不明白，耶穌便說：豈不知凡入口的，是運到肚子裡，又落在茅廁裡麼？惟獨出口的，是從心裡發出來的，這纔污穢人。因為從心裡發出來的，有惡念，凶殺，姦淫，苟合，偷盜，妄證，謗讟；這都是污穢人的；至於不洗手喫飯，那卻不污穢人。

從這裡我們便看出耶穌舉神的名對抗現世王權的意旨了。他罵法利賽人和文士是假冒為善的人，從上面喫麵包不洗手的風波就能看出來。並且認為現世的王權猶如瞎眼領路的；若是瞎子領瞎子，兩個人都要掉在坑裡。他又說，凡栽種的物，若不是我父栽種的，必要拔出來。我認為這樣說未免太霸氣了一點，不過，看見那些法利賽人和文士為虎作倀，百般挑剔百姓，也難怪他要生氣。

本章後半部是重複著上章五個餅兩條魚餵飽五千人的神蹟；不過這一次數目上有了改變，是七個餅和幾條小魚，只餵飽了四千人；上回還留下十二個筐子的零碎食物，這一次只剩下七個筐子；數目不同，意思一樣，像這樣的事已經乏善可陳了。晚安。

第十六章　十字架之路

當一個人經歷了一生的操勞，付盡了他大部份心力，為公為私都秉持著正道，懷抱著人世公正與自由的理想，而時代環境依然不見改善，且逆道而行時，他會覺得心灰意冷，頹喪哀嘆；當一個人做了一家之主，勤勞工作賺取一家人的生活，對於子女施出愛護之心，懷抱著對他們的莫大希望，把自己的所有時間都貢獻出來教育他們，但他們仍然蠻頑不馴，不聽勸教，越變越劣時，他會覺得心灰意冷，想到自己空費了勞心；可是他又不發脾氣，仍然心懷慈悲，知道他擁有的時間已不多，不願改變慣有的慈善為人的態度，寧可支撐下去，燒完剩下的柴木照亮別人；為求心安，不想前功放棄，但他已不再奢求什麼額外的酬報，瞭解人生只依天賦的能力盡力做到應付的本份；想到過去的時光一如春水東流，不再回轉，而來日已不多時，他的表情冷靜地看著眼前存在的事物，他的思想處在一種越過現實的範圍，凌高飛翔，在便於環視大地的天上；他擁有一種透視一切的智慧，集思往昔的一切經驗，對眼前的事物作了預言，他發言的聲音有別於一般人，說出來的話語重心長，他的表情是特殊的，不是平時相處時那種親熱，倒像是冷默的陌生人；他的眼光是奇異的，平時黑白分明，視能及物的眼珠，好像消失了，變成發光的兩個孔洞，只射出照耀的光芒，而無去讓人仰視。你會說這個人的神魂已經脫離他的軀體了；他說出的話打入人的心坎，使人感覺顫慄和怪異；你意想把他從此種失魄的狀態，挽回到你如昔相等的地位，你覺得他和你之間有如兩種境界，但已經太遲了。雖然這樣的一個人，和你是相似肉軀的人類，可是我們知道他內在的思辨，感受的神經，發出的威力，已超過平常人的所能思辨和感受，和種種的作為。要是有人問他為何扮成這等樣相，他不知怎樣回答你，也不回答你，讓你看到他時感到不可思議，認為他一定著了魔。但是仔細從他的作為和語言去推斷，他不是著了什麼邪魔；因為他不說出破壞性的亂語，也不作出無章程的狂暴，他的身體沒有那具不規則的彈簧，因此絕不皮肉亂跳而引人發笑；他雖被指為著魔，但他是安靜的，嚴肅的，語如詩，如寓言，如預言，不會和任何人生起爭執和打鬪；甚至瀰漫在他身圍的氣氛，都會令人產生敬畏；他已經不是你的平時朋友，兄弟，或父母，你感覺的確似有神靈附在他身裡，使他由平時的樣子一躍為不同凡響。你聽他不聽他都由你便，可是你不得不承認他的言行震撼了你。不知道是否有人還記得，十多年前在台北的一家戲院，映過一部希臘人拍的電影，原名叫《此人必死》，故事中有一個口齒不清，膽怯納悶的牧羊人，在土耳其人的驕奢淫佚的統治下，他生活在一個鄉村小鎮；他受盡鄉人的揶揄，和愛人的蔑視；但土耳其人的苛政和欺凌，鄉人的懦弱和鄉愿，激起他發出流利的正義之言，前後判若兩人，最後受到十字架的磔刑。凡看過這部電影的人，莫不稱讚導演編撰這部戲的成功。而在這一章裡，耶穌的表象同樣令我同感，我想一個沒有多少生活經歷，受過歲月洗淘的人，是聽不懂他的語意所指為何。他把憨直愚魯的彼得說得愧疚難擋，卻也把將來的重擔託付給他。看著罷，諸位：

首先法利賽人和撒都該人又來搗蛋，要耶穌顯神蹟給他們看。我們如何感受神蹟的存在？耶穌說神蹟不是供人的眼睛看的；眼睛或許只是一個視覺機關，只能接收表象而不分辨內涵；所以對於神蹟的感受，耶穌這樣說：

「晚上天發紅，你們就說，天必要晴。早晨天發紅，又發黑，你們就說，今日必有風雨。你們知道分辨天上的氣色，倒不能分辨這時候的神蹟。」

耶穌說，一個邪惡淫亂的世代求神蹟，除了約拿的神蹟以外，再沒有神蹟給他看；耶穌不理會他們走了。他警告門徒要防備法利賽人和撒都該人的教訓；我們應該還記憶，第二次世界大戰前，納粹黨人和法西斯黨人，所建立的強權，對人民的教訓；其意相同。在當時，世態混亂，到底誰是真正的人子，是施洗約翰，或是以利亞，或是耶利米，或是先知裡的一位，眾說紛紜；耶穌問門徒我是誰？西門得回答說，你是基督，是永生神的兒子。耶穌對他說，西門巴約拿，你是有福的！因為這不是屬血肉的指示你的，乃是我在天上的父指示的。因此，他把將來世界的權柄交給他：耶穌說，我還告訴你，你是彼得，我要把我的教會建造在這磐石上；陰間的權柄，不能勝過他。我要把天國的鑰匙給你；凡你在地上所捆綁的，在天上也要捆綁；凡你在地上所釋放的，在天上也要釋放。

從此耶穌纔指示門徒，他必須上耶路撒冷去，受長老祭司長文士許多的苦，並且被殺，第三日復活。從意志裡所發出來的決定是難能挽留的；但其言無不讓人聽到後，覺得心酸落淚。我年少時，正值台灣光復，母親在父親逝世後，獨撐一家生活的重擔；她是軟弱的婦人之輩，從早到晚辛勞地在鄉下挑東西做生意，肉肩上挑著擔子，赤腳步行；有一天黃昏歸來，疲勞已極，病倒在床上，把我們叫到床邊，看到我們年幼無知，不好學又頑劣不堪，常為微細的事，兄弟姐妹發生爭吵，她傷心地說道，她希望早一天脫離苦海，只要我們長大能自立，她會獨自一人離開我們，往他處去；我們聽到這樣的話，感覺無依已極，跪在床前，捉住她的手，哭泣不已。耶穌說要去就死，彼得就拉著他，勸他說，主啊，萬不可如此；這事必不臨到你身上。彼得是個表面人情做得徹底的人，耶穌轉過來對他說：撒旦！退我後邊去罷；你是絆我腳的；因為你不體貼神的意思，只體貼人的意思。事到如今，耶穌說的正是，對於他招呼門徒，若有人要跟從我，就當捨己，背起他的十字架來跟從我。

在此章裡，我說了許多比原文意思更多的雜話，請諸君原諒。晚安。

第十七章　變容

我並不太清楚神蹟的概念是什麼，但一路觀賞下來，從耶穌降生到現在他走上山頂，對門徒顯露出神聖光芒的形象為止，終於獲得一些感受的印象。開始時，我抱著懷疑和好奇的態度，認為耶穌的行徑並不合乎自然現象，不能為我們理性的思考所接受，認為他的治病的異能，可能是魔術的伎倆；可是一次又一次他使瞎子能看，使聾子能聽，使瘸子行走，把鬼從人的身裡趕走，這種動人景象漸漸使我改變想法，認為這畢竟在意味著什麼更為奧妙的寓義。由於經文是優秀的詩體形式，不似一般的散文，使我領悟到耶穌的義行，完全代表一種內心力量的啟示；他對窮苦受剝削和被壓制的人的憐憫情感，就可能直接的表現在他的行為中；無疑地，以治醫他們然後宣佈天國的福音，這完全是一種連續而有效的啟智的作為。他的行為意志，以及不畏死的決心，使門徒把他看成神聖的形象，所謂神蹟便可能獲得一般的承認和讚美；因為整個神蹟的表象，本身是一種特殊而有說服力的精緻語言，這種高貴的形象便直接為我心所感動和接受，形成可資贊同的神蹟的概念。

在我未出生到這個世界生活之前，西方的哲學家有如斯賓諾莎，他已經以一種仔細、公正和毫不妥協的精神，不做任何有關《聖經》的假說，要是沒有看清其中傳下的信條，決不將之歸於《聖經》，以如此的戰戰兢兢的態度，構成一種解釋《聖經》的方法。對斯賓諾莎而言，他已經非常的清楚，先知身上的神性並不是他們的預言，而是他們崇高的生活；而他們傳教的主要課題是宗教賴於行善，不在常做儀式。對於後面這一點，現在我只是先做一個提示；因為在這部〈馬太福音〉裡，耶穌的義行是個主體，而宗教的事是他在十字架上死後延續的工作，我不應該在此多加混淆去談論它；因為宗教的問題是神學家的主要工作，像我就無能窺見它的堂奧。讓我們回到談神蹟的事。斯賓諾莎以為，載於《聖經》中的神蹟，真的打斷了自然普遍的運行嗎？人類的罪真的導致水火之災，有如所多瑪城的毀滅一樣嗎？而人類的祈禱真的造福了世間嗎？這一類的故事，斯賓諾莎提示說，是《聖經》的作者用來達到一般人的瞭解，並感動他們向善和虔誠；我們不必堅持相信這些。我們的確不能完全接受那些有如魔術和佈景的表象，正如斯賓諾莎所說的，凡是違反自然的，一定違反理性，凡是違反理性的，便是荒謬。但是我們仍然要接受它，不是將它視為自然的真實去接受，而是透過想像力轉變成觀念的形式，其目的是把耶穌的義行視為一種典範。

我們知道，在我們生活的環境裡，也包繞著某些神蹟的氣氛，它們的由來，也十分的久遠；依我們所知的瞭解，在鄉村和城市有許多製造神蹟的人，供奉著各不相同的偶像神明，招引無數的人前往祈求和膜拜；從感覺上來說，這些偶像神明似乎都是一些小神，他們自何而來，有許多道聽塗說的曖昧說法，使人無法去思辨和理解，卻有一股恐嚇人的意味，有如地方派系的小勢力，只要踏進那地方，便叫人心驚膽跳，比起耶穌所闡明的造物主上帝的全能偉大和慈善，適成明顯的高下的對比。從神學的冥思到哲學的理性思辨，我完全信服湯姆斯·阿奎那和愛因斯坦所相信存在和敬畏的上帝。回觀我們東方的世界，某些神明的確立，也可以考查，但出發點則不相同；民間所舉而普遍信仰的神明，也有由於追懷他們的善行，他們曾生存於某一個遠古時期，如媽祖，或土地的守護者土地公；從商的人拜關雲長稱為關帝，是居於他的忠義性格；這些神明的存在可使一般百姓獲得某些心理的安慰，不論我們要不要前往膜拜，我們似乎沒有理由否定他們的存在；只要廟堂的管理，合乎誠實的原則，似乎也可視為地方上莊嚴美麗的景觀；但在觀念上，造物主上帝是唯一的真神，耶穌或像上舉的慈心忠義的人，以及我們所知的賢人，都應視為神的兒子，是善的直系親屬，他們的行為是後人的典範，如我們奉仰他們，便通稱為基督徒，或觀音菩薩的信徒。至於暗設於住屋中，專供人去行法術的神，我們總是聽到許多他們蠱惑善男信女的事，官家也捉到無數藉神名行欺詐和姦淫的神棍，他們利用某些人內心諱疾的弱點，進行圖利自己的勾當；因為國家沒有一統的宗教，致使他們恣意狂存，又受到地方某些勢力人士的保護，更加猖行無道；國家律法雖然讓百姓有宗教自由，可是他們的行徑不能算為宗教，根本就是一種邪行，其存在是不應該的。我們深深為國家不能貫徹律法，保護一般較為無知的民眾而感到不安，因為設立邪神的人，他們的自私和不義，適與耶穌的捨己為人的慈悲和義行，形成了極大的對比，已經大大地危害我們生活的環境，以及破壞我們所賴以生存的思想和觀念。耶穌使瞎子能視，他們卻使無知而受蠱惑的婦人走進失貞的陷阱；耶穌行異能用五個餅兩條魚餵飽五千人，而他們卻行法術搶奪人的錢財珠寶；耶穌給貧病者天國福音的希望，他們卻行恐嚇而受到他們的擺佈和支配；這種神聖和邪惡的對比，在東西方民族的性格上，從上面列舉的事體就可以看得出來，而且在其他的許多事物上也一樣有明顯的對照。此時節，許多有識之士正在大力推行鄉土的精神，以便恢復自滿清遭到外辱以來失去的民族自尊心，但我衷心的祈望，萬萬不可將我上面列舉的行騙伎倆，和邪惡的意志，視為我們珍貴的鄉土精神；我想進一步說，這個地球世界是屬於人類和其他萬物共有和存在的，國與國，或鄉鄰之間的意識對抗，將會演成戰爭和打鬪；守舊的主義已成歷史，現在正應該培養天下一家，四海皆兄弟的觀念；耶穌所想改革的，正是那時建立國家強權統治的制度；凡是武力所搶奪的，必會再為武力所打敗；我們生存時感到快樂幸福的事，多得讓我們做不完而感嘆人生的短促，為何還要花時間去做邪惡的勾當呢？在本章裡，我還沒有提到某些節段，還沒有大概地敘述故事情節，現在我只筆記一節，以便加深仰視耶穌尊容的印象；在此之前，我一直將耶穌視為與我們同等面容的人，到此時，他因其德行而有所轉變；此時，正是耶穌帶著彼得，雅各，和雅各的兄弟約翰，步上高山的一個地方：

And, he was transfigured before them: and his face did shine as the sun, and his garments became white as the light.

「就在他們面前變了形象；臉面明亮如日頭，衣裳潔白如光。」

僅此，其他的我就不再提了；我在前面所說的感想，已經包含了這一章的故事內容，耶穌受我的敬仰也從這一章有了新的意義；如果我在以後的章節，還有某些批評和懷疑，那是我一貫寫作的性格，是早年就養成的習慣，希望不致影響看我筆記的人的一貫態度，不致誤會我內心的本旨。最後，我要以一段斯賓諾莎，這位我喜愛的哲人的話，加入我的筆記，做為本章敘述的結尾。前面說到他以一種仔細、公正和毫不妥協的精神研讀《聖經》；其結果是使他越來越傾慕耶穌基督；他不接受基督死而復活的觀念，但他自己十分同情於耶穌的傳教，而相信他自己從上帝那兒得到特別的啟示：

「一個人能只憑純粹的直覺，而體會既不包含於我們自然知識基礎的觀念，或不能從此推論出的觀念，必然擁有遠超乎其同一類人的心靈；我也不相信，除了基督，而有任何人得厚賜。上帝引向永生的聖儀，對他直接地顯示出來，不用語言或視覺，因此上帝藉著基督的心藉著基督的心靈，將他自己顯示給基督的使徒，猶如他以前藉著超自然的聲音，把自己顯示給摩西。依照這種解釋，基督的聲音，像摩西所聽到的聲音，可以稱之為上帝的聲音；也可以說上帝的智慧寄託於基督的人性之中，並且基督就是永生之道。……基督與上帝用心靈溝通。因此我們可以下結論說，除了基督，沒有人不藉著想像的幫助，不管用語言或視覺，而接受到上帝的啟示。」

第十八章　迷失的羊

在天國與人間的對比，神權與王權的比照中，雙方所排出來做為區別本質的實例，是很有趣的，那就是天國中的單純潔淨，對照人間的貪婪強慾。我們都還記得做小孩子時，由於無知好奇常問父母或長輩們，在諸多天神中哪個最大，或詢問在這現世的人間裡哪一個人最大；現在想起來，問過這件事實在真愚蠢無知；一個生命開始要進入這種知識的階段，就像跳入於波濤洶湧的泛海裡，從此要在那搖擺不定的波浪中掙扎求生。市井巷衖的婦人家，常罵好玩作戲的童子為「夭壽囝仔」；被人這樣罵好像是不名譽的事，心裡感到羞忿；其實正相反，有人主張，在做孩子時就離世歸天是很有福氣的；那麼世間的價值觀，真可說是逆道而行了。所以門徒問耶穌說，天國裡誰是最大的，耶穌便叫一個小孩子來，使他站在他們當中，說，

Verily I say unto you, Except ye turn, and become as little children, ye shall in no wise enter into the Kingdom of heaven. Whosoever therefore shall humble himself as this little child, the same is the greatest in the kingdom of heaven.

「我實在告訴你們，你們若不回轉，變成小孩的樣式，斷不得進天國。所以凡自己謙卑

像這小孩子的，他在天國裡就是最大的。」

那麼，要在成長的人生裡，保持純潔無污，是很難的一件事；因為人世的環境有如一個巨大的污泥池塘，人與人之間，在這口污泥池塘裡互相惡作劇，把人絆倒；看到那被人絆倒的滿身滿臉沾污的滑稽形貌，就哈哈大笑起來。即使大家都擁擠在這口污泥池塘，耶穌世故地說，絆倒人的事是免不了的；但他警告說，那絆倒人的有禍了！尤其不應該讓弱小的小孩跌倒。但我們知道，絆倒人有時是有意，有時是無意間的事；也有笨拙的自己絆倒自己，讓人更覺好玩好笑。不過，如能知錯悔改，多少能尋得一些補救，耶穌訓示門徒，就用這帖藥方：

Ane if thy hand or thy foot causeth thee to stumble, cut it off, and cast it from thee: it is good for thee to enter into life maimed or halt, rather than having two hands or two feet to be cast into the eternal fire. And if thine eye causeth hee to stumble, pluck it out, and cast it from thee: it is good for thee to enter into life with one eye, rather than having two eyes to be cast into the hell of fire.

「倘若你一隻手，或是一隻腳，叫你跌倒，就砍下來丟掉；你缺一隻手，或是一隻腳，進入永生，強如有兩手兩腳，被丟在永火裡。倘若你一隻眼叫你跌倒，就把他剜出來丟掉；你只有一隻眼進入永生，強如有兩隻眼被丟在地獄的火裡。」

有識之士都能理性地探知心理問題，一路觀賞下來，我們不能照字面去解釋耶穌心狠詞嚴的意思；因為這兩節話，明顯的完全是寓義。但從目前精微的醫道而言，要是生理機能的病壞，其實也符合那些字面的說法，莫不是直接將壞手砍掉，壞眼挖掉，壞腸胃切掉，甚至乾脆將壞心臟換掉。耶穌每次所說的話總讓人誤解，要歸咎於他直覺的語言，使現代人感到語義含混，有如現代神經病的詩人，指桑罵槐，錯把心理當為生理，或心理生理混為一談。那麼一個知識人必須將思考訓練成明辨是非，視語言為圖樣，視圖像為語言，視音樂為語言，視語言為聲音，將這種現代藝術的手法，磨鍊成熟，才能探求這個世界的浩瀚知識和生命奧義，有如耶穌說的，將創世以來隱藏的事發明出來，進而瞭解和享受人生。如果凡事只用一個公式去應用，必定會時常出錯；如果再不檢討這個公式是否已經失靈不能用了，那就更糟不可言了；有如一條舊時的律法，因為沒有適時修訂，而羈絆和限制的人事一樣。只要我們用藝術的眼光，來觀賞這部用藝術的手法寫成的藝術的書，且把耶穌當為藝術家，那麼我們的心情才能常保輕鬆愉快，不至於因耶穌的直心直語的冒犯，而暴跳如雷，把這本自有人類以來最好的書，撕成粉碎，遇到基督徒和外國神父，就吐口水，說他們狗屁精，把中國人信奉基督教的，罵成賣國賊和洋奴隸，把修學西洋知識的說成知識買辦，而一心固執鄉土，視那挺身在你面前說「幹你娘」的，你便認為才是真正愛國愛鄉的好漢子。

所以，現在我們已經知道，耶穌是個了不起的心理專家，他比我們早知道，「心」這個東西，是一切力量的總源，天國和上帝都包容在這個「心」中，而邪惡的魔鬼，無不時刻想搶奪佔據這個佳地，以做為他施展惡戲的大本營。為了這個不容忽視的事實，耶穌才不顧將被釘十字架的犧牲精神，出來宣告世人要善保和拯救這個重要基地。這位心理大師說，好比一個擁有一百隻羊的人，其中一隻羊走迷了路，他往山裡去找，若是找著了，那麼他為這一隻羊歡喜，比為那沒有迷路的九十九隻羊還更歡喜，你們在天上的父，也是這樣不願意這小子裡失喪一個。對於心靈陣地，無論如何，耶穌要和魔鬼寸地必爭，不能對惡魔稍有讓步。但是對於和我們相同的人類而言，耶穌的慈懷，猶如你我的母親，總是一視同仁。他說，有人帶了一個欠一千萬銀子的人來，因為他沒有什麼償還之物，主人吩咐把他和他妻子兒女，並一切所有的都賣了償還。那僕人跪下來哀求寬容他，將來他都要還清。於是動了慈心的主人把他釋放了，並且免了他的債。那個人出來後遇見他的一個同伴，欠他十兩銀子，便揪著他，掐住他的喉嚨，要他還債，他的同伴就俯伏央求他寬容，他硬不肯，把他告官下在監牢裡。眾人看到這等事，轉告那位主人，主人叫他來，對他說，你這惡奴才，你央求我，我就把你所欠方都免了，你不應當憐恤你的同伴，像我憐恤你麼？主人忍無可忍，把他交給掌刑的去了。耶穌說：天國好像一個王，要和他僕人算帳。又說：你們各人，若不從心裡饒恕你的兄弟，我天父也要這樣待你們了。像小孩子好問的彼得進來，他還有點疑惑不明白，對耶穌說，主啊！我弟兄得罪我，我當饒恕他幾次呢？到七次可以麼？耶穌說：

I say not unto thee, Until seven times; but, Until seventy times seven.

「我對你說，不是到七次，乃是到七十個七次。」

晚安。

第十九章　題外話

1. and it came to pass when Jesus had finished these words, he departed from Galilee, and came into the borders of Judæa beyond Jordan;

2. And great multitudes followed him; and he healed them there.

「耶穌說完了這些話，就離開加利利，來到猶太的境界，約旦河外；有許多人跟著他；他就在那裡把他們的病治好了。」

漸漸地，我非常喜愛每一章節這樣的開頭，說教的內容被這時間的流動感，和地域的變換性所溶化了，成為很吸引人的特殊情節；有如《水滸傳》裡，充滿砍殺的行動，卻被人物的交替換場，和迅來流動的多樣地勢，而形成不枯燥的動態。經文中這種簡單約略的交代，與小說中細膩繁複的描述，在藝術的領域裡，同樣收到適如其份的作用。設若將耶穌的行程，改以風景的方式詳細撰描，無疑會搶奪了其主要內容的地位，使人的思考的精粹部份受到了分散，而減淺了其德行貫注的功效。前面第一節的文字，因其以約簡呈現多樣的內容，便產生直述的優美。文章之美，不工於內容的變異成份，而在於佈局的適切；尤其高貴的文章，總是顯露其坦誠清晰的輪廓，讓人感受到此種容貌，而充滿欣悅的心情；這種佳妙的享受，與日常的口慾之樂，有著極大性質的區別，一個愛好自由自在的人，常對此種逍遣不能釋手。

這種境界的感受，我們不能忘懷一路讀下來，受其詩體文字的感染；斷章而讀，便無此受惠的感想。我特別在開頭闡明本章的頭一二節，還有一個重大理由，乃是這相接的兩節，在讀後的感受上，也有極不同的性質。不論諸君多麼無時間無耐性，極欲知道以下耶穌的訓話內容，我仍要暫時撇下那些重要的訓教，而說出我的敏感的特性，以便揭示披讀這種平常的組句，卻有神奇的妙處，從一種現實功利的攫取的態度，改換成純粹無為的欣賞態度。諸君聽到我如此說，不妨重讀一次這開頭的兩節，我相信有人已經看出來而想到了。起疑的人士一定非常不滿我的冗言，認為像治癒的事，前幾章都出現過多次，在此回裡出現也沒什麼特別，為何要如此地自欺欺人呢？我本來不想多加嘵舌提到此點，可是我認為這部經文並非與文學沒有關係，反而是關係重大，我想有人會贊同我的觀點。諸君一定能贊同我的態度和方法，從開始第一章第一節起，我是以一個完全凡俗的立場展開披讀的，並不知道這部經文藏有什麼奧妙，看到開始那威嚇人的家譜排場，簡直是讓人生氣，生出排斥的心理，認為它的安排粗俗無趣，所說出的事實簡直叫人不堪相信，只能對撰寫者的用心給予某些體諒。可是一路讀下來，漸漸地感覺它非比尋常的魅力，覺得它也並不強求我們去相信，它只顧本態地演示下去，漸漸讓人要去特加地注目，加一層非比尋常的思考，也讓人產生與現實的計益不相同的觀念，終於看清楚它的面目，就像在十七章裡，顯露面如太陽，身如白光的耶穌的性質一樣。從這一分野開始，往下我的感覺性質和程度，也就全非昔比；即使情節相同的文字在前面已經出現過，我便不能不忠實地將我的激動表露出來，以便分別出我現在的感受比先前要完整：從凡俗的偏激觀念，移向理性和感性的融合。不論我將來是否會皈依基督成基督徒，這事非常不重要，即使將來我是，我相信不會有人誤會我的企圖；我真正的意圖在於考驗我自己是否能捨掉頑固的主見，而盤坐在信仰的思維裡；我非常明白我選擇福音書做為試煉的踏腳石，或許高估了我的能力；但是無論何種事體都有一個開始，只要多加謹慎和耐心從事，或許能夠削減我這有點滑稽的走步的模樣。

譬如，現在我竟棄主題而說到我私人的立場，我應該解釋那兩節的不同處，而卻在回述讀過的章節；但是這兩者的事並沒有關係，我私人立場正是我對經文的全盤觀感所在。我們知道，世界上充滿著解釋《聖經》的專家學者，要圓解經文，其途徑多得不可枚舉，像斯賓諾莎，而且至今還未有人在真摯和中肯上超過他的立場。所以我所重視的，不在與前人相重複，而是儘量採取純粹的文學欣賞；至於批評就只能用通俗的一般經驗，不要讓人叫起我臭基督教徒；所以往後的工作，也許直接釋經的地方少，但與經文有關的雜談多。如果諸位沒有興趣，應該在此摔掉，以免付出了時間和精神後，反而罵起我來，坦白說，這樣會傷害你自己，但我卻毫無受損，因為我下了決心就非貫徹到底不可。我們同存於此時空，為何不能就現世的事，互相磋磨研討呢？我坦誠地先說出我的意見，然後我也要聽聽你們說了什麼。

不錯，我們回頭來，說那第一節耶穌的神速動作，打破了我們生活時間的觀念，使我們得有無累贅而俐落的解脫感，這是文字在此供給我們對現實事態變換成非現實事態，但具有真實感的好處，而看到耶穌本人有如一位瀟脫的美男子，他的來去自如的風度令人嚮往，只有兩秒鐘的時間（閱讀的時限），他已經從加利利走過羣山萬水，到達了約旦河外的猶太區域；在這兩秒鐘之前，才說完對一羣人的訓話，而兩秒鐘之後，又面對另一羣人，而且是比前面更大的羣眾。「他在那裡把他們治好了」這句話，使我從那種喜悅神奇飛行的快感，沉落到深沉的悲憫，使我不得不問起治療他們什麼？他們有什麼需要耶穌治癒的病痛？怎樣醫治？現在我已不再懷疑耶穌是否有高明的醫術，也不關心他們是否完全被治癒，因為這些問題是我不能為我解決的，別人說什麼我也無所謂；我只關注一種景象，為何到處有那麼多可憐的民眾，他們聚集成一羣是為了什麼？他們跟隨耶穌是否愚蠢無知，我也不計較，我只重視他們的存在；好像這些面露愚魯和痛苦表情的民眾，似乎從耶穌的時代或更前的時代，或二千年後的現在，就一直存在著沒有消失；他們似乎不老，也不死，而且永遠是這般人，使我深費不解；甚至有人計劃殺盡他們，但似乎也殺不完；他們像一羣讓人討厭的無賴，拋都拋不掉，永遠跟隨著你，在你的左右，隨時隨地可以看到；他們是人類存在的奇恥大辱，使我們活著產生極大的不快活，好像他們身上發出的臭氣，瀰漫在我們的餐桌上，在我們談情說愛時，躲在隱蔽的角落窺視我們，在我們睡眠中進來騷擾我們盼獲的清靜，使我們清澈的腦幕，佈滿他們污黑骯髒的影像，他們凝注的眼神使我們感到害怕。你說，有他們的存在，你的日子到底怎樣過的？當他們襤褸地從寒冬的街道走過，你正在一所宴會的大廈從窗戶看到他們，你的感想如何？看到他們整羣的追隨你時，你該有何種心情？你在他們面前顯露的容貌如何？請你替面對他們的耶穌想想他的狀況，在此兩秒鐘的間隔，他前後面對兩羣這種人。耶穌根本不是我們想像的在旅行中英俊快樂的美男子，而是我們看到或想到時，都會想分擔他的憂患，是個不折不扣充滿悲憫的蒼白表情的不快樂的人。我應該相信，我把整個事實說出來後，諸位將會同感於我的觀點。這就是不甚奇特的兩節語言所涵蓋的真實內容，不論同感不同感，我終於走了許多曲徑把它說出來了。

我們考查經文為何要分成一節一節，使其單獨的存在，是有很大的道理，它容許你斷章取義，這也是它俱有良知的廣含之處，但它們絕對不失連貫。前面說到的那兩節內容，則耶穌可說極其快速地就接見了兩羣民眾，在這兩秒鐘的時間間隔裡，是不容他改變面容的，他垂憐的愁苦面貌，是永遠長在的；從開章以來，我們還沒有看到他快樂地笑過，甚至連微笑，撰寫者都吝於給他掛上，也不給他時間輕鬆下來單獨和所愛的女子相處，完全剝奪了他生活享受的權利；因為他在這部經文裡有的是他唯一的生命，如本章十二節所記：

For there are eunuchs, which were so born from their mother's womb: and there are euneuchs, which were made eunuchs by men: and there are eunuchs, which made themselves eunuchs for the kingdom of heaven's sake. He that is able to receive it, let him receive it.

「因為有生來是閹人，也有被人閹的，並有為天國的緣故自閹的；這話誰能領受，就可以領受。」

耶穌做了自我的表白，他是為天國的緣故自閹的，諸位定能明瞭為何耶穌要自願捨掉人生享樂的權利，誰人都知道極致享樂的迷人之處，但竟有此等傻瓜呆去就憂患，要是我們台灣人有這等傢伙，一定為父母所痛恨。我前面的意見已經說的太多，以致無法容下篇幅再討論本章中的重要內容，本章有極精妙的比喻，我留給諸君直接翻看經文，容我有時間和精力去做些別事。晚安。

第二十章　葡萄園工人

天國好像家主，雇人到他的葡萄園做工，不論是在清早雇到的，或晌午雇到的，或午後雇到的，到黃昏歇工時，一律都照樣付給一錢銀子。在我們生活的人世間遇到此種情形，是非發生暴動流血的事件不可。二十世紀的工作者，大都能得到他們按工計酬的權益，遇到工錢沒有隨通貨膨脹加薪，他們所組織的工會，便會下令大家罷工，把國家社會的經濟弄得很悽慘的狀況；就是你我之間遇到此種不公平待遇，即使勢單力薄無法抗議得效，但心裡會抱著極大的不滿，會想法脫離這種不合理的待遇的工作場所，轉業另謀生路。在南台灣有一個人士，把高雄加工區工廠剝削女工的情形，用文學的形式報導出來，因為他本來就是出身於勞工階級，深深有那種沉痛的體會緣故。在上章最末的一節經文是這樣寫著：

But many shall be last that are first; and first that are last.

「然而有許多在前的，將要在後；在後的，將要在前。」

我們一路讀下來，已經頗為熟悉，在這部福音書裡，耶穌所說的話，常常花樣百出，聳人聽聞，有些語不驚人死不干休的味道；像上章裡，他對門徒說，駱駝穿過針的眼，比財主進神的國還容易呢；他說的話，總要叫人三思。這部福音，實在有點為難人，如沒有耐心，便會及早丟掉不顧了。譬如，在兩者都不可能中，硬要比出哪一個容易，這就叫人難以思考，如果沒有人生的經歷，就更加無法選擇了。現在提出不同工同酬的事，簡直叫那個先進葡萄園工作的人受不了。所以那工人抗議道：我們整天勞苦受熱，那後來的只做了一小時，你竟叫他們和我們一樣麼？而家主又說了欺人太甚的話：朋友，我不虧負你；你與我講定的，不是一錢銀子麼？就是這次我由通霄到台南尋弟，在台中轉車，我擁擠在火車站的旅客之間，一位計程車司機靠近我的身邊，想拉我去搭乘他開的車子，他說就剩下一個座位，如我願意可以馬上開車。我問價錢多少？他答說二百五十元，我覺得好貴，只想搭乘一班快速舒適的對號火車；那位司機對我說對號車票都賣光了，希望我快決定，另外的三個乘客正等著呢。我實在無意在熱天長途乘坐計程車，和陌生人緊身坐在一起無法動顫，何況價錢比火車又貴了一倍；那位司機從我身邊走開了；我想，買不到火車票，就轉到公路局坐汽車，也比坐計程車舒服。那位司機又回來了，對我小聲地說，二百元去不去？我看他那副苦惱著急的樣子，便答應了他。於是我跟隨他去，和另三個乘客會合，他們都在責備司機讓他們等了將近一個小時，那位司機說：「沒法度」。其中一個乘客問我搭乘的價錢，我照實說了，他便轉去詢問司機，為何同去一個地方有兩種價錢，何況他又苦等了一小時呢？那位司機機敏地說，這位乘客是由別的司機轉給他的，價錢是他們講定好的，他也沒有辦法，請大家諒解就是了。一路上我想，我這後來的人，真佔了好多的便宜，有如本章十六節所說，這樣，那在後的將要在前，在前的將要在後了。記得童年時，我常跑到海邊參加漁夫拉網捕魚，那時節民生經濟普遍不好，有許多婦女小孩都擁到海邊為漁夫主工作。其中有一位年輕小姐，她的個子長得很矮小，但她自認是成人，所以工作很賣力，任何辛勞的工作都和男人做得沒有分別，也不像我們小孩半玩半做。到了黃昏，漁夫主宣佈收網停工，他坐在木麻黃樹下發放這一天的薪餉，工作的人排成一隊，一個一個站到他的面前領取銀錢。我們這些小男孩，一整天已經玩得過了，現在又有半薪可領，莫不歡喜愉快。輪到那位矮小的小姐時，漁夫主看她和小孩子同高，就發給她只比小孩多一點，而比成人差很多的工錢；她抗議道，什麼男人能做的工作我不能做，沒有做，為何給我這等相差的待遇？漁夫主揮手叫她走開，不要擋住後面的人；她受此歧視，憤怒地將銅幣往漁夫主的身上丟去，哭泣著奔走了。這種情形是為生活而賣力工作的人類所不滿的事，也是人間最為普遍的現象，但是耶穌卻這樣作為回答：

Take up that which is thine, and go thy way; it is my will to give unto this last, even as unto thee. Is it not lawful for me to do what I will with mine own? or is thine eye evil, because I am good?

「拿你的走罷；我給那後來的和給你一樣，這是我願意的。我的東西難道不可隨我的意思用麼？因為我做好人，你就紅了眼麼？」

這樣的話豈不大大地打擊我們的信仰麼？上帝如此這般待人，那在後的將要在前，在前的將要在後，我們則難以信服他的公正了。諸君，如果我們單純只為這個問題來做爭論，恐怕就誤解了耶穌對贖價的結論。那時，西庇太兒子的母親，同他兩個兒子上前來求耶穌，要耶穌叫他的兩個兒子在他的國裡，一個坐在他的右邊，一個坐在他的左邊。這件事對那日夜追隨耶穌辛勞奔走的十個門徒而言，簡直是太不公平了，並且惱怒異常。耶穌認為誰該坐在他的左右，他沒有權力決定，他說我父為誰預備的，就賜給誰。至於他個人僅有的權限，是捨命和服事，他所喝的杯，也是門徒們所喝的杯；他說，你們中間誰願為大，就必作你們的傭人；誰願為首，就必作你們的僕人；他強調：

even as the Son of man came not to be ministered unto, but to minister, and to give his life a ransom for many.

「正如人子來，不是要受人的服事，乃是要服事人；並且要捨命，做多人的贖價。」

那麼這事就很明白了。耶穌問他們，我將要喝的杯，你能喝麼？而他們滿口回答說能夠的門徒，此時也靜默下來了。我深深覺得耶穌這種大公無私的辯才，是任何人都要在他面前服輸的；因為他的條件是講得很清楚的，要進天國也就唯有這個條件了；如不想進天國，他也就讓大家為那不同工同酬的事，任由大家去爭吵和戰爭了。俗世與天國就有這等價值的不同，諸位也不必驚異了。今日的理想主義者，如不能以耶穌做榜樣，只圖為自我爭得一席有利的地位，假托種種美詞是萬萬不能說服別人的；因為歷史裡充滿了自私的英雄，最後終必露出他們偽善的面目來，而再被眾人唾棄，受到歷史嚴厲的批判。此章到此，我想要再說什麼，已經不必要了；因為，經文在本章的結束，意象是清晰透澈的，使人備覺耶穌的藝術效用宏大。那時耶穌出耶利哥地區，有極多的人跟隨他，有兩個瞎子坐在路旁，聽說是耶穌經過，就喊著說，主啊！大衛的子孫，可憐我們罷！耶穌站住，問他們，我能為你們做什麼？他們說，主啊，要我們的眼睛能打開看見。耶穌就動了慈心，同情地伸手摸觸他們的眼睛，他們立刻獲得了視見，而跟隨著他而去。晚安。

第二十一章　進軍耶路撒冷城

在神權對抗王權的行動中，耶穌第一次採取了直接破壞性的形式，彷彿經過了如許多長時的說教，且獲得許多勞苦民眾的跟隨，而有了稍許的自信，所訴諸試探的行動。這一次即將去做的粗暴行動，依現在的眼光看來，是一個可笑復是感動的場面。他吩咐人去牽了一匹驢子和一匹小馬來，他說這事的成就是要應驗先知的話，說：

Tell ye the daughter of Zion, Behold, thy King cometh unto thee, Meek, and riding upon an ass, And upon a colt the folal of an ass.

「要對錫安的居民（原文作女子）說，看哪！你的王來到你這裡，是溫柔的，又騎著驢，就是騎著驢駒子。」

這好像他所要幹的事，都是為了要應合先知預先立下的藍圖。我們知道，劉邦起義反秦，也造了一個舉劍斬蛇的謠言。但耶穌這羣人卻扮得有點滑稽樣，好像他們在舉行鄉村式的婚禮所做的遊行；人們把衣物和砍下的樹枝鋪在路上，前後簇擁著騎驢的耶穌，吵吵鬧鬧向耶路撒冷城進發，把城市裡的人都驚動了，問說，這是誰？眾人說：

This is the prophet, Jesus, from Nazareth of Galilee.

「這是加利利拿撒勒的先知耶穌。」

任何人想存心出風頭都會搬出某些嚇唬人的來歷，否則不足以懾服人的心魂。關於這事，我不得不多引用本章的經文，老實說，要我編造是完全不可能的，經文記著：

And the multitudes that went before him, and that followed, cried, saying, Hosanna to the son of David: Blessed is he that cometh in the name of the Lord; Hosanna in the highest.

「前行後隨的眾人，喊著說，和散那歸於大衛的子孫！（和散那，原有求救的意思，在此乃稱頌的話。）奉主名來的，是應當稱頌的！高高在上和散那！」

來到耶路撒冷城，耶穌進了神的殿，而不是城府的衙門；這點我們要分清楚，他的革命方式和我們所熟知的歷史上的革命，幾乎大異其趣；人家革命是拿刀拿槍的，他和那些常患怪病的跟從者卻是赤手空拳，但他們不是中國的義和團，個個都有不怕子彈的中國功夫；他們沒有武器，本身也非常軟弱，只有精神是旺盛的。耶穌進了神的殿，便把做買賣的人趕出去，推倒兌換銀錢的人的桌子，和賣鴿子的人的凳子，他的理由是這樣的：

My house shall be called a house of prayer: but ye make it a den of robbers.

「我的殿必稱為禱告的殿：但你們倒使他成為賊窩了。」

如他所言，這樣的事也記在經上的；老實說我並不知這是哪一部經。總之，耶穌想把殿奪回己有。我也不知道這座殿有沒有在耶路撒冷的城府衙門裡登記財團法人？我們台灣的廟祠可都有一批財團法人，整天坐在廟牆下的椅子，面前擺著桌子，在那裡收錢賣東西；廟前必定是雜亂的飲食攤市場，各種牽腸掛肚的料理應有盡有；附近的巷衖窄小黑暗，雖然是太陽天，也感覺到有點潮濕腥味，從那裡經過，便會有濃妝豔抹的婦女人家招呼男人進去，做什麼，諸位都很清楚，我明說了反而壞了事；晚上或深夜凌晨，如打架鬧事等種種行為都發生在廟祠周圍；這是東方的奇景。耶穌看到他們的廟堂也這等污穢雜亂，不得不動手整頓一下。只有瞎子和瘸子沒有趕走，舉手之勞把他們治好了。祭司長和文士看見耶穌所行的奇事，又見小孩子在殿裡跟著人家喊著：和散那歸於大衛的子孫，其動怒的情形可想而知，他們責問耶穌，耶穌又引經上的話說：

Yea: did ye never read, Out of the mouth of babes and sucklings thou hast perfected praise?

「是的：你從嬰孩和喫奶的口中，完全了讚美的話，你們沒有念過麼？」

這樣一陣旋風式的胡鬧之後，他們走了，出城到伯大尼去；這一天也夠累了，需要睡覺休息。此事一過，並不就此完結了事，耶穌是意志堅決的人，對他所做的事是毫不檢討和反悔的，而他的門徒或跟隨的羣眾，恐怕都有理性的膽怯；因此耶穌必須強注給他們信心，撰寫福音書的人非常聰明，以通達世故的話來連綴情節的主旨，馬上寫下這樣真實的句子：早晨回城的時候，他餓了。如沒有信心，是不可能第二天又轉回昨日去暴動的耶路撒冷城，但肚子餓了是很難受的事，可見他改革事業至此是沒有支援的，只靠他一個人在那裡獨撐；所謂羣眾，我們應該瞭解他們是什麼東西，凡要利用羣眾者都應知道他們的情緒；他們知道耶穌身有異能，還在盼望他能如法炮製，以五個餅二條魚餵飽他們，所以糧食問題便忽略了，不但早餐沒有準備，恐怕連昨夜的晚飯都沒有吃。耶穌走到一棵無花果樹前，在樹上找不著果子，只有青青的葉子，毫不遲疑地詛咒這棵無花果樹，從今以後，永不結果子！那樹就立刻枯乾了，使門徒大驚失色，忘掉了肚子是空的，耶穌乘機為大家建立了信心。他說：我實在告訴你們，你們若有信心，不疑惑，不但能行無花果樹上所行的事，就是對這座山說，你挪開此地，投在海裡，也必成就。他說：

And all things, whatsoever ye shall ask in prayer, believing, ye shall receive.

「你們禱告，無論求什麼，只要信，就必得著。」

是的，祈禱的效用不可謂不大，即使面對著死亡亦毫不畏懼，後來在羅馬的競技場上，以基督教徒的肉身餵獅子的事就可以應證；凡有識之士都知道這段史實。昨日以鬧戲做為這次行動的第一樂章，今天不同了，因為耶穌現在要去面對的是一部份真正的革命對象，就是那些形式主義者的祭司長，和民間的長老和文士這類人，所以他嚴肅地走進神殿，與上述的人辯論權柄的問題。有如現在的知識份子向專制政府提出民主自由權的要求一樣。首先，祭司長和民間的長老問他說，你仗著什麼權柄做這些事？給你這權柄的是誰呢？耶穌現在面對的不是患疾病的貧困大眾，而是生活優沃的有知識的掌權階級，他接受問題後不會直接回答權柄是天上的父給他的，因為他知道此等階級的人不吃這一套的話；要是他直接這樣說，那麼這些有實際權力的官員，便會毫不客氣地以藉神惑眾的罪名將他逮捕。耶穌機智地說，我也要問你們一句話，你們若告訴我，我就告訴你們，我仗著什麼權柄做這些事。

耶穌問：「約翰的洗禮是從哪裡來的？是從天上來的，或從人間來的呢？」

這個問題的確困住了他們；他們想，若說從天上來，耶穌必對他們說，這樣，你們為什麼不信他呢？若說從人間來，他們又怕百姓；因為約翰死後，人們都以約翰為先知。於是回答耶穌說：

「我們不知道。」

耶穌說：「我也不告訴你們我仗著什麼權柄做這些事。」

雙方面都不說是對他們有好處的，但兩者都心照不宣地明瞭對方所持的王牌。這場辯論無疑耶穌佔了小勝，一旦他們沉默無言，他便乘機開始他一貫的訓教了。他說，一個人有兩個兒子，他來對大兒子說，我兒！你今天到葡萄園裡去做工。他回答說，我不去，以後自己懊悔就去了。又來對小兒子也是這樣說，他回答說，父啊！我去；他卻不去。你們想這兩個兒子，是哪一個遵行父命呢？他們說，大兒子。耶穌說，我實在告訴你們，稅吏和娼妓，倒比你們先進神的國。這種尖刻的話，有如把大糞潑灑到他們的頭上。因為約翰遵著義路到你們這裡來，你們卻不信他；稅吏和娼妓倒信他；你們看見了，後來還是不懊悔去信他。這話倒說得很實在。耶穌又做了一個比喻：有個家主，栽了一個葡萄園，周圍圈上籬笆，裡面挖了一個壓酒池，蓋了一座樓，租給園戶，就往外國去了。收果子的時候近了，他打發僕人到園戶那裡去收果子，園戶拿住僕人，打了一個，殺了一個，用石頭打死一個。主人又打發別的僕人去，比先前更多，園戶還是照樣處置他們。後來打發他的兒子到他們那裡去，不料，園戶看見主人兒子，就彼此說，這是承受產業的；來罷，我們殺他，佔他的產業。他們把他推出葡萄園外，殺了。園主來的時候，要怎樣處治這些園戶呢？他們說，要下毒手除滅那些惡人，將葡萄園另租給那按著時候交果子的園戶。耶穌宣佈說：

The Kingdom of God shall be taken away from you, and shall be given to a nation bringing forth the fruits thereof.

「神的國必從你們奪去，賜給那能結果子的百姓。」

耶穌說，這事經上寫著：匠人所棄的石頭，已做了房角的頭塊石頭，誰掉在這石頭上，必要跌碎；這石頭掉在誰的身上，就要把誰砸得稀爛。祭司長和法利賽人知道耶穌是指著他們說的。他們想要捉拿他，但是又顧慮那些圍觀的羣眾，他們看到耶穌能言善道，句句落實，佩服得五體投地，使祭司長和法利賽人不敢隨便捉人。欲知耶穌與這些走狗鬪法的結果如何，下章將有交代。晚安。

第二十二章　最大誡命

本章將繼續談到耶穌和法利賽人等的鬪法。耶穌的革命行動或許僅只這一次，不可能失敗了退走，然後再來，不像孫中山先生的國民革命連續十次，不到成功不停止。但耶穌的情況很特殊，只靠他的一張嘴巴，沒有其他眾人的武力，所以他能說就儘量說，結果如何，視死如歸；在古今的偉人中要算他最為愚直，我們不能不佩服他那種充滿靈性的性格，以一人之力想掃除人間的罪惡，治癒民間的疾苦，引領人類從人間的地獄邁向天國的大道；其所抱負的野心也是古今人類中最大的一位，任何人都無能與之匹敵。他說天國好比一個王，為他兒子擺設娶親的筵席，就打發僕人去，請那些被召的人來赴席；他們卻不肯來。王要僕人再去通告說，筵席已經預備好了，牛和肥畜已經宰了，各樣都齊備：請你們來赴席。那些人不理就走了，一個到自己田裡去；一個做買賣去；其餘的拿住僕人，凌辱他們，把他們殺了。王於是大怒，發兵除滅那些凶手，燒燬他們的城。我們所想像的所多瑪城的毀滅可能就是此種情形。後來終於召聚了許多人來，筵席上都坐滿了，這時王進來觀看賓客中有一位沒有穿禮服的，就對他說：

「朋友！你到這裡來，怎麼不穿禮服呢？」

那人無言可答。於是王對使喚的人說，捆起他的手腳來，把他丟到外邊的黑暗裡；在那裡必要哀哭切齒了。為什麼會這樣，我也被這比喻弄糊塗了，經上含含糊糊地這樣說：

For many are called, but few chosen.

「因為被召的人多，選上的人少。」

這位不幸的賓客沒有穿禮服就受到這樣的處置，到底是什麼意思呢？是不敬嗎？如我去赴宴，很可能也會不穿禮服。假定那被邀的人是個窮漢，難道因為他窮穿不起禮服就被如此摒棄麼？或是不穿禮服代表沒有教養呢？有教養也要有富裕來配合，我想這個世界窮苦者依然占絕大多數；有錢的人也不一定有教養，正如有教養的人不一定有錢。我不知道那擺宴的王有沒有考慮到這些種種的情形。這事也許有人能為我解惑；現在我最好不必多加煩言，以免因我的無知而惹怒了別人；經上常有某些小節使人無法依常理獲得意會。我們還是往下看看耶穌如何和法利賽人鬪法，看他們分別使出了什麼法寶。法利賽人打發他們的門徒，同希律黨的人，去見耶穌，先對耶穌誇讚一番：

「夫子！我們知道你是誠實人，並且誠誠實實傳神的道，什麼人你都不徇情面，因為你不看人的外貌。」

然後，同樣規規矩矩，禮貌地請教耶穌一個問題的意見：

「請告訴我們，你的意見如何？納稅給該撒，可以不可以？」

他要他們拿一個上稅的錢給他看，他們照他的要求拿出一個銀錢給他。耶穌端詳一番後說，這像和這號是誰的？他們說，是該撒的。於是耶穌毫不遲疑地說出那句傳播千古的名言：

Render therefore unto Cæsar the things that are Cæsar's; and unto God the things that are God's.

「該撒的物當歸給該撒；神的物當歸給神。」

這句話不知造就了多少人的性格，連小知識份子都能朗朗上口借用它，擺出瀟灑不可一世的模樣。這一回合耶穌迴避了他們的詭拳，把他們口腔裡的齒套打脫了；這幾個走狗無功而退，耶穌小勝。於是撒都該人上場來，撒都該人是唯物論者，他們不信有天國，天上沒有天使，更沒有復活的事發生，他們問耶穌說：

「夫子！摩西說，人若死了，沒有孩子，他兄弟當娶他的妻，為哥哥生子立後。」

這種替自己兄弟舉種的事，我相信許多人都有興趣去發表一點他的私見。這件事或許可以請教主張性解放的婦運人士。撒都該人繼續說：從前在我們這裡，有兄弟七人；第一個娶了妻子，死了，沒有孩子，撇下妻子給兄弟。第二第三直到第七個，都是如此。這到底是樂了這位婦人，還是苦了她呢？但末後，婦人也死了。她或許希望能不死，但誰能免死呢？撒都該人的問題重點在這裡：這樣，當復活的時候，她是七個人中，那一個的妻子呢？因為他們都娶過她。這對現代人來說也是是非不辨的問題。聽到這個妙絕的問題的人，都為撒都該人叫好，大家認為這一記冷不防的左勾拳，打中了耶穌，是非倒下認輸不可。耶穌發覺善變的羣眾有左傾的意向；但耶穌本來就是個心理專家，早知道羣眾到底是什麼作物。台灣的俗語說：「西瓜好吃靠大邊。」有認識的人根本不足為奇。耶穌胸有成竹，不慌不忙地以輕鬆的口吻回說：

Ye do err, not knowing the scriptures, nor the power of God. For in the resurrection they neither marry, nor are given in marriage, but are as angels in heaven.

「你們錯了；因為不明白《聖經》，也不曉得神的大能。當復活的時候，人也不娶也不嫁，乃像天上的使者一樣。」

在人間，人是一種狀況；在天國，人是另一種狀況；也許不叫作人。那位擁有七個兄弟丈夫的婦人，在人間過著喜悲喜……交替的生活；在天國，她純潔得不知情感為何物。至於論到死人復活，神在經上說得一清二楚：

I am the God of Abraham, and the God of Isaac, and the God of Jacob. God is not the God of the dead, but of the living.

「我是亞伯拉罕的神，以撒的神，雅各的神。神不是死人的神，乃是活人的神。」

撒都該人的口張得太大，耶穌正拳過去，正好堵塞在口腔裡，撒都該人變得唔唔吱吱，咬不成語。語不成話了。這一回合依然是耶穌小勝。羣眾聽見耶穌的詭辯術，他們的身子又傾向右邊來。說時遲，那時快，一個律法師跳上擂台來，準備車輪戰把耶穌戰死。耶穌表現的勇不可當，智謀能算。這位律法師不像前面二者偽善地先禮後兵，上來後便舉拳朝耶穌的頭頂劈將下來：

「夫子！律法上的誡命，哪一條是最大的呢？」

耶穌對他說，不可無禮，你要盡心，盡性，盡意，愛主你的神。這律法師到底信不信神，耶穌不管，直稱你的神，更激怒了他。耶穌又說，這是誡命中的第一，且是最大的。其次也相倣，就是要愛人如己。這兩條誡命是律法和先知一切道理的總綱。

這裡，耶穌已經鋪擺出神的道和作為一個基督徒的操守。斯賓諾莎也贊同此點主張，談到《聖經》和基督徒的事，他說：

「在何種意義上說《聖經》就是神的道呢？惟有如此：即《聖經》包含一種道德的法典，可以使人向善。也包含許多導致人類惡行的事，對一般人（太過於擔心日常的瑣事，而沒有閒暇或餘力從事知識上的培養），《聖經》可為道德上的恩賜。但宗教教訓的強調，都應側重於行為，而非信條。信仰『一個上帝，他是一個熱愛公正與慈悲的超人』，這已是很足夠的信條，而其一般的禮拜『包含在以公正和親愛對待鄰人的實行之中』，其他的信條都不必要了。」

耶穌在這第三回合把律法師整得差不可見人。最後，他面對整隊人馬的法利賽人，耶穌像禪師一般，開門見山直截了當地問道：

「論到基督，你們的意見如何？他是誰的子孫呢？」

這些肥頭肥腦的法利賽人，好像不很習慣這種被問的方式；因為，他們平時高高在上，只問人不被人問；一旦發生顛倒的現象，便傻愣了起來，與一般死老百姓沒有兩樣，嚇得叫了出來：

「是大衛的子孫。」

耶穌大大地教訓一番說：這樣，大衛被聖靈感動，怎麼還稱他為主；說，主對我主說，你坐在我的右邊，等我把你仇敵，放在你的腳下？大衛既稱他為主，他怎麼又是大衛的子孫呢？

至此已經明瞭；耶穌最後的結論是和前面的幾個論點都有關係。在那時，那些法利賽人對耶穌的高明邏輯，莫能抵擋，要和耶穌理論，即使挾天下所有的知識亦無能勝算。經過這一次的交手後，他們受到了奇恥大辱，心中甚為埋恨；他們如要除滅耶穌只有他條途徑，我們拭目以待罷。晚安。

第二十三章　先知的殺害者

本章的內容，我敢相信有一部份的人士將不會感到興趣；而有一部份的人或許會認為十分的重大；有一部份的人將冷眼視之，以為不怎麼新鮮；而有一部份的人完全忘我，顯得無知無覺。但為忠於原著的秩序，卻不能省略不談；我相信談一談比不說有用得多，或許有人有另外的見識，我將特別尊重別人的意見。革命之事，是除弊建新，但耶穌所重在於心理的建設；當年孫中山先生建立民國後，亦提出心理建設，可惜並未引起國人的警覺，修正民族的性格。我們已經十分的明白，上章已經提出基督徒的最大誡命，本章就要把法利賽人的偽善揭露出事實來，讓人瞭解耶穌不是無的放矢，他為人類代言，以舒人類受害受苦的心靈。

那時，耶穌對眾人和門徒講論，說，文士和法利賽人，坐在摩西的位上；凡他們所吩咐你們的，你們都要謹守和遵行；但不要效法他們的行為；因為他們能說不能行；因為他們把難擔的重擔，捆起來擱在人的肩上；但自己一個指頭也不肯動。他們一切所做的事，都是要叫人看見；所以將佩戴的經文做寬了，衣裳的繸子做長了；喜愛筵席上的首座，會堂裡的高位；又喜愛人在街市上問他安，稱呼他拉比。這些事耶穌說得千真萬確，就是到現在依然還存在；現代的人和古代的人也沒有不相同；不要言有地位的法利賽人會擺架子，就連我自己有時未免也有虛榮心的作祟。我回憶讀小學三年級時，導師選我做班長；學校的教室不夠，借用了鎮公所的禮堂上課；每天早晨，我們列隊從學校走出來，經過市場的大街，我總是故意單獨和隊伍分開一二步距離，讓站在街邊的人清楚地注意到我的職份；我擺出一種神氣的責任心，時時警告走步不整齊的同學，感受一種領頭的快欲，自認無論在任何一方面都優勝於我的同學。固然在那年代裡，在我的同學之間，我的聰明秉質受到師長的讚譽，受到同學的欽慕，但現在我為那份無知的驕傲之心懺悔，使我今天落得孤獨之苦。耶穌宣告說：

But be not ye called Rabbi: for one is your teacher and all ye are brethren.

「但你們不要受拉比的稱呼：因為只有一位是你們的夫子，你們都是弟兄。」

這是什麼意思？諸位會笑在心裡；依循著這種邏輯的推延，他進一步說：也不要稱呼地上的人為父；因為只有一位是你們的父，就是在天上的父。也不要受師尊的稱呼；因為只有一位是你們的師尊，就是基督。這是神學的倫理，要在我們這個地方去強辯是沒有用的；所以我們可以明瞭，為何耶穌不再認他母親為私自的母親，不再認他弟兄姐妹為私自的弟兄姐妹；我們還記得在十二章的末尾，他曾說過，凡尊行我天父旨意的人，就是我的弟兄姐妹和母親了。這點與我們東方人更有顯明的差異，因為我們除了自己的父母兄弟姐妹外，是羞於稱呼別人為父母和兄弟姐妹的；不過，我們的社會生活裡，卻有那種肉麻的所謂乾爹乾媽；把乾和濕連想就更加使人不能忍受，實在不比堅持血緣關係，或耶穌以天國的倫理為依歸誠實可愛。但人類生活卻事事演成混淆，以浸淫其中的利益。耶穌也講求報償的反逆性，他說，你們中間誰為大，誰就要作你們的傭人，凡自高的必降為卑，自卑的必升為高。但人間的觀念並不這樣，做低賤工作的人很少受一般人敬重；在中世紀演戲的人，根本沒有社會地位，死時不許葬於教堂墓地；在中國的社會價值觀念，卻指向升官發財，缺少服務別人的熱心。然後耶穌開始詛咒法利賽人和文士，

Woe unto you, scribes and Pharisees hypocrites!

「你們這假冒為善的文士和法利賽人有禍了！」

他決心要把這些假冒為善的人的罪狀細數出來，指出他們擋住人前，把天國的門關了；自己不進去，正要進去的人，你們也不容他們進去。指他們侵吞寡婦的家產，假意做很長的禱告。宗教如有識之士所知是一件極古老的事體，在耶穌之前，猶太人的宗教有綿長的歷史，耶穌並沒有指認他要抗辯猶太教，但明顯地他不滿當時存在的種種宗教的偽善作風，當時的崇拜有本末倒置的現象，有如不指殿起誓而指殿中的金子起誓，不指聖壇起誓而指壇上的禮物起誓。他罵他們無知瞎眼，到底金子為大呢，還是叫金子成聖的殿呢？到底禮物為大

呢，還是叫禮物存聖的壇呢？所以他校正說：人指著壇起誓，就是指著壇和壇上的一切所有的起誓；人指著殿起誓，就是指著殿和那住在殿裡的起誓。人指著天起誓，就是指著神的寶座和那坐在上面的起誓。從這一層，要人認清誰為首，誰為末；誰為大，誰為小；要分辨清楚。他並指出這些宗教的領導人所幹的全部是表面文章；他們不行公義，憐憫和信實，這些律法上更重要的事，只有在表面上獻上薄荷，茴香，芹菜的十分之一；這個意思明顯地是重表不重裡，偏重儀式，而不履行實質的內容。《切腹》是一部日本人拍的影片，諒有知之士都看過，且深記它的內容，全世界有知識的人士無不稱讚萬分；故事敘述一位武功不壞的老武士，前往幕府將軍家，替自己受辱的女婿報仇，他憤慨地指責將軍家的人做事偽善，進而把當時日本的封建社會的罪端揭露出來；那一場洩憤的武鬥，凡觀賞過的人無不感到痛快；我問看過這片子的人，我沒有從他們聽到對主題和形式表示異議的。耶穌憤懣地說：

Ye blind guides, which strain out the gnat, and swallow the camel.

「你們這瞎眼領路的，蠓蟲你們就濾出來，駱駝你們倒吞下去。」

他說，你們這假冒為善的文士和法利賽人有禍了！因為你們洗淨杯盤的外面，裡面卻盛滿了勒索和放蕩。為什麼不先洗淨杯盤的裡面，好叫外面也乾淨呢？這或許是自有人類以來，所建立的政府和體制，所患的共通的弊端現象。執法者的不公正會使受管的人民無法再信賴政府。過去嘉義地區有一位法官，利用他的職權和官員勾結侵佔民間的土地，也收受種種賄賂；事發後只判五年的監禁，不久即出來，在家納福作寓公。反觀目前，有些無知青年，受到社會奢靡風潮的影響，一時鋌而走險，在路上搶人，卻被判了死刑。知法犯法者並沒有受到加倍的處刑，反而透過種種關係而減輕刑責，而對無知者反而無憐憫之意，未免輕重不分。韓國政府深知國亡家破的痛苦，應人民要求奮而勵精圖治，大整官員的貪污和不法欺民的行為，其各種建設和明朗作風，亦令人刮目相看。當時的耶穌已看出人類的敗根性，因此指責法利賽人和文士，只在人前，外面顯出公義來，裡面卻裝滿了假善和不法的事。幾年前美國的水門事件，把老奸巨滑的尼克森總統轟出白宮，不但大快美國的民心，也讓整個世界的人看出正義的勝利。耶穌不罵則已，要罵連他們的祖宗也拖出來，加在一起算總帳；因為文士和法利賽人在建造先知的墳，修飾義人的墓時說，若是我們在我們祖宗的時候，必不和他們同流先知的血。耶穌指出道：這就是你們自己的證明，是殺害先知者的子孫了。你們去充滿你們祖宗的惡貫罷。耶穌也像某些口直心快的人一樣，指他們為蛇類，毒蛇之種。這種壞類，照他的看法是無法逃脫掉地獄的刑罰的。他痛苦地預言說，他所差遣先知和智慧人並文士，到這裡來，有的會被殺害，要釘十字架，有的要在會堂裡鞭打，從這城追逼到那城。這些世上所流義人的血，都歸到他們身上，從義人亞伯的血起，直到他們在殿和壇中間所殺的巴拉加的兒子撒迦利亞的血為止。他說，

Verily I say unto you, All these things shall come upon this generation.

「我實在告訴你們，這一切的罪，都要歸到這世代了。」

從人世的眼光看，耶穌是十足的瘋子；他罵了法利賽人和文士之後，大呼道：耶路撒冷啊！耶路撒冷啊！你常殺害先知（大概為他自己可憐），又用石頭打死那奉差遣到你這裡來的人；我多次願意聚集你的兒女，好像母雞把小雞聚集在翅膀底下，只是你們不願意。他杞

人憂天地喚道：

Behold, your house is left unto you desolate.

「看哪！你們的家成為荒場，留給你們。」

套一句台灣俗話說，這是他家的事，與你耶穌何干？晚安。

第二十四章　先知

先知是怎樣的一種人，預言是先知的一種怎樣的本能，這個問題是屬於神祕的範疇，還是一種可行瞭解的知識問題？如果先知預言的能力是一件可供瞭解的知識問題，從心理學，社會學觀點看，以及對其先知本身的氣質智力的直接測驗，那麼我們對這種人的奇行異狀，就不會一直以為其中具有神祕性，因看到他的一舉一動而大惑不解；如果我們對這種人的本質一無所識，那麼他的話說出來，就會帶給人極大的震嚇作用；如果你對他有信仰，你便會深信他的話是能實現的。當現在的人在生活中，越來越不受所謂先知的話語所指導時，我們知道現在的人大都依憑現有的謀生知識在過活；因為現在的社會是依照一種大多數人的契約所釐定的法律來維持秩序，人民是依照個人的天賦能力和知識的深淺來訂定他的職業，一般人也依照自己的愛好來選擇他的娛樂。社會秩序的維持有賴於人民普遍具有約定的意願，有充份的知識，認為自由是一種有條件的付出後所獲得的報償，而不是無拘無束的為所欲為，以及毫不考慮別人的處境，為了私自的慾望而施行侵犯。我們的理性毫無疑問的深信，我們人類或者所有宇宙萬物，都有一個來源，對於這個來源的想法，使我們承認上帝是我們唯一的主宰；那麼我們也要深信上帝給我們的必定是公平的，他像個藝術家，世界萬物是他的創造品，他賦給萬物不同的面貌，依其不相同的表象，我們是具有互不相同的內在機關；但是我們並沒因這種互異的特點感到滿意，反而因為這種差異生出價值的標準，而產生不滿嫉憤的情懷。今日口說深信上帝的人，也許並不知道該如何遵奉上帝的意志甚至頗為詣謔的，有些自認他絕不相信世界有個主宰者的人，他在生活的奮鬪形式中，卻表現得十足地有如一個上帝的使徒。知識是我們人類特有的認知工具，它的最大目的是產生良知，一個人有良知才能體察上帝存在的意志。我信口開河地把知識的課題牽進來，如果我真能知道知識是什麼，或許應該直接去寫一本知識論的書，以便躋身於哲學家之林，當一棵知識樹。我要坦白的說，我所知道的知識都是學習而來的，從生活經驗而來的，要我表示一點新鮮創見幾乎是不可能，所以我在這裡略表某種認知的問題時，只是一種反省的作用，以便來討論耶穌的行為時，做為瞭解上的方便；因為天國的信念不必由我來推介，耶穌是個古人，被說得最多，也可能最令人厭煩的人物；但要是我大膽地提出，耶穌不止是那個一千年前的拿撒勒人，也是現在的你，或我們大家，你會不會覺得有點詫驚，感到莫名其妙？我相信任何人都具有像耶穌那樣的秉性，只是沒有機會把這種天賦資質，藉著特殊的環境而發揮出來。我們自認平凡，這表示我們已經享受到許多的庇蔭，假如我們懂得感激，更表示我們能夠享福。像耶穌這種人代人類受到許多苦難，凡此樣的人，便在他的資質中產生一種特殊的能力，這種能力是一種透視時空的心眼，像一個藝術家的靈感，受到某種表象的刺激而懷孕，創造出藝術品。那麼耶穌的預言便容易的讓我們瞭解他是有感而發了；這種有感而發言的衝動是人類資質中很普遍的能力；所以當我們聽到某人說耶穌活在我的心中時，便不應覺得這有什麼奇怪；一個初踏入科學界的人，他也會說愛因斯坦活在我心中；或某個學音樂的人說巴哈活在我心中；甚至普遍到戀愛中的人，他的愛人必定活在他心中一樣。

耶穌不止一次向他的門徒談到他自己的最後命運，說他將被殺的預言；一個能如此看透自己命運的人，具有其他預言的能力是很自然的。我們也可以瞭解，耶穌對他生存的環境有很深澈的認識，才可能產生犧牲的意志；這種無我性是他愛人類的出發點，他的言行便成為一種藝術形式，把他心中的意願和感覺轉化成預言和救治的能力，這個藝術主題就是拯救人類。這是批判《聖經》的斯賓諾莎也要敬佩起耶穌偉大人格的地方。無我性越高，他的預言能力越強，預言的準確性便成為我們所興趣的焦點，應驗性的多寡為我們是否深信他的一個標準。當時的民眾跟隨他是因為他的治病的神蹟，預言的事由於還未有應驗，只造成他們的疑惑情緒；但對我們現在的人來說，信仰耶穌的路徑正和當時的人相反；他的治病的奇蹟已不為我們的理性的知識所相信，但他的預言已大部份在歷史的時間中應驗到，我們便採信了這一點而贊同他。但是一個誠實的人仍然還會疑問，《聖經》的話難道就是真正那位拿撒勒人所親口說出被記錄的麼？為他做見證的門徒的意圖，我們能夠不加以考察和檢討麼？但是後來為門徒所建立的教會，不論教會在歷史中犯了多少罪惡，我認為不能依據教會的作為來貶抑耶穌的人格真價；因為從這繁衍而來的歷史，我們看到有多少人反抗教會，屢次重新確立和履行基督徒的使命，這些人的行為的真正依據，沒有不把耶穌的人格奉為主律，而摒拒其他假藉耶穌之名的繁文褥節。在耶穌之後的西方宗教史——尤其是基督教史，其歷程有些叫人驚駭，如法國的聖・勃羅謬莫日的大屠殺，和各地的焚燒異端的宗教裁判所；有些叫人疑問和不齒，如教宗的俗世性格，主教們的蓄妾和斂財；有些叫人感動，如聖・芳濟的皈依基督，以及實踐基督的精神；有些叫人起敬，如奧古斯丁真誠的懺悔，阿奎納把神學和哲學加以調合的工作，如斯賓諾莎抗辯教會的虛偽，保留一個基督徒的基本信念中精純部份，給予耶穌個人的行為動機的最高評價。這些歷史的事實，無不是在耶穌活著時就預言過了。有如他在橄欖山對門徒解答的：你們要謹慎，免得有人迷惑你們。因為將來有好些人冒我的名來，說，我是基督，並且要迷惑許多人。你們也要聽見打仗和打仗的風聲，總不要驚慌；因為這些事是必須有的；只是末期還沒有到。民要攻打民，國要攻打國；多處必有饑荒，地震。這都是災難的起頭。

在本章的經文裡，耶穌幾乎將他死後可能發生的事，都說了出來，到今天為止，除了人子再度降臨這件事之外，大都應驗了；由於經文條條分明，我便不必重抄在這筆記裡，只讓大家直接打開〈馬太福音〉第二十四章，一面展讀，一面在你的內心裡去求證便夠了。除了上面談到的先知的本質外，應該還要說點先知與先知之間的區別；我希望能對下面的話，說得條理和清楚，以便將耶穌和其他的術士真正區別出來。

在莎士比亞的戲劇《凱撒大帝》裡，有一位乞丐對凱撒警告說，注意三月十五日；每當我回憶這本戲劇裡的情節時，最後總留下這點苦惱不能想明白，後來我從別的事體去瞧見一個重要事實，那就是宿命。這個細小的情節使我明白，這位乞丐的發言，是對凱撒命運的預告，不論凱撒知不知道當時的情勢，對他已經十分不利，總之，他還是沒有能夠逃得掉他該死的命運。到底當時凱撒是否真正遇到過這個乞丐，且聽到這等的預告，我們無法考證，也不重要；可是我們可加以判斷，像這位乞丐是個小預言家，他只為一個人預知了生死，很可能是依據當時密謀的資料而說的。每年的開始，我們都可以從報端雜誌，看到現世的預言家的預言，他們關懷的也是一些顯達的人士，如美國總統生命的安危，電影明星在交際場中的遭遇；中世紀法國宮廷有一位大預言家，名叫拿斯特拉得馬斯，曾預言將來汽車的誕生，預言法王亨利二世在比武中眼腦受傷而死，預言希特勒的崛起和失敗，甚至預言將來的太空之戰，不過他預言查理九世能活到九十歲，查理卻只活三十九歲。像此類上述的預言家，是否可與耶穌相比，歸於同一資質，我相信諸位的知識將判明，耶穌和他們是絕不相同性質的；因為上述的諸預言家，只能算是占星術士，是靠著某種天文的知識，或數學技巧來測定某種人的命運，有些巧合命中，有些恐怕失之千里。某一位預言的術士在臨終遺言說，自己的命運依然要靠自己來創造；我想相信命相無疑會受到它的牽引，成為有意識地走向它的終點。耶穌的預言完全靠他本質的心靈透視，其預言的內容充滿博愛和理想的性質，與迎合個人的雕蟲小技大不一樣；如果說古今中外真正受聖靈所貫滿的人，除耶穌外，沒有第二個人。施洗者約翰是自有先知以來最大的一位，但他仍有不及耶穌之處；耶穌之後，也有許多先知，也都無能凌駕於耶穌。自有人類以來，以人格的完善而達於神格地位的，其預言具有絕對的啟示性，且包含一種勤加照顧的勸善，除耶穌外，沒有第二個人比他更偉大。晚安。

第二十五章　在天國的比照下

那位中世紀法國宮廷的預言家拿斯特拉得馬斯預言亨利二世將死於眼腦的刺傷，這對亨利欣悅的生命，無疑預先投下了沮喪的陰影，由於知道了自己的宿命而產生了消極的意志；他極力避免當時戰場上的打鬪，可是在他妹妹的婚宴中，與一位冒失好玩的紳士做比鬪的遊戲，雖然亦嚴加防患戴上了頭盔，還是逃不過那無意間穿過狹小的眼洞的一槍，直穿腦部而收拾了他的性命，應驗了預言。諸位應明白，這種預言是個無情的恫嚇，即使我們不能逃開自己的宿命，我們寧可在無知的幽冥中接受自己的命運。我現在把這樣的事提出來，並不是要指責拿斯特拉得馬斯的無情作為，因為他本是個受敬重而誠實的人，並不隨便向任何人說出他的預言，如不是亨利要求他，命令他，他並不喜愛預先說出悲慘的事實。不過，我的意思在指摘這一類充斥於我們生活世界中灰暗無光的預言，而且大多數是無稽的謊話，它對我們寶貴的生命，沒有半點的積極意義，一無幫助，只讓我們在驚嚇和全盤的失望裡過活，猶如死刑前內心的無情折磨；猶如我們在中午時刻，抬頭注視光耀的太陽，對永恆的陽光充滿信心，突然它熄滅了，光輝消失了，變成一個灰暗無意義的球體。而本章中，耶穌巧妙的教言，一如他的高貴性質，不對任何個人給予無謂的恫嚇，而是對全人類提出他積極的人生意義。在他的寓言裡，他把人類分成義人和不義的人，分成勤勞的人和懶惰的人，分成準備的人和不準備的人，像一個牧羊人把羊分成綿羊和山羊；他的語言在安慰著好的一方，同時在警告著壞的一方；並且讓無知的人懂得去區別和選擇。所以在本章裡，耶穌教言的現實意義，對我個人產生了莫大的啟示。我要依據我的有限的實際認識且做一些淺顯易明的詮釋，我相信它必不怎麼枯燥；同時讓我們懂得本章詩文中展示的三段論法的有趣邏輯，使我們對仿寫作福音的人的才華作一番的讚賞，亦不浪費我們讀書求知的目的。

第一個論題是有關現世人的準備工作。我們知道，世界末日的時候，人子將再來臨；所謂世界末日，就是天國與地獄分野的時辰；當人子來臨時，我們是否有準備迎接他。耶穌說：那時，天國好比十個童女，拿著燈，出去迎接新郎。他說，其中有五個是愚拙的；五個是聰明的。愚拙的拿著燈，卻不預備油；聰明的拿著燈，又預備油在器皿裡。所謂拿著燈，猶如人張開明亮的眼睛，但這個眼光卻必須有著心靈的培養，猶如油量使燈繼續不輟地點著，沒有一刻熄滅，我們的心靈也不可有一刻的懈怠。因為誰也不知道人子何時再臨，攜著我們朝向天國；即使當時面臨對大眾的耶穌，也不知道，連天上的使者也不知道，惟獨天上的父知道。上章裡，耶穌便警告說，所以你們也要預備；因為你們想不到的時候，人子就來了。他繼續說，新郎遲延的時候，他們都打盹睡著了。半夜有人喊著說，新郎來了，你們出來迎接他。那些童女就都起來收拾燈。愚拙的對聰明的說，請分點油給我們；因為我們的燈要滅了。這種情形，在我們日常的生活中是可以比照的，是焦急和討厭的時刻，猶如蟋蟀在夏天的日子跳舞唱歌，而在冬天無糧的故事。聰明的回答說，恐怕不夠你我用的；不如你們自己到賣油的那裡去買罷。他們去買的時候，新郎到了；即預備好了的，同他進去坐席；門就關了。其餘的童女，隨後也來了，說，主啊！主啊！給我們開門。他卻回答說，我實在告訴你們，我不認識你們。我記得長輩人曾說一則古老的傳說，地上的生民在一年中的某日守候著，在破曉之前天門開了，天公應許生民的願望，但只有虔誠與行善的人能如願獲得應許。這時，我們回思前面章節裡，耶穌把那不穿禮服赴宴的人趕出去的事，也明白了。所以耶穌說：

Watch therefore, for ye know not the day nor the hour.

「你們要儆醒，因為那日子，那時辰，你們不知道。」

在現實利益的競賽中，許多人雖然依照著條件準備著，但到時卻沒有獲得預期的結果，於是怨聲四起；只因在競賽中沒有公平，其中有人用賄賂的手段走了捷徑，輕易地把利益分給特權階級和賣給了狡獪的人，而產生普遍的民怨。只因少數人破壞了公平競賽的規則，完善的律法也不再受人遵守；人間失掉了秩序，便沒有自由和權利的保障。這一點，有知識的人都十分清楚，但往往也就是有知識的人在做欺詐的行當。但耶穌說的十分明白，人類獲得天國的選取，不必靠投機取巧，不必靠非法，不必靠賄賂；因為連他也不知道那日子那時辰何時到來。

在第二個論題時，他提出勤勉，以說明上段備油的條件。所謂聰明的，並不是指那些在現世中懂得投機取巧，做非法賄賂之事的人；所謂愚拙的，也並非是指完全無知之輩；正好相反，耶穌的語義只在勤勉與懶惰兩者之間作區別。因為他的寓言這樣說：天國又好比一個人要往外國去，就叫了僕人來，把他的家業交給他們。耶穌的原則是公平正確的，按著各人的才幹，給他們銀子；一個給了五千，一個給了二千，一個給了一千；就往外國去了。那領五千的，隨即拿去做買賣，另外賺了五千，那領二千的，也照樣另賺了二千。但那領一千的，去掘開地，把主人的銀子埋藏了。主人回來了，和他們算帳。那領五千銀子又賺了五千的，主人說，好！你這又良善又忠心的僕人；你在不多的事上有忠心，我要把許多事派你管理；可以進來享受你主人的快樂。那領二千銀子又賺了二千的，主人也同樣這樣說。那領一千的也來說，主啊！我知道你是忍心的人，沒有種的地方要收割，沒有散的地方要聚斂；我就害怕，去把你的一千銀子埋藏在地裡；請看！你的原銀子在這裡。主人說這又惡又懶的僕人！你既知道我沒有種的地方要收割，沒有散的地方要聚斂；就當把我的銀子放給兌換銀錢的人，到我來的時候，可以連本帶利收回。他奪過他這一千來，給那有一萬的。因為凡有的，還要加給他，叫他有餘；沒有的，連他所有的，也要奪過來。主人終於把這無用的僕人，丟在外面黑暗裡；在那裡必要哀哭切齒了。依我們一路讀下來的瞭解，世界末日，人子再來時，凡死去的都將在天國復活，那麼那些不被選取的，必被摒棄於天國門外；天國門外的世界，便是地獄的區域，那裡是黑漆一片的；凡是被棄於地獄的人，然其悔恨已太遲了，那時必要哀哭切齒是很明顯的。這第二段延伸意義的寓言，已叫我們十分明白，沒有疑義。這是特別教訓可憐的沒有國度的流浪的猶太子民而說的；因為猶太人在世界的各地經商放息，尋找他們謀生的特殊方式，他們沒有土地的所有權，但猶太的復國到來時，他們都應回來，連他們所賺的錢也要帶回來。

第三部份開頭便呈現著結論的景象：當人子在他榮耀裡，同著眾天使降臨的時候，要坐在他榮耀的寶座上；萬民都要聚集在他面前；他要把他們分別出來，好像牧羊的分別綿羊山羊一般；把綿羊安置在右邊，山羊在左邊。於是王要向那右邊的說，你們這蒙我父賜福的，可來承受那創世以來為你們所預備的國。至此，我們感到兩者明顯混合一談了；可是此時，狹義的復國已被我們的意識拋置於腦後，我們只可相信這是廣義的天國福音。無疑，生而為人，其一生的終結目的，在神學裡他的目標是定得異常明顯的；但現今的哲學只界定人生的範圍，斬除人從何而來的問題，也阻擋人將往何而去的問題的探討。主張這種哲學的人的最大理由是，人死之後即失掉知覺，軀體腐敗化為塵土，因此不知道死後的境界為何；而生之前人沒有任何形體和知覺，無從考據靈魂的存在；所以他們說，在人生裡討論生前死後的事是無稽的。因為人的行為意義全賴感官和知覺來加以辨別，從人之生到人之死，完全是知覺感官的經歷史，從受精與卵子結合成孕開始，知覺感官便被賦與它的地位，直到感官知覺失掉效用而整個軀體死亡。在這樣的說法裡，人或萬物均被視為物質，不被賦與其他的知能和靈性的存在，就像佛洛伊德的學說中，人只有性的衝動，一切的行為意識均導源於性的衝動。這種主張雖有其真理的成份，卻並不完全統括所有真理；佛洛伊德之後，楊格和佛洛姆已延伸出更高的更廣闊的真理，使人知覺到人雖是物質體，卻有精神和意志的道德性存在。人在一生之中所屬的最高層次，就是精神和意志的道德性的思辨工作；而最低的層次則是生活的基本問題；因此，人生應該分成兩個部份，一是生活，另一是生命；而生活的取得靠勞作，生命的取得靠精神思想。如果哲學的思辨和主張，能夠包含這兩大部份，那麼它與宗教裡明喻的生前死後之事，便能夠互相交融諒解，甚至求得一致的語義。在神學裡，人從何而來，將往何處去，路徑分明，有如一條坦磊的大道；上帝是造物者，是永恆的，無論如何上帝的存在，不可能在理性中被加以去除，人不能因為個人的理由而否定上帝，在感情上人更應該信仰上帝。現代的思想猶於重視現實世界的事物，猶於人與人的紛爭，國與國的戰爭日漸頻繁，猶於人的貪慾越來越繁富多樣；如果由於這種情狀所造成的迫害和不平公，而質問到上帝的存在，在個人的命運上是值得同情的，但在整個人類的立場，就是一種反理性。人類所發展的科學，是因為人類的懷疑而產生的，其真正的終極目標是為了證明造物的存在，追求宇宙的起源，而不是用在旁門左道上，進行國與國的戰爭，殺害人類本身。近代哲學的迷失，不能誤引為宣判上帝的死亡。人生的積極意義本身即有宗教的意涵，而神學的最高服務便是為人鋪行一條完善的道路，人類有能力維靠形上思考，從福音書中感悟人生的書。所以受教於神學所得的利益，必定可以創立足可施行的人生哲學，這一點必要仰賴個人的耐心，準備和勤勞，以及完全的信仰。在現實世界的實踐裡，耶穌說：

for I was an hungred, and ye gave me meat; I was thirsty and ye gave me drink; I was a stranger, and ye took me in; naked, and ye clothed me; I was sick, and ye visited me; I was in prison, and ye came unto me.

「因為我餓了，你們給我喫；渴了，你們給我喝；我作客旅，你們留我住；我赤身露體，你們給我衣穿；我病了，你們看顧我；我在監裡，你們來看我。」

他又說，我實在告訴你們，這些事你們既做在我這弟兄中一個最小的身上，就是做在我身上了。這就是現實人生的天國感情；相反的，地獄的人間便是如此了：因為我餓了，你們不給我喫；渴了，你們不給我喝；我作客旅，你們不留我住；我赤身露體，你們不給我衣穿；我病了，我在監裡，你們不來看顧我。他說，這些事你們既不做在我這兄弟中一個最小的身上，就是不做在我身上了。耶穌這樣說，天國比照現實世界的意義不是很明顯了麼？晚安。

第二十六章　最後的晚餐

耶穌的命快要完了；當他說，在他榮耀的寶座上，右邊的可來承受那創世以來為你們所預備的國，這些義人要往永生裡去，左邊這被咒詛的人，離開我進入那為魔鬼和他的使者所預備的永火裡去，這些人要往永刑裡去。說完這一切的話時，他對門徒說，過兩天是逾越節，人子將要被交給人，釘在十字架上。他不止一次說到被出賣釘在十字架的事，我想他不是癡人說夢話，要人同情他；因為情勢的確是如此。自從他進入耶路撒冷城，在神殿鬧了一陣之後，現世的當權派法利賽人，文士和長老，豈能容忍這小子來玩弄革命的勾當，破壞當時的秩序，任他來指責咒罵，指出他們的不是，而又自命不凡地說他是唯一神的兒子，和最大的先知。自有人類以來所建立的王權，都不容有反動者的存在，除了民主政治，有一部公正的憲法，人民有自由權批評政府，但也不容許有叛國的行為。所以有識者都能明瞭，這位愚蠢做夢的精神病者，是非完蛋不可了。那時，祭司長和的長老，聚集在大祭司稱為該亞法的院裡，大家商議要用詭計拿住耶穌殺他；欲加於人於死，何患無辭；他們唯一顧忌的是怕生民作亂。這種防患是聰明的措施。但是民眾的性質是什麼，我曾經說過了，他們能被煽動成野蠻的力量，有如在大草原狂奔的野牛，有時也會突然潰成散沙，懦弱不能團結，任人隨意宰割。平時他們跟隨耶穌走動，視耶穌為領袖，為救世主，被認為忠誠的信徒，我想根本不是這樣；他們大都是想貪得便宜，看熱鬧，吃免費食物；耶穌不再用五個餅兩條魚養他們，他們對耶穌也漸漸失掉了信心。所以當權派的人的預估，只是防患於萬一，其實要捉拿耶穌易如反掌，因為他並不逃避他們，他是自願前來就死的，只要成全他便得了。

本章的情節是臨近高潮前扣人心弦的一部份，不論真實人物的耶穌在當時是否有這等的表演，我們一路讀下來，已經瞭然撰寫這部福音書的人的完美章法，把枯燥的教訓（現代人是非常厭惡說教的）和來去自如的人物行動，用散文詩的形式鋪配在一起；就以敘述一個單一人物的故事而言，沒有比這部福音書更能滿足我的讀書慾；世界上也沒有哪一部書比它更高貴；因為本書的效用，每每讓人駛入寬容的心海裡，享受著無慾的平靜。

正當當權派設計捕捉他之時，耶穌在伯大尼長大痲瘋的西門家裡，有一個女人，拿著一玉瓶極貴的香膏來，趁耶穌坐席的時候，澆在他的頭上；這時候的門徒，仍然還有偽善的俗人的脾氣，說這香膏可以賣許多錢，賙濟窮人；耶穌直率地說，她在我身上做的，是一件美事。因為常有窮人和你們同在，只是你們不常有我。她將這香膏澆在我身上，是為我安葬做的。親自聽到這樣的話，誰不涕淚羞顏低頭呢？當下，十二個門徒裡，有一個稱為加略人猶大的，去見祭司長，說我把他交給你們，你們願意給我多少錢？他們就給了他三十塊銀幣。關於猶大的出賣行為，後來的世人有各種不同的猜疑意見；有一說，認為猶大是個理想主義者，愛國的狂徒，也是一個絕頂聰明的人，想藉耶穌之死，達成他的理想願望，鼓動民眾推翻當權的人；因為在猶大的眼光看來，耶穌太過虛幻，沒有俗世的領導能力，這種人只可利用，不能視為革命的領袖。或許，耶穌之死，以猶太復國的觀點而言，他是一個犧牲者，使當權派落入設計的圈套，以便引起民憤，乘勢進行革命。種種說法都可能符合當時的事實，可是在此地並不重要，只可視為戲劇的情節，描摹人類的心理。所以如果要多談猶大，應該另設主題，此時並不是我的職責，暫且輕輕放過他關於他，後面還有他的演出機會。

除酵節的第一天，門徒來問耶穌說，你喫逾越節的筵席，要我們在哪裡給你預備？這些門徒雖然還未完全澈悟，但對耶穌卻溫和而禮貌，多少帶給耶穌一些俗世的安慰。他說，你們進城去，到某人那裡，對他說，夫子說，我的時候到了；我與門徒要在你家裡守逾越節。這就是我們所知道的，聞名後世的最後晚餐。

我們所看到的〈最後的晚餐〉的圖像，是中世紀文藝復興時期意大利佛羅倫斯人達文西所畫的，在《諸神復活》這本記載達文西一生的傳記裡，談到達文西繪畫這幅壁畫的經過，他很快地畫完全幅畫，卻留下耶穌的頭部沒有完成，他每天都去看它，經過了許多年才下筆完成這個部份。我們可以瞭解，要描繪一個聖人的表情，是一件極需思考的事；這件工作我想也唯有達文西這位幾近完美的人才能勝任。關於達文西，我心中懷著敬仰，那本《諸神復活》的書，是一本不能不讀的書，我在讀師範時從圖書館借出來讀，我一面讀一面做筆記，使我印象頗具深刻，一個人要認識自己和人類，這樣的書是太可貴了。請原諒我此刻的心情，使我移轉應說的主題談到別的事；假如諸位一路讀下來已經瞭解我的個人情緒，你便知道某些聯想是必要的敘述；我的情緒總是不平穩的，平時須靠多量的文明物的安慰，諸如音樂、美術、小說、詩和歷史等書籍來填補職業工作之外的空暇時光。這一趟前往台南尋弟旅行的最大意外收穫，是使我拾起對《聖經》的興趣，我相信東方人如不是因為什麼機緣，一生之中都不可能去接觸《聖經》，即使受過教育的人，也不一定有耐心去披讀，何況有大部份的人以為信仰基督是背宗的行為；總之，對《聖經》的種種歧視對本地人來說是難免的事；但我想一個人只要抱著求知的態度，不妨在一生中讀一次《聖經》，信仰不信仰是個人取捨的問題，似乎不必以嫌惡的態度，對待異國的文化和宗教信仰。

耶穌與十二門徒的晚餐，成為基督教世界最為值得紀念的一件事；不過，我想他們不一定吃得痛快；正在喫的時候，耶穌要中止大家的食慾似地，便宣佈說，你們中間有一個人要賣我了。門徒之間互相尋問猜疑，我們從達文西畫的圖像裡便看得出來，有的人甚至手中握著尖刀。耶穌拿起餅來，祝福，就擘開，遞給門徒，說，你們拿著喫；這是我的身體。又拿起杯來，祝福了，遞給他們說，你們都喝這個；因為這是我立約的血，為多人流出來，使罪得赦。這件事，天主教後來在彌撒中一直奉為最重要的儀式；但自路德宗教革命後，各種派別紛紛創立，為了餅和酒是否真能代表耶穌的肉身和血起了歷史性的辯論，而終於在基督教裡把它廢除了。我認為天主教保持這個儀式的優美是應該的，但基督教各派的堅忍之士的實際卓行，而不重儀式也令人敬佩。如今，耶穌的遺訓已不再受人重視了，多談實在無益。他們吃完飯，唱了詩，就出來往橄欖山去。

現在我們都知道彼得是十二門徒中第一號人物，但在當時他是信仰最猶疑不決的人；前面的章節裡，他常常說錯話，叫耶穌不客氣地教訓他，直到現在耶穌臨危時，他依然一錯再錯。耶穌在山上對他們說，今天你們為我的緣故，都要跌倒；彼得再度虛偽的說，眾人雖然為你的緣故跌倒，我卻永不跌倒。耶穌說，我實在告訴你，今夜雞叫以前，你要三次不認我。不過，彼得在耶穌死後，他的確扮演堅信永不跌倒的角色，羅馬的教會就是他所建立的，使許多基督徒在競技場內表現不畏死的精神，也是後來在梵蒂岡有彼得大教堂紀念他的偉大的傳教功勞。然後耶穌同門徒來到客西馬尼，要他們坐在那裡，他帶著彼得、和西庇太的兩個兒子同去，就憂愁起來，極其難過，對他們說，我心裡甚是憂傷，幾乎要死；你們在這裡等候，和我一同儆醒。他就稍往前走，俯伏在地，禱告說，

O my Father, if it be possible, let this cup pass away from me; nevertheless, not as I will, but as thou wilt.

「我父啊！倘若可行，求你叫這杯離開我；然而，不要照我的意思，只要照你的意思。」

他來到門徒那裡，見他們睡著了，就對彼得說，怎麼樣，你們不能同我儆醒片時麼？這是何其悲嘆的話，他心內的感受直叫人同情呀。他指出他們心靈固然願意，但肉體卻軟弱了。而這又何其心地慈悲，他高貴的人格也直叫人落淚。他第二次又去禱告說：

O my Father, if this cannot pass away, except I drink it, thy will be done.

「我父啊！這杯若不能離開我，必要我喝，就願你的意旨成全。」

我們知道一個人有時常在他人面前說大話，等到事到臨頭便違言溜走了。我們也可以姑且認為耶穌先前也是犯了同樣人類的毛病，但此刻，固然他覺得深具恐懼，才有這兩次的

禱告，他並不臨陣逃脫，寧可認定而靜待命運的來臨。他又做第三次禱告，說著先前一樣的話。他看到門徒眼睛困倦著了，說，時候到了，人子被賣在罪人手裡了。任何人為自己的生命擔憂是很自然的事，重要的是能否有勇氣面對。他叫他們起來，我們走罷；看哪！賣我的人近了。說話之間，猶大來了，並有許多人，帶著刀棒，從祭司長和民間的長老那裡，與他同來。猶大即到耶穌跟著說：請拉比安！就與他親嘴。親嘴就是他給他們的暗號。耶穌坦然地說：朋友！你來要做的事，就做罷。於是那些人上前，下手拿住耶穌。這時發生了一個小插曲，有一個常跟隨耶穌的人伸手拔出刀來，將大祭司的僕人砍了一刀，削掉了他的一個耳朵。這個人的確叫人欽佩，但砍了大祭司的僕人有何用呢？有用的是殺死大祭司；可是大祭司知道可能會發生打架的事，他是不會來的。耶穌心裡十分感激這位忠義的人，但他也知道無補於事。耶穌一說這一切的事成就了，當下門徒都離開他逃走了；他被帶到大祭司該亞法那裡去時，只有彼得遠遠的跟著耶穌，直到大祭司的院子，進到裡面，就和差役同坐，要看這事到底怎樣。

在那深夜的會堂裡，祭司長和全公會，尋找假見證控告耶穌，要治死他；有如警察深夜在街道或咖啡廳酒館捉人到警察局，硬要那倒楣的青年認出一條罪來，不認就有睪丸被踢破的痛苦。雖有好些人來做假見證，總得不著實據。末後有二個人前來說，這個人曾說，我能拆毀神的殿，三日內又建造起來。大祭司問耶穌，耶穌卻不言語。大祭司對他說，

「我指著永生神，叫你起誓告訴我們，你是神的兒子基督不是。」

耶穌終於說：「你說得是。」

我想一個不知自己的親生父親是誰的人說他是神的兒子有什麼不對呢？

大祭司就撕開衣服說，他說了僭妄的話，我們何必再用見證人呢？這僭妄的話，現在你們都聽見了。我們知道耶穌以神的兒子起家，最後也必要以神的兒子而死；凡人以何種事業起家，終必以其執著的事業而亡；有如藝術家為藝術而死同樣的意思。一旦有了藉口，大祭司問各人的意見如何？他們回答說，他是該死的。死之前，耶穌就在這末審判的深夜會堂裡，受到唾沫的凌辱，拳頭打擊的痛苦，也有用手掌打他說，

「基督啊！你是先知，告訴我們打你的是誰？」

說這話的人真可惡極了，說不定他曾吃過耶穌的餅和魚呢，只是一朝落魄，就順勢踢打落水狗，這種人在時代的改變時便會出現，同時乘機發點國難財。耶穌受盡了眾人的辱打，即面對它，也不懊悔；他是知道的，他有準備，所以他能忍受。彼得看到這種情形，欲想溜走，有一個使女前來說，你素來也是同那加利利人耶穌一夥的，彼得不承認；他到了門口，又有一個使女看見他，指認他，他又不承認，並且起誓說，他不認識那個人；有人認出他的口音來，指出他和耶穌同黨，彼得就發咒起誓否認；立時雞就叫了。彼得出來，想到耶穌，痛哭而去。晚安。

第二十七章　結論

一、耶穌或巴拉巴

到了早晨，耶穌像個罪犯似地被捆解去交給巡撫彼拉多。許多對這段史實一知半解的人，都痛恨這位彼拉多巡撫，以為他是主動捉拿耶穌，並下令將他釘十字架的人，這實在是大錯特錯；依據經文的記載顯示，這位羅馬帝國屬下的小巡撫，倒是非常憐憫被統治地區的人民；而真正表露出凶惡和剝削百姓的，反是那些名義上依賴當權者的本國人；是那些法利賽人，祭司，文士和民間的長老，才是真正想治耶穌於死地的人。我在開頭先說了這些話，是有感於歷史上如此的事都非常相似，害本國人的往往不是異族的佔領者，而是道地的自己本國的人。煽動無知的人民仇恨外國人的，往往也是本國的野心家。也許有人要問道，那麼是否要永遠順服異族的統治？答案當然是否定的；誰給誰統治，有自然的律則，不是暴力的；如果本國人能自我奮發，都能在各種事務上表現優秀的才能，自然而然，形勢就改變了；那麼過去歷史的錯誤或種種不幸，便能經由溫和的方式糾正過來。一個民族的興衰，大都可以從民族本身的品德和才能上測驗出來。好罷，我還是少說閒話，要緊的是依照情節的進展，順序地把耶穌的命運道白出來。祭司長和長老在彼拉多面前，控告耶穌許多許多的事，耶穌一句也不回辯，彼拉多覺得奇怪，認為他只不過是個呆癡症的可憐人，一夜的折磨使他看起來十分的落魄，形貌顯得無比的悽愴和襤褸。最後依照他們的指控，彼拉多問耶穌說，你是猶太人的主麼？耶穌這時才說，你說的是。事情也就因為耶穌認為自己是猶太人的王而顯明了；面對一個專制的政府，如果有那個傻子敢認為自己是王，也一樣要殺頭的；這個事也沒有再申述它的必要了。可是在那時，可有一個十分溫情而民主的常例，就是每逢節期，隨眾人所要的，釋放一個囚犯給他們。這是一件有趣而不可思議的事，讓人覺得活在那個野蠻的世界，有點像在遊戲；現在這種常例倒沒有了，使人覺得現代不如古代那麼有人情味。當時，有一個出名的囚犯叫巴拉巴。眾人聚集的時候，彼拉多就對他們說，你們要我釋放那一個給你們；是巴拉巴呢，是稱為基督的耶穌呢？我已經說過了，這位耶路撒冷城的小統治者，他是充滿客觀精神和寬容的情懷；他原知道，他們解押耶穌前來，是因為嫉妒他。彼拉多的愛妻也知道審判耶穌是完全有道理的事，頂多把他當成瘋子驅逐出境便罷了，覺得有勢力的本地人未免太過份認真，和小題大作了，便打發人來說，這義人的事，你一點不可管；她說，因為我今天在夢中，為他受了許多的苦。她的夢無非是聽聞許多有關耶穌的事，便特別關懷起他來。祭司長和長老，開始挑唆眾人，要求釋放巴拉巴，除滅耶穌。所謂羣眾，早被祭司長和長老安排好了某些人，搶先發言，然後鼓動羣情，使其他人受到強勢的左右。有人說要巴拉巴，後有一部份的人也說巴拉巴，那還沒有說的自知這時不喚，事後一定會被人暗算，於是也說巴拉巴。彼拉多無奈地說，這樣，那稱為基督的耶穌，我怎麼辦他呢？他們都說，把他釘十字架。反正死的不是他們自己。這時彼拉多真有點對羣眾生氣，內心很厭惡這羣不辨是非的烏合之眾；他說，為什麼？他做了什麼惡事呢？他們便極力的喊著說，把他釘十字架。所謂羣眾已經融合成一隻邪惡嗜血的野獸了。彼拉多見說也無濟於事，恐怕反要生亂子來。他就拿水在眾人面前洗手，說，流這義人的血，罪不在我，你們承當罷！眾人都回答說，他的血歸到我們，和我們的子孫身上。撰寫這部福音的人，是多麼愛國，又多麼恨自己的國民的無知和無恥。

這時候，賣耶穌的猶大，年輕而無經驗，看見耶穌已經定了罪，他從羣眾的反應上知道他的理想破滅了；為這樣的野蠻而無能分辨是非的羣眾懷抱著理想，是一件多麼不可思議的事，他後悔了；他把那三十塊錢，拿回來給祭司長和長老，說，我賣了無辜之人的血，是有罪了。其實不用猶大通風報信，耶穌的性命也在他們的掌握中，猶大畢竟還是個不怎麼聰明的誠實人，我想像他的模樣有點像現今的大學生。老奸巨滑而推託得乾淨的祭司長和長老說，那與我們有什麼相干？你自己承當罷。猶大至此時才澈悟到人類內心的險惡；他知道耶穌要死了，他活著也沒意思了；把銀錢丟在殿裡，自殺去了。無毒不丈夫的祭司長拾起銀錢說，這是血價，不可放在庫裡；他們就商議，用那銀錢買了窰戶的一塊田，作為埋葬外鄉人之用；所以那塊田，直到今日還叫作血田。

凡委身當走狗的人，大概都有奉上欺下的性格；由於人類個體本身，對獨立人格的建立遲遲不能完成，人間才有階級化，才有奴才讓人討厭的嘴臉；像巡撫的兵一樣，主人走了，他們開始耍猴戲，把交給他們手中的耶穌，嘲戲和凌辱了一番。他們給他脫了衣服，穿上一件朱紅色袍子，用荊棘編作冠冕，戴在他頭上，拿一根葦子放在他右手裡；跪在他面前，戲弄他說，恭喜猶太人的王啊！又吐唾沫在他臉上，拿葦子打他的頭。頭上荊棘的刺一定穿入頭皮內，血絲像淺溪流水，從髮裡流掛到面部和耳後根；整夜被折騰到天亮，由天亮到晌午，再有精力的人也要軟弱了。耶穌這時也只不過是一息尚存，十分疲弱的人，面容沉默，眼神垂視著。戲弄完了，就給他脫了袍子，仍穿上他自己的衣服，帶他出去，要釘十字架。一個古利奈人，名叫西門，看耶穌根本沒有氣力揹拖十字架，就替他背了。然後到了一個叫髑髏地的地方，兵丁拿苦膽調和的酒，給耶穌喝，他嘗了，就不肯喝。這酒大概用來麻醉的；耶穌既然不願，就將他活活釘在十字架上，然後拈鬮分他的衣服；實在太無恥了。他們在耶穌頭上安一個牌子，寫著他的罪狀說，這是猶太人的王耶穌。這樣的事居然是人類自己對自己幹的，我們對所謂的人類還存有什麼希望呢？

二、復活

當時，有兩個強盜，和耶穌同釘十字架，一個在右邊，一個在左邊。從那裡經過的人，譏誚他，搖著頭說，你這拆毀聖殿，三日又建造起來的，可以救自己罷！你如果是神的兒子。就從十字架上下來罷。祭司長和文士並長老，也是這樣戲弄他說，他救了別人，不能救自己。他是以色列的王，現在可以從十字架上下來，我們就信他。他倚靠神，神若喜悅他，現在可以救他；因為他曾說，我是神的兒子。那兩旁的強盜，也是這樣的譏誚他。從午正到申初，遍地都黑暗了。今天任何假藉神的名義行騙的人，一旦受到公正的判決，受到懲罰，我也會同樣譏誚他，為何他信仰的神不救他，尤其那些自設神壇，而不是從知識和理性的認知上承認宇宙只有一位造物主的人，更應該受到公眾的制裁。今日有知識的人都能辨識耶穌不能同另批人同日而語。那時他們譏誚耶穌，是盼求他的神蹟，沒有神蹟，他們便看不到任何什麼有意義的事，有如盲者摸不到真象。今日我們看耶穌，像斯賓諾莎一樣不再相信經文中的神蹟；神蹟的事，既使當時曾有，對我們現今的人也已不再重視它了；因為我們現今的人的智慧，已能透過時空的淨化，看到一層比神蹟更為有意義的事存在那裡。耶穌博愛的精神已受到歷史人類的效法，成為修善自己和行善於別人的導師；一個真正基督的精神，不在神蹟，也不在體制，而只須一個簡單力行的信條，那就是公正和親愛對待鄰人的實行。這句話是斯賓諾莎倡議的，也是我們應該贊同的；今日的世界更需要實行這個信念，推廣到國與國之間的諒解，消除既往的仇恨，不要把歷史的錯誤，再行延續於未來。我認為有智識且心中充滿善意的人，都能知道怎樣來實踐它，且能從基本上先認識自我，修養自我做起，人類才能消除內在存活的幻滅感覺，進而在外在把個自的差異諧調融合在一起。話雖這麼說，人類要達成這種完全溫和的態度，恐怕還有許多的來日，或如耶穌所預言的人類的邪惡必推演至世界的末日。我對這樣深遠和艱難的問題，實在一無所識。活在今日，我實在有無可適從的苦惱，只要我能從日日的思考和學習中，知道了真理的所在，我一定不吝於將它訴諸文字，傳達給別人；因為我不能以無知為有知，以平凡的人類的立場，我更無資格說教；我更不敢存心煽動，滿足我內在的野心；我活著只有一條天律，勤勞工作和保持自身的健康，時時具有清明的理智，而不被幻像所迷惑，而能聚精會神來追求真理。

本章以下的事，我已不再記錄；從上章經文的精彩內容，一直展讀下來，甚至下一章也連著急迫的興趣而讀完了；看經文的讀者也可能這樣做，所以我也不要再闢一章，增加許多煩言；這一章的結束，就是我讀〈馬太福音〉筆記的全部結束。只有在這末尾追述一點我對耶穌復活意義的感想；如果你們直接了當地問我一句話，說，耶穌復活是真的嗎？我會說，沒有那一回事；但如我是撰寫這部福音的人，我依然要安排他的復活，問題不在事情是真是假，是在於所要說的事是否有意義；為了這層重要意義，耶穌復活了。晚安。

七等生創作年表

七等生全集 10

黑眼珠與我

作　　者　七等生
圖片提供　劉懷拙
總 編 輯　初安民
責任編輯　孫家琦　林家鵬　宋敏菁　施淑清　黃子庭　陳健瑜
美術編輯　黃昶憲　陳淑美　林麗華
校　　對　呂佳真　潘貞仁　林沁嫻

發 行 人　張書銘
出　　版　INK印刻文學生活雜誌出版股份有限公司
新北市中和區建一路249號8樓
電話：02-22281626
傳真：02-22281598
e-mail：ink.book@msa.hinet.net
網　　址　舒讀網http://www.inksudu.com.tw

法律顧問　巨鼎博達法律事務所
施竣中律師
總 代 理　成陽出版股份有限公司
電話：03-3589000（代表號）
傳真：03-3556521
郵政劃撥　19785090　印刻文學生活雜誌出版股份有限公司
印　　刷　海王印刷事業股份有限公司

港澳總經銷　泛華發行代理有限公司
地　　址　香港新界將軍澳工業邨駿昌街7號2樓
電　　話　852-27982220
傳　　真　852-27965471
網　　址　www.gccd.com.hk

出版日期　2020年 12 月　初版
I S B N　978-986-387-378-5
978-986-387-382-2（全套）
定　　價　3870 元（套書不分售）

國家圖書館出版品預行編目資料

七等生全集. 10／
黑眼珠與我/七等生著 -初版. --
新北市：INK印刻文學, 2020.12 面；　公分
ISBN 978-986-387-378-5(平裝)

863.55　　109017976